Tod in der Unterwelt

Ein Krimi aus Mainz und Rheinhessen
von Jean C. Becker

Personen und Ereignisse in diesem Roman sind frei erfunden. Ähnlichkeiten mit lebenden Personen und Geschehen wären rein zufällig und sind nicht beabsichtigt. Sollte sich dennoch jemand getroffen fühlen, so ist er mit Sicherheit nicht gemeint.

Obergasse 60, 55437 Appenheim
erschienen im Selztal-Verlag, Appenheim
Lektorat Herbert Hertling, Ute Schmitz
Umschlaggestaltung, Fotos und Bildbearbeitung:
Rainer Sauer
Druck: Gorius Druck und Service GmbH, Vendersheim

2. Auflage 2012

Printed in Germany
ISBN 978-3-936929-06-5

www.jean-becker.de
www.krimitour.de
www.mainzer-unterwelten.de
www.selztal-verlag.de

Für S.

Lichter und Farben tanzten, wirbelten, verschlangen sich, lösten sich, sprangen aus der Leere und verschwanden wieder darin. Das Rauschen zerfiel in Töne von gläserner Klarheit, getragene Rhythmik, gespiegelt von den Wänden, wellenförmig interferierend, sich selbst verstärkend und wieder auslöschend. Wärme flutete von außen und innen, hüllte ein und kribbelte über die Haut. Die Gedanken sprangen schwerelos, entfesselt und ekstatisch, aber mit tiefer Gewissheit und Bestimmtheit.

Er ignorierte die Kopfschmerzen und sein hastiges Atmen, das Schnappen nach dem, was normalerweise so überaus reichlich vorhanden ist. Er wusste gar nicht, wohin er zuerst sehen und was er zuerst greifen sollte, ein Rausch erfasste ihn. Die Angst der ersten Stunden vor dem Unbekannten war einer Euphorie gewichen, die jede Frage überflüssig machte und alle Bedenken zerstreute.

Er fühlte die Kälte nicht mehr und folgte dem Licht. Überdimensionale bleiche Spinnenfäden griffen aus dem Dunkel nach ihm, doch sie erreichten ihn nicht und dann verließ ihn seine Kraft. Er glitt auf den Boden; von der Anstrengung drehte sich alles um ihn, seine Atmung beschleunigte sich weiter und weiter. Panik kroch in seine Sinne, Schweiß trat ihm aus den Poren. Er begann zu laufen, taumelte, stolperte und stieß sich an der Wand. Er kam nicht weit. Übergangslos brach er zusammen, da, wo die Steine bluteten.

*

Als das Jahr noch 400 Tage hatte, brannte die Sonne elf Stunden heiß vom Wüstenhimmel und verwies das spärliche Leben auf die wenigen Stunden des Nachtübergangs, in denen die Erde noch die Wärme des Tages ausstrahlte und die hoch kriechende Kälte noch nicht den Blutkreislauf stocken ließ. Genau elf Stunden später sprang das Zentralgestirn wieder über den Horizont, kletterte mit atemberaubendem Tempo in den Zenith und brannte sein leuchtendes Rot in den Sand und die Felsen. Selten regnete es, sehr selten; aber wenn, dann so stark, dass ganze Hänge abrutschten und bizarre, wie von Trollen geformte Felsen hinterließen.

Als das Jahr nur noch 380 Tage hatte, riss die Erde wieder auf und wanderte nach Norden. Vulkane spuckten Lava und Asche, verdunkelten die Sonne und ließen das Leben erstarren. Auf der Wanderung hoben sich Berge, Ebenen senkten sich und die Wüste wurde zum Binnenmeer, in dem neues Leben brodelte – bis es eintrocknete und große Mengen Kalk auch im Mainzer Becken hinterließ.

Im Juli 2007 hatte der Tag 24 Stunden und das Jahr mindestens, aber meist leider auch höchstens 35 Tage sowie mindestens 17 Gefühls- und Schallbeben mit dem Stadion Bruchweg als Epizentrum. Zumindest wenn man als Fan von Mainz05 den Bundesligaspielen und der ersten Runde im DFB-Pokal entgegen fieberte. Nach einer ausgesprochen unglücklichen Hinrunde hatte Kloppos Truppe auf dem letzten Platz überwintert und danach mit dem von Werder Bremen heimkehrenden „kleinen Zidan“ und weiteren Neuzugängen einen furiosen Neustart hingelegt. Als der Trainer Werbung für Müsliriegel machte, knabberte sich auch die Mannschaft Stück für Stück nach oben. Doch am Ende hatte es leider nicht gereicht, der Abschied aus Liga Eins war tränenreich gewesen.

Doch wie in einer Karnevals-Hochburg üblich, passierte genau in dieser Situation endlich das, was eigentlich für die erste Liga gedacht worden war: Plötzlich war der Widerstand gegen ein neues Stadion gebrochen. Noch im März hatten die 05er-Fans ein Spruchband „Von der Stadt verkauft – vom Land vergessen – jetzt gehen wir nach Hessen“ ausgerollt und die Wiesbadener intensiv um den Mainzer Kultclub als Mitnutzer eines Stadion-Neubaus geworben. Nur in Mainz sollte kein Geld da sein, hatte doch der seit Jahren ungebremst wuchernde städtische Personaletat jeden Investitionsspielraum längst aufgefressen. Als Unternehmen wäre Mainz längst ein Fall für den Konkursverwalter gewesen. Aber ausgerechnet am Karfreitag war die Wende gekommen und 60 Millionen waren überraschend im vermeintlichen Finanzvakuum aufgetaucht. Das Geld hatte die Standort-Diskussion entschieden: der Europakreisel war in und der Weisenauer Steinbruch out.

Schade eigentlich um das schöne, wilde Areal, dachte der bekennende 05-Fan Luggi, als er seinen Mischlingsrüden Milo am Freitag in der ersten Augustwoche über die Kornfelder am Weisenauer Steinbruch ausführte. Es war heiß, eine drückende Schwüle lastete seit Tagen über dem Mainzer Becken, und der Smog über Bankfurt zeigte sich im schrägen Licht der Nachmittagssonne als bedrohlich graue Dunstglocke, die sich bis zum Feldberg zog. Im Osten verdunkelte sich der Himmel immer weiter und die angekündigten Hitzegewitter würden nicht mehr lang auf sich warten lassen.

Die Landwirte nutzten schon seit Tagen das trockene Wetter, um den reifen Weizen einzubringen, und so waren die hoch summenden Gebläse der Mähdrescher überall zu hören. Viele Felder waren schon abgeerntet und nur noch riesige Strohballen lagen darauf herum.

Auch auf das Weizenfeld am Großberg/Frankenhöhe bog nun ein Mähdrescher ein, gefolgt von einem Traktor mit zwei Anhängern. Luggi war von der Aussicht auf Lärm und Staub nicht sehr begeistert und der halbhohe Windhund-Pudel-Mix mit dem alternativ schwarz-weiß gemusterten zottigen Fell trottete lustlos mal ein wenig vor oder mal hinter ihm über den trockenen Feldweg.

„Am Tag, als Benny Auer traf und alle Vögel sangen, ja das war ein besonderer Tag, der Tag als Benny Auer traf ....“ summte Luggi mehr aus Gewohnheit als aus Lust einen seiner Fangesänge, als Milo plötzlich knurrend stehen blieb und seine Nackenhaare sträubte. Neugierig ging er näher. Der Hund presste sich an den Boden und bellte, machte dann einen kleinen Sprung zur Seite kroch wieder vorsichtig näher. Im Löwenzahn am Wegrand saß ein Feldhamster, der sich auf die Hinterbeine stellte, die Backen aufblies, zischte und knurrte. Im Hintergrund kam der Mähdrescher immer näher, zum Summen kam nun das Knacken der von den Dreschflügeln gekappten Halme, die das Erntemonster zu großen, runden Ballen gewickelt hinter sich ausspuckte. Der Wind stand noch günstig und wehte den Staub von ihm weg. Ein Donnergrollen im Hintergrund zeigte, dass es nicht mehr sehr lange bis zum Gewitter dauern konnte. Luggi wollte Milo gerade anleinen, als der Mähdrescher wendete und nun vom anderen Feldrand direkt auf ihn zu kam.

Dem Hamster wurde es zuviel, er verschwand in seinem Bau, und auch ein Kaninchen hastete plötzlich über den Weg ins Feld hinein. Nun war Milo nicht mehr zu halten und rannte hinterher, geradewegs in Richtung des Mähdreschers.

„Milo, bei Fuß. Du Bastard!“ brüllte Luggi seinem Mix hinterher, mehr aus Reflex, da der sowieso nur dann gehorchte, wenn es ihm passte. Die sich bewegenden Halme zeigten, dass der Hund geradewegs auf die messerscharfen Dreschflügel zurannte. Luggi winkte und schrie, so laut er konnte, und tatsächlich stoppte plötzlich das Ungetüm die Dreschflügel und das Gebläse verstummte. Hatte es seinen Hund schon erwischt? Er rannte den Weg entlang und sah, dass der Drescherfahrer aus seiner Kabine kletterte und nach vorn ging. Das Herz klopfte ihm bis zum Halse und er rannte weiter den Feldweg entlang.

Der Bauer auf dem Trecker wurde nun aufmerksam und reckte den Hals, um zu sehen, was vor sich ging. Das Donnergrollen kam immer näher, die

Luft begann sich ein wenig zu regen. In Hochheim verdunkelte ein tiefer Schatten die vorher in stechender Sonne glänzenden Hochhäuser und die Türme auf dem Feldberg waren in einem grauen Schleier verschwunden. Es konnte nicht mehr lange dauern, bis das Gewitter hier herunter kam.

Luggi bog in die abgeerntete Spur ein und drückte sich dann an den monströsen Dreschflügeln vorbei in den dichten Weizen – doch sein Hund war nicht zu sehen. Wieder rief er und tatsächlich hörte er schließlich ein heiseres Bellen näher kommen. Dann teilten sich die Halme vor ihm, der Mischling sprang an ihm hoch und rannte gleich wieder zurück. Fluchend stapfte Luggi hinterher, während das Donnergrollen immer näher rückte, bis er am Rand einer kreisförmigen freien Fläche von etwa fünf Meter Durchmesser stand, in deren Mitte etwas großes Schwarzes am Boden lag. Der Drescherfahrer stand davor und sprach in sein Handy. Dann beendete er das Gespräch, drehte sich um, und ging Luggi entgegen.

„Kommen Sie, kommen Sie in die Kabine! Gleich wird es gefährlich."

Die ersten Tropfen fielen bereits platschend auf die merkwürdig angeordneten flach liegenden Halme. Zischend und pfeifend sog der ausgetrocknete Boden das lange entbehrte Wasser auf, es roch nach Ozon. Schnell kletterten beide in die Kabine.

„Danke, ich dachte schon, dass ich duschen muss."

Die Tropfen fielen immer schneller und steigerten sich in wenigen Sekunden zum Wolkenbruch, Blitze zuckten vom Himmel und warfen harte Schatten zwischen die Silos der Zementfabrik am Rhein. Die auf der Autobahn stadteinwärts und stadtauswärts strömenden Berufspendler hatten bereits das Abblendlicht eingeschaltet.

Die hohe, allseitig verglaste Kabine gewährte einen perfekten Blick nach vorn und den Seiten, auch auf den Kornkreis direkt vor den Dreschflügeln. Und auf den Mann, der darin lag. Mit geöffneten Augen und Mund und ausgebreiteten Armen und Beinen. Als mit ohrenbetäubendem Lärm ein Blitz ganz in der Nähe einschlug, blendete es Luggi so, dass er nur noch weiß sah und hoffte, dass damit auch der Mann verschwunden sei. Als er wieder sehen konnte, war er aber noch da, reglos. So lag niemand freiwillig da, es sei denn, er war tot.

*

Tennessee Williams siedelte sein Stück „Die Katze auf dem heißen Blechdach“ im Süden der Vereinigten Staaten an. Warum nicht auf dem Dach des Binger Mäuseturms? Abgebissene Vogelfüße, Reste von Flügeln und immer wieder Vogelfüße, größere und kleinere liegen hier herum, die meisten beringt, oft mit mehreren Ringen in bunten Farben und einer Vielzahl von Zahlen darauf. Offensichtlich haben Falken und Habichte aus dem Binger Wald beim Taubenzüchter am Rande der B9 zugeschlagen und die Beute zum ungestörten Verzehr auf den Mäuseturm geschleppt.

Ich soll über den Turm schreiben, seine Einbindung in die Landesgartenschau 2008, über den Fortgang der Arbeiten auf dem Gelände. Jeder kennt ihn von außen, Scharen von Japanern und Amerikanern bestaunen ihn von allen Seiten – aber auf die Mäuseturm-Insel kommt man nur per Boot und in den Mäuseturm gar nur zweimal im Jahr. Dann organisiert die VHS Bingen eine Schiffstour zu diesem Kleinod, wo sich die Schenkel von Hunsrück und Taunus öffnen, um den Rhein passieren zu lassen. In diesem Bild lässt sich die Lage des Turms sehr bildlich umschreiben, aber das lasse ich aus Gründen des Jugendschutzes lieber. Schließlich werden deutsche Kinder zwar von frühester Jugend und Nachmittagsstunde an mit unsäglicher Gewalt im Fernsehen konfrontiert, aber etwas wirklich Erotisches .... das findet erst nach Mitternacht statt – wenn denn überhaupt.

So werde ich also von der Perle am Eingang zum romantischen Mittelrheintal schreiben und schon wieder kommt mir diese Assoziation. Konzentriere dich, Ronni, auf das, was die Leute lesen wollen und vor allem lesen sollen. Die wenigen Euro für den Ausflug sind dann gut investiert. Am Pegelturm geht es los, dann einen guten Kilometer bis zur Einfahrt in den Strömungsschatten hinter der Fahrwasser-Abtrennung, direkt am Binger Loch, und schon liegen wir im flachen Wasser am Anleger der Mäuseturminsel.

Ich komme schnell ins Plaudern mit unserem Führer. Martin Mauermann, der Chef des Binger Wasser- und Schiffahrtsamtes, mag die Konsonanten-Verdreifachung in der neuen deutschen Rechtschreibung genauso wenig wie ich und erzählt bildreich aus der Geschichte des Binger Lochs und den bunten Markierungstonnen, die jährlich zu Hunderten von den Binnenschiffern abgefahren werden und ersetzt werden müssen. Nachdem im 17. Jahrhundert ein vier Meter breites Loch in die Quarzitrippe gesprengt worden war, war dieser Durchgang immer weiter verbreitert worden, bis 1974 die Fahrrinne auf die heutige Breite ausgebaut wurde.

Flussabwärts läuft die Insel in einen winzigen Strand mit feinem Sand aus; bunter, zerklüfteter Quarzit bildet die Inselspitze, wo 2003 die amerikanische Fliegerbombe gefunden worden war. Erdbewegungen haben das Gestein hier bersten lassen, denn nach Süden senkt sich der Oberrhein-Graben, nach Norden heben sich Hunsrück und Taunus. Bingen liegt genau am Scharnier dieser riesigen Waage. Durch den zerrissenen Untergrund waren heiße Wässer nach oben gedrungen und hatten die Quarzit-Barriere des Binger Lochs ebenso wie die im Bergwerk Amalienhöhe abgebauten Vererzungen geschaffen.

Nachdem wir über die enge Wendeltreppe durch drei stimmungsvolle Gewölberäume in den drei Stockwerken auf dem Dach angelangt sind, bietet sich ein grandioses Panorama. Rheinab schlängelt sich der Fluss durch die steilen Schieferflanken von Hunsrück und Taunus, rheinauf weitet sich das enge Mittelrheintal zum Mainzer Becken. Rechtsrheinisch schweben silbrig glitzernde Gondeln durch die Rüdesheimer Weinberge hoch zum Niederwald-Denkmal, linksrheinisch liegt das Gelände der Landesgartenschau zum Greifen nahe. Unterhalb des ehemaligen Waggon-Reparaturschuppens sind Reste des alten Binger Hafens zu erkennen, der der Naheaufstauung weichen musste.

Der große Verschiebebahnhof, im 2. Weltkrieg von Bomben durchgepflügt, hatte nach der Schließung des Bergwerks Amalienhöhe 1972 keine wirtschaftliche Bedeutung mehr. Die weitläufigen Anlagen waren teilweise abgebaut und Jahrzehnte lang dem Vandalismus ausgesetzt gewesen.

Das war kein Einzelschicksal, wie ich aus der Recherche für eine Fortsetzungsgeschichte über die rheinhessischen Lokalbahnen im „Mainzer" weiß. Auch die meisten Lokalbahnen hatten den Betrieb vor langer Zeit eingestellt, das Amiche in der Region von Gau-Odernheim, das Bawettche im Appelbachtal bei Wöllstein und das Zuckerlottche im Selzbachtal. Bingen war an die Ahrtalbahn und die Kanonenbahn gleichermaßen angeschlossen gewesen. Über diese geheime Nachschublinie für die Westfront gab es selbst über 50 Jahre nach der Stillegung immer noch keine Baudetails. Immerhin war die Recherche spannend und längst noch nicht abgeschlossen.

Auf dem Gartenschaugelände grünt und blüht es bereits ein Jahr vor der Eröffnung. Die dauerhaften Gartenanlagen sind bereits fertig gestellt und die Eidechsen können sich jetzt wieder auf dem Gelände ausbreiten. Bevor im Vorjahr die Bagger anrückten, war ein neues Quartier für die Fliegen- und Insektenfänger in einer geschotterten Verschieberampe angelegt worden. Biologen hatten wochenlang mit viel Geschick und handgefertigten Fanginstrumenten die seltenen Mauereidechsen gefangen und umgesiedelt. Die Bilder der mehr oder weniger erfolgreichen Fangversuche von sich vorsichtig bodennah anschleichenden Naturschützern hatten in der Presse einen regen Widerhall gefunden. Am Ende des Sommers 2006 waren insgesamt 292 Eidechsen eingefangen und ortsnah umgesiedelt worden. Denen war die neue, etwas beengtere Situation gut bekommen, wie die beachtliche Vermehrungsrate zeigte. Der Platz wurde nun allerdings knapp und so ist es gut, dass sich die ortstreuen Reptilien wieder auf dem Gelände ausbreiten können.

Auch auf der Ingelheimer Aue in Mainz sind Biologen unterwegs, um die kleine Insel zugunsten eines großen Kohlekraftwerks eidechsenfrei zu machen. Sie sollen in den Budenheimer Steinbruch umsiedeln – der natürlich ein ganz anderes Klima als eine Rheininsel hat. Ob das wohl gut geht? Die Umsiedlung der seltenen Feldhamster vom Hechtsheimer Messegelände war ein glatter Fehlschlag gewesen. Die mit riesigem finanziellen Aufwand zwangsumgesiedelten Nager waren inzwischen aus ihrem zugewiesenen Bereich spurlos verschwunden – war da wieder eine Population ausgelöscht worden? Doch Umsiedlung war nicht nur im Tierreich angesagt. Einige Nichtsesshafte hatten hier oder in ehemaligen Bergwerksgebäuden im Wald gelebt und, wie die Eidechsen, im Zuge der Landesgartenschau umziehen müssen.

Die weitaus meisten machen aus Gelegenheit „Platte“, ziehen im Sommer umher, holen zehn Euro pro Tag von den Kommunen und beziehen im Winter ein Zimmerchen. Die haben kein Problem mit einer neuen Bleibe. Aber da sind die wenigen „wirklichen“ Nichtsesshaften, die wirklich nicht mehr mit der Gesellschaft klar kommen, allein leben und „ihr Geld“ in aller Regel nicht abholen. Sie leben allein und unerkannt, oft lange an einem Ort. Ob in einer Mausoleums-Nische des Binger Friedhofs unterhalb des Finanzamtes oder eben in einem alten Häuschen auf dem Bahnhofsgelände – unsichtbar, unhörbar und doch da. So wie Günter, der fast 70 ist und im Parterre eines kleinen Rangierhäuschens lebte, etwa 100 Meter vom Parkplatz Rheinkribben entfernt, auf etwa sechs Quadratmetern, als ich ihn das letzte Mal gesehen hatte. Das Häuschen ist jetzt abgerissen und er verschwunden.

Aus der Vogelperspektive des Mäuseturms sieht alles wunderbar glatt und bunt aus, doch das Gelände hat über das Bergwerk und die Bahn immer noch seine Verbindungen in alle Richtungen. Überirdisch sieht alles gut aus, aber was tut sich im Untergrund?

Die abgebissenen Taubenfüße auf dem Dach zeigen, dass sich an einsamen Stellen merkwürdige Dinge ereignen. Ich schaue noch eine Weile den Arbeiten auf dem Gartenschau-Gelände zu, während ich mit halbem Ohr Mauermanns Anekdoten über den Mäuseturm aufnehme. Als wir mit dem Schiff zurück fahren, lässt mich der Gedanke an die Vogelfüße nicht los.

*

Nicht, dass sich Bruno viele Gedanken gemacht hätte, vorher. Es gibt halt Dinge, die geschehen. Einfach so, da kann man nichts machen. Sono cose che succedono. Wenn nur dieser tedesco nicht so schwer wäre, den er über der rechten Schulter trug. Porco cane! Schlaff hingen seine Glieder herab, die bloßen Füße schlugen gegen seine Oberschenkel.

Bruno war so klein wie alle, die schon in früher Jugend bei unzureichender Ernährung schwere körperliche Arbeit verrichten müssen. Er war 23 Jahre alt und seit zehn Jahren unterwegs, zunächst als Spazzacamino zur Reinigung von Schornsteinen. Seit er zu groß dafür war und stark genug für die Arbeit unter Tage, war er Tunnelarbeiter, vor allem in der Schweiz und in Deutschland. So war er nach Fertigstellung des Gotthard-Tunnels 1881 direkt zum Bau der Eisenbahnstrecke an Nahe und Glan gewandert.

Er war körperlich stark und gewandt, aber noch wichtiger war seine Erfahrung im Umgang mit Schießpulver, das tonnenweise genutzt wurde, um Löcher in Berge zu sprengen oder Böschungen abzutragen. Seine geringe Körpergröße von nur einem Meter sechzig verleitete Außenstehende oft dazu, ihn zu unterschätzen, war aber im Tunnelbau von großem Vorteil. Er war besonders vorsichtig, denn er wusste, dass sich lockeres Gestein auch lange nach der Sprengung noch unvermittelt lösen konnte.

Auch jetzt in der Nacht achtete er genau auf die Umgebung. Der Vollmond warf ein fahles Licht, das die Landschaft geisterhaft grau erscheinen ließ. Er hörte Sprachfetzen. Bruno setzte sich im Gebüsch auf einen kleinen Felsen, ließ den schlaffen Körper seitlich von der Schulter gleiten und lauschte den Stimmen, die zunächst näher kamen und dann, langsam leiser werdend, Richtung Oberhausen wanderten. Als sie verklungen waren, war nur noch das stetige Rauschen der Nahe zu hören, unterbrochen von den vereinzelten Rufen eines Käuzchens.

Die Felsen strahlten ihre Wärme in die sternenklare Nacht und die Luft war nicht mehr so staubig wie am Tag, als die schwitzenden, staubigen Arbeitskolonnen Felsen gesprengt, Schotter eingebaut und Gleise verlegt hatten. Bruno schulterte wieder seine Last mit einer geübten Bewegung und ging mit festem Schritt weiter bergan durch die halbhohen Büsche, bis er zum Tunneleingang kam. Dort legte er den leblosen Körper seitlich ab und lauschte, doch er hörte nichts. Er zog ein Phospor-Reibholz aus einer kleinen Schachtel, die er für Sprengungen immer bei sich trug, zündete eine Pechfackel an und folgte den Gleisen bis zum Tunnelausgang. Niemand war da, seine Kollegen waren sicher in den billigen Unterkünften zwischen Oberhausen und Duchroth oder trafen sich mit einem deutschen Mädchen. Bruno war sich nun sicher, dass er allein war und ließ die Fackel in einer Nische auf der bergseitigen Tunnelwandung zurück, in der eine Eisenleiter fest angebracht war.

Dann kehrte er zu seinem Versteck zurück, nahm seine Last wieder auf und folgte dem Tunnel bis zur Mauernische. Als er auf die Leiter trat, zog es so stark, dass sich die Flamme der Fackel nach oben streckte und zu verlöschen drohte. Der anstrengendste Teil seiner Aufgabe wartete auf ihn. Nur gut, dass er jetzt keine Entdeckung mehr fürchten musste, da in der Nische die Fackel nur noch geringes Streulicht nach außen werfen würde.

Die erste Leiter endete an einem kleinen Zwischenpodest, von dem eine zweite, gebogene Leiter auf die glatte Oberseite des Tunnelgewölbes führte. Der Luftzug wurde noch stärker, ein kurzes Flackern und die Fackel erlosch. Bruno fluchte und versuchte, sie erneut anzuzünden, scheiterte aber. Er wollte seine restlichen Phosphorhölzer nicht verschwenden, legte den leblosen Körper auf den kleinen Vorsprung und kletterte im Dunkeln die zweite Eisenleiter hoch, deren Biegung den glatten Ziegelsteinen an der Oberseite des Gewölbes angepasst war. Er hatte selbst am Tunnel mitgebaut und wusste über seine Besonderheiten genau Bescheid.

Die Luft zog immer stärker, während die Neigung der Leiter abnahm, bis er schließlich auf dem Scheitel des Gewölbes war. Auf den Ziegeln lagen nun lockere Bruchsteine des Felsens mit ihren scharfen Kanten. Katzenhaft bewegte sich Bruno weiter nach vorn, bis er an das Kopfende des Ganges stieß, wo es nach rechts blies. Er bewegte sich nach links in eine Nische, wo die Luft still stand. Wieder entzündete er die Fackel, deren flackernde Flamme seine Augen zunächst blendete und dann tanzende Schatten auf die raue Felsoberfläche zauberte. Er klemmte sie zwischen zwei scharfkantige Steine.

Ein dumpfes Plumpsen vom Aufgang her, als wäre ein Sack auf den Boden gefallen, alarmierte ihn. War ihm jemand gefolgt? Er löschte die Fackel und blieb still am oberen Ende der Leiter sitzen. Dort konnte ihm niemand gefährlich werden. Noch eine ganze Weile lauschte er, doch nichts war zu hören. Er zündete die Fackel wieder an und kletterte vorsichtig, jeden Laut vermeidend, nach unten. Dort fand er schnell den Grund für das Geräusch. Der leblose Körper war vom Zwischenpodest nach unten gerutscht und kopfunter zu Boden gestürzt, die Beine zum Bauch hin abgeklappt.

Er kletterte herunter, um seine Last wieder aufzunehmen und bemerkte dabei, dass der Körper langsam steif wurde. Energisch drückte er ihn so zurecht, dass er ihn wieder schultern konnte und stieg nun vorsichtig wieder die Leiter hinauf, deren dünne Eisenstufen sich durch die dünnen Schuhsohlen drückten. Als er in der Nische angekommen war, wo die Fackel langsam niederbrannte, verschnaufte er zunächst und drückte dann die Leiche in eine Ecke unter locker hängendes Gestein. Ein paar Schläge mit einem Stein lösten Teile der von der Sprengung noch lockeren Decke, die lawinenartig die Leiche begruben und die Fackel verschütteten. Bruno war durch die Anspannung einen Moment unachtsam, wurde von einem Stein an der Brust gestreift und verspürte einen kurzen stechenden Schmerz am Bein. Routiniert rollte er sich nach hinten ab. Staub wirbelte auf und zog langsam in den rechts abbiegenden Gang davon.

Er hatte Glück gehabt, nichts schien gebrochen, wenn auch das rechte Schienbein schmerzte und blutete. Nach einigen Minuten zündete er ein Reibholz an, um sich einen Überblick zu verschaffen. Ein großer Steinhaufen lag da unter einer immer noch recht fragil aussehenden Decke, aber das Tunnelgewölbe hatte die plötzliche Belastung problemlos gemeistert. Die Fackel war nicht mehr zu sehen, die Leiche vollständig unter den herab gestürzten Bruchsteinen begraben. Das Reibholz verlosch und Bruno kletterte vorsichtig nach unten, orientierte sich im Dunkeln an den Gleisen und wanderte zurück nach Oberhausen. Dort bemerkte er, dass seine Halskette fehlte und ging noch in der Nacht wieder in den Gang. Er fand sie im Licht seiner Fackel, unter den Steinen begraben. Ungeduldig zog er sie heraus, doch sie riss. Er steckte in die Tasche, was er konnte und ging über die Gleise zurück Richtung Dorf. Noch hatte niemand seine Abwesenheit bemerkt.

Die Arbeiten am Kinnsfels-Tunnel waren beendet und bald fuhr die erste Lok die Nahe herauf. Die Arbeit war getan und so zogen die Baustellenarbeiter zur nächsten Baustelle weiter hoch am Glan. Die einheimischen Bauern waren froh, dass die fremdländischen Gesellen endlich wieder weg waren. Sie hatten sich schon lange an den Fremdarbeitern gerieben, sie der Unzucht mit einheimischen Mädels und des Diebstahls verdächtigt. Als dann gegen Bauende Gert, der Sohn des Dorfschulzen, spurlos verschwunden war, nährte das wild wuchernde Spekulationen. Gert blieb verschwunden, so dass die mit ihm verlobte und schwangere Emma das Kind nun ohne Vater auf die Welt bringen musste. Es war ein Mädchen und sie nannte es Andrea. Doch schon kurz nach der Geburt wanderte sie mit dem Kind weg. Man hörte nur noch wenig von ihr. Sie hatte wohl weiter weg einen Mann gefunden, der ausgesprochen fleißig war, einen Italiener. Mit ihm hatte sie noch weitere Kinder bekommen, aber – so hörte man – er behandelte auch ihr erstes Kind, als wäre es sein eigenes.

*

Der Wolkenbruch hatte weniger als zehn Minuten gedauert und schlagartig aufgehört, als Hauptkommissar Herbert Wülfing und Oberkommissar Hajo Hessinger mit ihrem Dienstwagen aus der Tiefgarage des Polizeipräsidiums ausgefahren waren. Schon war die Sonne wieder durchgekommen; Pfützen in den Vertiefungen der Fahrbahn und rund um die Gullys dampften im Gegenlicht, als sie aus der Goethestraße in die Rheinallee Richtung Schloss einbogen.

Während Herbert Wülfing mit Blaulicht stadtauswärts rauschte, hörte er mit halbem Ohr den Kommentaren seines Kollegen Hajo Hessinger zu, der zum neuen Thema Kohlekraftwerksbau auf der Ingelheimer Aue aus der Allgemeinen Zeitung vorlas. Erst war jahrelang angeblich kein Geld für das neue Mainz05-Stadion da gewesen, dann aber plötzlich war eine Milliarde aus der längst leeren Mainzer Stadtkasse kein Problem. Aber vielleicht fehlte den unwissenden Steuerzahlern einfach der Sinn fürs große Ganze, denn der korruptionsgeschüttelte Kraftwerksbauer konnte jedes Milliärdchen sicher gut gebrauchen, um den Überschuss zu steigern. Dagegen wurde auf der anderen Rheinseite besser gewirtschaftet, wenn auch die Wiesbadener mitunter Schildbürger-Qualitäten zeigten. So hatte die ESWE den Wiesbadener Personenverkehr öffentlich ausgeschrieben und der HVV – Hamburger Verkehrsverbund - das Rennen gemacht. Leider aber waren die norddeutschen Flachland-Busse den steilen Wiesbadener Straßen nicht immer gewachsen gewesen, so dass mitunter die Fahrgäste aussteigen und zu Fuß weiter mussten.

Dass Wülfing fuhr, hatte durchaus Methode, denn der Anfangsechziger traute dem flotten Fahrstil seines deutlich jüngeren Kollegen nicht immer und unbedingt und außerdem war es eine kleine Prestigeübung. Es hatte in den vergangenen Jahren keine wirklichen Spannungen zwischen den beiden gegeben, aber der Hauptkommissar wollte unnötigen Stress vermeiden. Vor einigen Jahren hatte er sich einen Igelschnitt zugelegt, der ihn - nicht nur in den Augen seiner Lebensgefährtin Elvira – jugendlicher erscheinen ließ, aber tatsächlich neigte der Hauptkommissar eher zur Gemütlichkeit. Bei dem schwülen Wetter war es ohnehin nicht sehr angenehm in den langen Hosen, die man als Amtsperson tragen musste. Immerhin waren kurzärmelige Hemden erlaubt; sein Kollege Hajo trug ohnehin stets schwarze T-Shirts.

Als sie bei Mainz-Großberg abfuhren und sich der Frankenhöhe näherten, erfasste Wülfing eine innere Unruhe. Der erste Bericht hatte merkwürdig geklungen und das versprach nichts Gutes. Zwar konnten sich einfach aussehende Fälle plötzlich verkomplizieren; den umgekehrten Weg hatte er in weit über 30 Jahren bei der Kripo Mainz indes nur selten kennen gelernt. Hessinger strich sich über den Vollscheitel, als sie in das Wohngebiet einbogen. Bei ihm war das berufsbedingte Misstrauen in der letzten Zeit stetig gewachsen und damit war ein schleichender Verlust an Attraktivität beim weiblichen Geschlecht einher gegangen. Immerhin zog der Schon-wieder-Jahrhundertsommer den Enddreißiger öfter mal ins Freie und wer weiß, vielleicht würde es ja bald wieder klappen und alles würde gut.

Im Moment machte sich Kollege Oberkommissar aber offensichtlich keine Sorgen um ein weibliches Pendant, sondern hatte die AZ inzwischen ausgelesen und angelte sich gerade den neuesten Mainzer vom Rücksitz, als sie auf den Feldweg einbogen. Mit ihrem Benz rutschten sie mehr, als dass sie fuhren, über den schlammigen Feldweg in Richtung des Traktors mit seinen zwei Anhängern. Als sie schließlich ausstiegen und auf den Fundort zugingen, pappte die Erde in der abgeernteten Spur wie frisch gekochter Pudding an den Schuhen, die mit jedem Schritt schwerer wurden. Die Pfützen auf dem Wirtschaftsweg dampften in der stechenden Sonne. Auf dem Mainzer Ring am Steinbruch staute sich nun der Verkehr in Richtung Bingen vor der Baustelle des Hechtsheimer Tunnels. An einigen Autos wurden Fenster herunter gekurbelt, Fahrer schauten zum Steinbruch.

Hessinger und Wülfing drückten sich am Mähdrescher und dem Benz Vito der Spurensicherung vorbei. Die Kollegen in ihren weißen Wegwerf-Overalls gingen, konzentriert zu Boden blickend, auf einer kreisförmigen

Fläche inmitten des Weizenfeldes umher. Richtig, von einem Kornkreis war in der ersten Info die Rede gewesen, erinnerte sich Wülfing.

Der Drescherfahrer hatte seine Kabinentür geöffnet.

„Kann ich weiter fahren, Herr Kommissar? Zeit ist Geld und hier muss alles erst abtrocknen."

„Warten Sie bitte noch einen Moment."

Vom Traktor näherte sich der Landwirt in seinem olivfarbenen T-Shirt. Erich Ackermann war ein schwarzhaariger Mann Mitte 30, schlank und mit Schnauzer. Wie es denn weiter gehe? Schließlich müsse er den Lohnunternehmer mit seinem Mähdrescher bezahlen, meinte er und schlug sich den Staub von seiner Jeans. Diese Kosten müsse der Staat tragen, schließlich könne er nichts dafür, dass da ein Toter in seinem Feld läge. Der Verdienst in der Landwirtschaft sei katastrophal.

„Wissen Sie, wieviel Weizen wir auf einem Hektar ernten? Wenn wir Glück haben, vielleicht 80 Doppelzentner, in diesem Jahr durch den trockenen Mai und Juni vielleicht die Hälfte vom letzten Jahr. Und wieviel bekommen wir dafür? 15 Euro für einen Doppelzentner - das macht fünfzehn Cent pro Kilo. Davon müssen Sie die Kosten abziehen – von der Saat bis zur Ernte. Und dann raten Sie mal, wieviel Mehl in einem Brötchen ist!" schimpfte er und gab gleich die Antwort: „Vielleicht 50 Gramm, also für weniger als ein Cent! Die Brötchen werden immer teurer und wir Landwirte bekommen immer weniger! Da kann ich mir keinen Ausfall leisten."

Hessinger begann mit seiner Befragung, während Wülfing sich zunächst an den Drescherfahrer wandte, der aus seiner Kabine herunter geklettert war. Der war als Lohnunternehmer, also Dienstleister, mit der Ernte der „Frucht" beauftragt worden - gemeint war Getreide, in diesem Fall der Weizen. Angesichts des Kornkreises mit der leblosen Person hatte er seine Maschine gleich gestoppt und sei kurz ausgestiegen, um sich die Leiche anzusehen. Danach habe er gleich die Polizei angerufen. Auch die beiden anderen erzählten nichts anderes und interessant wurde es lediglich, als Wülfing den Landwirt nach dem Kornkreis fragte. Der Mähdrescher könne den Kreis wohl kaum erzeugt haben.

„Natürlich nicht, Herr Kommissar", Ackermann warf dem Drescherfahrer einen kurzen Blick zu und schaute dann wieder zu Wülfing. „Der war ja vor dem Drescher da."

„Haben Sie eine Idee, wie der Kreis dahin kommt?"

„Nein. Aber viele glauben, dass Ufos diese Kreise erzeugen."

„Und was glauben Sie?"

Wülfing lies nicht locker und die anderen hörten interessiert zu.

„Da könnte was dran sein", er wich Wülfings Blick aus. „Schon wieder ein wirtschaftlicher Schaden, den mir keiner deckt."

„Da können wir Ihnen wahrscheinlich nicht weiterhelfen", schaltete sich Hessinger ins Gespräch ein, „Wir brauchen auch noch zwei Stunden, bis wir fertig sind."

Grummelnd ging der Bauer zum Drescherfahrer und besprach sich mit einem Seitenblick auf die Kommissare mit ihm. Dann starteten beide die Motoren und fuhren Richtung Bodenheim davon. Die Spurensicherung war inzwischen weiter gekommen und so konnten sich Wülfing und Hessinger die Leiche einmal genauer anschauen.

Ein junger Mann noch, vielleicht 18 bis 20 Jahre alt, groß, mit etwas rundlichem Gesicht, die Haare komplett geschoren. Ganz in schwarz und Leder, schwarze Lederhose, schwarze Lederstiefel, schwarzes T-Shirt. Der Aufdruck auf dem T-Shirt „Deutschland den Deutschen" passte dazu. Die Augen waren unnatürlich geweitet und gerötet, der Mund weit geöffnet. Große dunkle Flecken auf der Stirn und um Nase und Mund, eine Blutspur aus der Nase, längst geronnen. Die Kleidung pappte nass am Körper und fing an, in der Sonne zu dampfen.

„Eine Glatze", sagte Wülfing vor sich hin und ergänzte mit Seitenblick auf seinen Kollegen mit dem Vollscheitel, „aber von der anderen Seite."

„Ich weiß schon, wie du es meinst", grinste Hessinger und fragte einen Kollegen von der Spurensicherung, der sich gerade mit prüfendem Blick über die Stiefel des Toten beugte. „Habt ihr etwas Persönliches gefunden?"

„Keinen Ausweis, aber ein Handy", brummelte der und richtete sich wieder auf. „Rührt sich nicht, hat wohl zu lange im Wasser gelegen. Aber unsere Techniker werden das schon wieder zum Laufen bringen. Und da hängt was an den Stiefeln. Was Schwarzes."

„Schuhcreme?"

„Das ist kein Spaß. Mal sehen, was die im Labor dazu sagen."

Beide schauten noch einmal über die Fundstelle und gingen zurück zum Auto. Wieder klebten sich kleine Erdschollen an den Schuhen fest und verdichteten sich zu ganzen Klumpen. Es wurde schwüler, die Sonne stach und das nächste Hitzegewitter war nur noch eine Frage der Zeit. Sie setzten sich bei geöffneter Tür seitlich auf ihre Sitze, ließen die Beine außen baumeln und reinigten erst ihre Schuhe.

„Im Kornkreis waren die Halme nur umgebogen, nicht gemäht. Das Ufo war jedenfalls keine Erntemaschine. Glaubst du den Kram vom Ufo?"

„Kann gut sein."

„Was?" Hessinger schaute seinen Kollegen zweifelnd an.

„Bei den Parkgebühren konnten die es sich wahrscheinlich nicht leisten, in der Innenstadt runter zu gehen."

Beide mussten lachen, die Vorstellung war anregend. Ein Ufo landet auf dem Parkplatz Hintere Bleiche hinter dem Landesmuseum und überfliegt dabei logischerweise die Einfahrtsschranke. Schon taucht eine große Politesse im blauen Arbeitsdress auf und will das ausgestiegene kleine grüne Männchen verwarnen. Das allerdings hat nur Marsgeld dabei und auch keine PMG-Parkkarte – wie peinlich ...

Sie waren guter Dinge, als sie im Benz zurück fuhren, obwohl der Anlass ernst war. Da war ein junger Mensch gestorben – wohl keines natürlichen Todes. Mund und Augen weit aufgerissen – warum? Ein solches Bild ließ Wülfing selbst nach so vielen Dienstjahren nicht kalt. Und dann dieser Bauer, der so merkwürdig reagierte, als er ihn zum Kornkreis gefragt hatte und immer wieder betonte, wie wenig Geld er mit seinem Anbau verdiente.

„Wieviel Verlust wird der Bauer tatsächlich durch den Kornkreis haben?" dachte Hessinger laut.

„Das können wir später ausrechnen, ich frage Elvira" antwortete Wülfing, dessen Lebensgefährtin an der Grundschule am Mäuseturm in Bingen unterrichtete. Die konnte sicher die Fläche von Kreisen berechnen. Das konnte man natürlich auch im Polizeipräsidium machen lassen, der Gedanke daran war allerdings in den Zeiten der Pisa-Studie ein wenig ehrenrührig. Erst kürzlich war er bei einer launigen Grillfeier wieder mit der uralten Klamotte aufgezogen worden, nach der zwei Polizisten eine Leiche vor dem Gymnasium finden und sie für den Polizeibericht kurzerhand vor die Post legen, weil sich das besser schreiben lässt.

Als sie am Weisenauer Zementwerk vorbei fuhren, grüßte sie das Banner „Am 13. Mai Eröffnung mit den Edelweißspitz-Buam" von der Transportbrücke über der B9, die das Werk in einen Teil am Rhein und den bergseitigen Komplex mit Steinbruch teilte.

„Scheint nicht mehr ganz aktuell", meinte Hessinger und deutete auf den fragenden Blick seines Kollegen nach oben.

„Doch, den Biergarten gibt es noch, wenn auch das Werk nach und nach auf die Rheinseite verlagert wird, wo es ja seine Wurzeln hatte."

„Dass hier sogar Bayern auftreten ..."

„Das ist der Volks-, Gebirgs- und Trachtenverein „Weisenau" mit seiner Tanzgruppe, fast alles waschechte Weisenauer. Fast, weil die eigentlich aus Bayern stammen und aus wirtschaftlicher Not in den Zwanziger Jahren nach Weisenau auswanderten, um in der Portland zu arbeiten. Das Dorfleben ist hier ausgesprochen intensiv."

Als sie im Polizeipräsidium ankamen, verdunkelte sich der Himmel schon wieder, das nächste Gewitter kündigte sich vom Taunus her an. Ohne den Bericht der Spurensicherung konnten sie noch nicht viel unternehmen. So schrieben sie einen kurzen Bericht und machten dann Feierabend. Den Ufo-Verdacht erwähnten sie nur am Rande.

*

Heute schneiden wir nicht, heute ist fleischloser Freitag. Über diese billigen Chirurgenwitze hatte Dr. Zweipfennig noch nie mehr als müde grinsen können und in seinem Beruf schon gar nicht. Immer nur mit totem Gewebe zu tun zu haben war sicher nicht die anregendste Tätigkeit, aber der zierliche Mann zog eine gewisse Befriedigung daraus, mit seiner exakten Arbeit schon oft bei der Aufklärung von Verbrechen mit geholfen zu haben. Dennoch war der Stress groß und die Zeiten, als er seine weißen Haare noch zählen konnte, waren längst vorbei. Immerhin fanden seine Kinder Vanessa und Verena ihren Vater auch so toll (prima, Papa, sieht aus wie Dachs) und seine Frau Renate lächelte verständnisvoll, wenn sie ihm bei einem gemütlichen Abend über die weißen Strähnen strich.

Das wohlverdiente Wochenende lag vor ihm, die nächste Leiche auch. Sorgfältig wie immer machte er seine Arbeit. Ein junger, kräftiger Mann, möglicherweise der rechten Szene angehörend. Eine „SS"-Tätowierung im Nacken, ein verschnörkeltes Hakenkreuz auf der Brust, dazu „Germania" und „Sieg Heil" an den Unterschenkeln, beides in Sütterlin-Schrift. Die Todesursache? Der Tote musste vor dem Tod gestürzt sein, aber das konnte auf den ersten Blick eigentlich nicht die Todesursache gewesen sein.

Zweipfennig las im vorläufigen Protokoll. Die Spurensicherung habe im Gesicht der Leiche radioaktive Strahlung gemessen, die allerdings sehr schwach und damit ungefährlich sei. Sie ginge von der schwarzen Substanz aus, die sich ebenfalls an der Kleidung und vor allem den Stiefeln des Toten befunden habe und derzeit noch näher untersucht werde. Natürlich sei der direkte Kontakt mit der schwarzen Substanz vorsichtshalber zu vermeiden ...

„Logisch" brummte der Gerichtsmediziner vor sich hin und legte den Bericht zur Seite. Seit wann untersuchte die Kripo Leichen auf Radioaktivität? Hatte das etwas mit dem Fall Litwinenko zu tun, dem russischen Ex-KGB-Agenten, der - mit Polonium vergiftet – eines grausamen Todes starb? Radioaktive Substanzen waren in der Regel Schwermetalle, sieht man von dem radioaktiven Edelgas Radon und den relativ seltenen und schwach strahlenden Isotopen anderer Elemente ab. Jemand hatte Litwinenko mehr als ein Gramm Polonium in den Tee gemischt. Es hatte sich in seinem Körper verteilt und an verschiedenen Stellen stark angereichert. Dort strahlte es so stark, dass es die benachbarten Zellen zerstörte und an vielen Stellen gleichzeitig Krebs entstand. Das Resultat war ein langsamer, qualvoller Tod gewesen. Dieser Mann auf dem Seziertisch aber war vor seinem Tod scheinbar gesund gewesen.

Die schwarze Substanz war, das zeigte die Gewebeuntersuchung, von außen in das Gewebe eingedrungen, das Nasenbein gebrochen, sonst nichts. Dunkle Flecken an Knie und Ellenbogen waren ebenfalls typisch für Sturzfolgen. Aufschlussreicher waren die blutunterlaufenen Augen mit ihren geplatzten Adern. Das sprach für einen Erstickungstod, beispielsweise durch Erwürgen. Aber Würgemale fehlten vollständig, und der Tote sah nicht so aus, als ob er sich nicht zu wehren gewusst hätte. Also müsste er durch mangelnde Sauerstoffzufuhr erstickt sein. Aber wo gab es eine Umgebung, in der man ersticken kann und eine schwache Radioaktivität auftritt? Ein Kernkraftwerk? Eine schöne Aufgabe für die Kripo.

Die Leiche hatte am Kopf kräftige Haarstoppeln, die Behaarung unter den Achseln und im Schambereich war völlig normal entwickelt. Die Leiche war heute gefunden worden, aber das war nicht der Todeszeitpunkt. Die Schmeißfliegen hatten ihre Eier längst darin abgelegt und deren Entwicklungsstand konnte allenfalls einen Tag zurück liegen, denn die Larven schlüpften erst gerade. Also sollte der Todeszeitpunkt frühestens auf den Vortag zu legen sein.

Der sichtbare Haarwuchs passte allerdings überhaupt nicht dazu – denn die Haut war schon so eingefallen, dass die kräftigen Haarstoppeln stark heraus traten. Der Tod sollte also bereits vor mehreren Tagen eingetreten sein, vielleicht am Dienstag dieser Woche. Die Blutspur aus der Nase war so fest getrocknet, dass der Regen ihr nichts hatte anhaben können, musste also vor der Fundzeit entstanden sein. In den Blutspuren waren einige schwarze Punkte zu erkennen - die erwähnten radioaktiven Spuren.

Zweipfennig seufzte, schlug die noch dünne Ermittlungsakte der Kripo auf und griff zum Diktiergerät.

„Männliche Leiche, 20 Jahre alt, nach Bericht ein Karl Krabig aus Rostock, zuletzt wohnhaft in Mainz. Abschürfungen und Schlagmerkmale im Gesicht, möglicherweise durch Schlag oder Sturz. Todeszeitpunkt wahrscheinlich Dienstag dieser Woche, Leiche am Fundort nicht vor Donnerstag Nachmittag. Leiche vorher in biologisch inaktiver Umgebung ohne Insekten.“

Zweipfennig wollte gerade seinen Bericht abschließen, als ein Anruf von der Kripo kam, wie er an der mit 65 beginnenden, im Display angezeigten Telefonnummer erkannte.

Hajo Hessinger teilte ihm mit, dass die schwarze Substanz als Manganoxid-Schlamm identifiziert worden sei. Er könne das ja in seinen Bericht einschließen, um nicht ständig zu schreiben: „Die unbekannte, schwärzliche Substanz.“ Dem folgte der Forensiker, faxte den Bericht ins Polizeipräsidium und ging ins Wochenende. Um die noch offenen Fragen musste sich nun die Kripo kümmern.

*

„Was ist denn das?“ Mehr aus Pflichtbewusstsein als aus Überzeugung machte sich Wülfing am Samstag Vormittag auf den Weg ins Büro, um sich den ersten Bericht der Spurensicherung durchzulesen. Nachdem sich die Schwüle in den Hitzegewittern am Abend und in der Nacht entladen hatte, war die Luft klar und frisch und der Hauptkommissar hatte sich kurz entschlossen zu Fuß auf den Weg gemacht. Schon am ersten Kiosk fiel ihm die Schlagzeile der Zeitschrift mit den großen Überschriften auf: „Ufos über Mainz? Sensationelle Fotos vom Tod im Kornkreis!“.

Zwar hatte er im Büro alle Tageszeitungen und war eigentlich zu sparsam, um sich eine eigene zusätzlich zu kaufen, aber hier machte er eine Ausnahme.

Ungeduldig faltete er sie auf und tatsächlich - wie es sich gehört - garnierten gleich eine ganze Reihe von Fotos den Bericht. Da war ein Kornkreis von oben aufgenommen, offensichtlich eine Luftaufnahme, dazu Bauer Ackermann in sauberer Feldkluft vor dem riesigen Hinterrad seines größten Treckers, auf die Fundstelle der Leiche zeigend und ein kleines Bild seines Hofes mit Bauernladen.

Der Clou aber war ein in das Kornkreis-Foto eingeklinktes, reichlich unscharfes Bild mit der Unterschrift „Sind das die Außerirdischen? Ein Leserfoto des Tatortes zeigt merkwürdige weiße Gestalten, die kurze Zeit später spurlos verschwunden waren."

Als er mit der Zeitung ins Büro kam, brütete Hajo bereits über dem Bericht der Spurensicherung.

„Passt alles zusammen, Herbert", meinte er und hielt einige Seiten hoch, „der scheint tatsächlich der rechten Szene anzugehören."

„Das sah mir schon fast zu eindeutig aus. Hast du die Zeitungen gesehen?"

„Nur die Titelseiten und die Berichte zum Kornkreis. Die AZ und MRZ schreiben Dinge, die eigentlich nur der Bauer oder der Drescherfahrer gewusst haben können. Oder dieser Luggi mit dem Hund. Ein echtes 05er-Original, stellt sich gleich mit seinem Spitznamen vor."

„Der Ackermann ist da etwas distanzierter und geschäftstüchtiger. Hat sicher ein paar Euro für die Fotos bekommen und Riesenwerbung für seinen Laden dazu. Aber woher kommt das Luftbild?"

„Wir haben gestern keinen Hubschrauber gesehen", stellte Hessinger fest „Und danach war es zu dunkel zum Fotografieren. Du meinst, da hätte jemand vorab gewusst, dass da was passiert?"

„Könnte sein – oder eben nicht. Bei Fotos gibt es ja heute einige Manipulationsmöglichkeiten. Und unsere Kollegen von der Spurensicherung sind jetzt als Außerirdische geoutet. Dank der schönen weißen Overalls und unscharfer Handy-Fotos von einem Feldanlieger. Der Name der Sensationsfotografen wird ja immer mit dem Foto abgedruckt. Ein dezenter Hinweis ans Finanzamt, so ganz nebenbei."

„Unsere Fotospezialisten sind erst am Montag wieder im Büro – vorher können wir nur unseren gemeinsamen Pressefreund Ronni fragen. Doch zunächst zu den Fakten." Der Oberkommissar schob den Bericht der Spurensicherung und die Zusammenfassung der ersten Ermittlungen über den Schreibtisch und ging zum Espressoautomaten.

Die Bohnen im Mahlwerk knirschten, dann brummte der ganze Apparat und schließlich füllte sich Wülfings überdimensionale Tasse. Sie war so flach, dass sie unter die Ausgießöffnungen passte, hatte aber einen so großen Durchmesser, dass „ordentlich was reinpasste". Seine Lebensgefährtin Elvira hatte sich vor Weihnachten bei den Kollegen erkundigt und dann die Weihnachtsmärkte abgegrast. Eine Töpferin auf dem Weihnachtsmarkt in der alten Markthalle in Ingelheim hatte dann das gute Stück individuell hergestellt und rechtzeitig vor Weihnachten am Mombacher Westring abgeliefert.

Der Super-Latte war fertig, bevor Wülfing die erste Seite durchgelesen hatte. Der Tote hatte keine Ausweispapiere, war aber anhand der Fingerabdrücke sofort identifiziert worden. Die neue Fingerabdruck-Datenbank beim BKA funktionierte inzwischen reibungslos, nachdem ihre Einrichtung über Jahre für Chaos und zwischenzeitliche Rückkehr zum manuellen Abdruckvergleich gesorgt hatte. Wülfing blätterte um.

Was die Kleidung schon vermuten ließ, schien sich zu bewahrheiten. Karl Krabig war 20 geworden und erst 2005 von Rostock nach Mainz gekommen. Die Eltern geschieden, er mit 15 in ein betreutes Wohnen gezogen, wie in der Jugendamts-Akte vermerkt. Kein Schulabschluss, Gelegenheitsarbeiter. Er war im rechtsradikalen Umfeld aktiv gewesen, mehrfach wegen gefährlicher Körperverletzung angezeigt, aber nur ein Verfahren war durchgezogen worden und hatte in einer Jugendstrafe geendet, die zur Bewährung ausgesetzt worden war. Die Fingerabdrücke waren jedenfalls vorhanden gewesen und hatten die schnelle Identifizierung ermöglicht. Dann war er nach Mainz gekommen und hatte hier zunächst von Sozialhilfe gelebt, schließlich ein 400-Euro-Job bei einem Paketversand.

„Auch noch ein Weltverbesserer!" brummte der Hauptkommissar vor sich hin.

„Wie?"

„Na ja – hat kurz nach seiner Ankunft hier einen Studenten angezeigt, weil der bei rot über die Ampel gefahren sein soll. Wahrscheinlich aber nur, weil der lange Haare hatte und er „diese linken Bazillen" nicht leiden konnte. Pech für ihn nur, dass gerade an dieser Kreuzung eine Videoüberwachung installiert worden war. Gelernt hat er daraus jedenfalls nicht."

Ein paar Monate später hatte man ihn erwischt beim Versuch, während des Ausfahrens CDs mit rechtsradikalem Inhalt vor Schulen zu verbreiten. Er hatte seinen Job verloren, auch wenn das Gerichtsverfahren mit einer Verurteilung zu 30 Stunden Sozialarbeit geendet hatte.

„Scheint mir ein Mitläufer gewesen zu sein“, dachte Wülfing laut. „Irgendwann durchgereicht bis zur Hauptschule, dann in diesem Umfeld gar nichts mehr auf die Reihe bekommen. Da herrscht vor allem in den Städten ein unglaublicher Anpassungsdruck nach unten. Meist ist ein aggressiver Schüler tonangebend in der Klasse. Und wenn der dann rechts infiltriert wird, hat das schlimme Folgen.“

„Nachwuchs für die Rechten, Saalordner-Typen.“

„Ja, so ist die SA damals entstanden – das waren vor allem Arbeitslose, die sich mit wenig Geld und der Aussicht, bellen und beißen zu dürfen, von Hitler und seinen Kumpanen anfüttern und vereinnahmen ließen. In der uniformen Masse kann der zutiefst feige Biedermann seine unterschwelligen Aggressionen ungebremst ausleben.“

„Bleiben wir beim Toten. Die Todesursache? Die dunklen Flecken im Gesicht sind wohl Gewebeblutungen, vielleicht durch Schlageinwirkung? Auf der Seite sind Abschürfungen. Der Tod erfolgte aber durch Ersticken – allerdings ohne Würgemale.“

Hessinger schaute zweifelnd.

„Der sieht mir nicht so aus, als ob der sich von einem solchen Schlag ums Leben bringen lässt.“

„Sieht Zweipfennig auch so.“

Er hielt den Obduktionsbericht hoch.

„Und wenn er sich gewehrt hätte, wäre an den Händen etwas zu finden gewesen, die Kleidung zerrissen oder so etwas. Aber nichts dergleichen. Mund und Augen weit aufgerissen – wovor hat der solche panische Angst gehabt? Todesangst!“

„Und wer könnte für einen solchen Mord ein Motiv haben? Jemand, den er eingeschüchtert hat und der sich dann rächte?“

„Oder gar ein kleines grünes Männchen vom Mars?“ Wülfing musste grinsen, als er an die Titelseite in Deutschlands meistgelesener Boulevard-Zeitung dachte und wurde dann wieder ernst.

„Was ist mit der im Handy des Toten gespeicherten Nummer? Ruft man die mit der SIM-Karte an, meldet sich jemand mit „Krabig“ und legt dann auf, egal, was man sagt. Von einem anderen Telefon aus meldet sich diese Nummer überhaupt nicht. Zu beiden Nummern – der des Toten und der anderen – verweigern die Telefongesellschaften die Auskunft. Das gibt es doch gar nicht!“

„Wo war er eigentlich gemeldet? Aha, Winterhafen, Wäschbrigg.“

„Dann brauchen wir einen Taucheranzug. Denn die ist letztes Jahr gesunken. Weiß der Teufel, wo der seitdem wohnte. Wenn er Geld bezogen hätte, wäre er ja sicher beim Sozialamt oder der Arbeitsagentur registriert.“

Genau das aber war nach den ersten Erkundigungen eben nicht der Fall, der Obduktionsbericht half nicht wirklich weiter. Todeszeitpunkt Dienstag, am Fundort aber erst Donnerstag, dazwischen in einem Bereich, in dem die inneren Verwesungsprozesse normal verliefen, aber die äußeren nicht. Wen kann man befragen, wenn man nicht weiß, wo der Tote zum Todeszeitpunkt war und wo er gelebt hatte?

Die Kriminaltechnik hatte das Handy zwar nicht zum Laufen bekommen, aber die SIM-Karte war noch intakt gewesen. Es war ein Prepaid-Modell gewesen mit nur einer darauf gespeicherten Nummer. Als sie diese in ein Diensthandy eingelegt und angerufen hatten, hatte sich jemand mit „Krabig“ gemeldet und kurz danach aufgelegt. Ein Familienangehöriger vielleicht?

„Gib mal her.“

Wülfing wählte die gespeicherte Handy-Nummer vom Diensttelefon aus. Er ließ es mehr als eine Minute klingeln, doch die Gegenstelle hob gar nicht ab.

„OK, lassen wir das. Die Kollegen können es ja öfter mal versuchen.“

Das nächste war die unangenehme Pflicht, die Eltern des Toten zu informieren. Den Vater des Karl Krabig konnte er schnell telefonisch erreichen und ihm den Tod seines Sohnes mitteilen. Zunächst war ein betroffenes Schweigen zu hören, dann ein Schluchzen. Er hatte nichts mehr von ihm gehört, seit er weg gezogen sei. Sein Sohn sei wohl in schlechte Gesellschaft geraten. Wo er gelebt habe? Diese Frage konnte Wülfing nur sehr vage beantworten und die Frage nach der Todesursache gar nicht. Einen Bruder hatte Karl nicht gehabt und er selber habe kein Handy. Die Mutter erreichte Wülfing erst später. Hier war die Reaktion deutlich distanzier-

ter. Beide aber wünschten sich, dass ihr Sohn so schnell wie möglich in ihrer Nähe begraben werden sollte – wozu Wülfing mit Hinweis auf die laufenden Ermittlungen um etwas Geduld bat.

*

Der gestrige Wolkenbruch hat den feinen Staub der Getreideernte aus der Luft gewaschen und das Gras deutlich wachsen lassen. Nun, am Nachmittag, sind die Halme wieder so weit trocken, dass ich mir vom Nachbarn den Rasenmäher leihe, um den kreativen Wildwuchs ein wenig zu domestizieren. Meine Kinder Dominik und Linda sind wieder mal nicht da. Der Zweiwochen-Besuchsrhythmus hat sich aufgeweicht, oft sind es drei Wochen oder gar vier. Sie werden langsam volljährig und gehen ihre eigenen Wege, was bei meinem Sohn leider vor allem in endlosen Ballerspielen im Internet besteht, bei meiner Tochter in dauerndem Simsen mit ihren Freundinnen. Auch wenn sie mal da sind, haben sie keinerlei Lust auf Haus- und Gartenarbeit und so bin ich im Garten auf mich allein gestellt.

Kaum ist der erste, 35 Zentimeter breite und 15 Meter lange Streifen zu feinem Grasschnitt verarbeitet, klingelt das Telefon. Da ich Mobiltelefone wegen der Strahlung nicht besitze, muss ich wohl zum Apparat im Wohnzimmer - aber der Anrufbeantworter ist schon vor mir dran. Ich höre Herberts Stimme, unverkennbar. Ronni, was hältst du von diesen Fotos? Sind die echt, wer hat sie gemacht und von wo?

Echt, wer und wo? Fragen, die an die Grundfesten unserer Gesellschaft rühren. Wer eine Chronik schreiben wollte, welches Schlüsselwort würde er diesen Jahren geben? Fortschritt, Kommunikation – vielleicht. Aber sicher steht Werteverfall oben auf der Liste. Egal ob es um Esskultur oder Politik geht: Das schnelle, gierige Schlingen ist omnipotent und omnipräsent. Ob ein fetter Hamburger und ein ölreiches Land auf dem „Speiseplan“ steht, liegt heute nur noch in der Potenz des Kauwerkzeugs. Zu Zeiten der „Nachrüstung“ gab es zum Thema Sticker mit einem Dinosaurier und dem Text: „Zuviel Panzer – zuwenig Hirn – ausgestorben.“ Noch makaberer war: „Wozu neue Raketen? Verbraucht doch erst mal die alten!“. Die Sprüche hatten an Aktualität leider nichts eingebüßt.

Auch die scheinbar objektive Fotografie war von der Belanglosigkeit nicht verschont geblieben. Waren außergewöhnliche Fotos früher das Ergebnis von Kreativität, langer Planung, optischem Verständnis und oft hohem technischen Aufwand, lassen sich heute am Computer in Sekunden die unmöglichsten Effekte erzeugen. So hat das Bild scheinbar an Information gewonnen – und seine Glaubwürdigkeit verloren. Was aber ist eine Information wert, der ich nicht trauen kann?

Als ich Herbert im Büro zurückrufe, erklärt er mir kurz die Zusammenhänge, und so lasse ich den Mäher stehen und kaufe mir zunächst beim Kiosk in Gau-Algesheim die täglich aktuelle rot-schwarze Infoquelle, deren Standard-Schlagzeilen vom neuesten Klatsch des Chauffeurs vom Gärtner des Schwagers des Prominenten-Friseurs heute einem spannenderen Thema gewichen sind. Aha, da ist der Bericht zum Toten mit Kornkreis-Bild auf Seite 1. Auf Seite 2 folgt dann Bauer Ackermann mit Trecker und Hofladen – eine gelungene Selbstvermarktung. Die angeblichen Aliens hat Herbert schon als die Kollegen von der Spurensicherung identifiziert.

Bleibt das Foto aus der Vogelperspektive mit dem Kornkreis und einer Person in der Mitte, die die Arme ausgebreitet hat, aber nicht genau zu erkennen ist. Es gab keinen angemeldeten Überflug zwischen der Fundzeit der Leiche bis zum Abtransport und auch die Spurensicherer haben kein Flugzeug bemerkt. Bleiben nur zwei Möglichkeiten: Entweder hat jemand vorher das Gebiet überflogen und die Leiche im Kornkreis fotografiert – oder es ist eine Fotomontage mit einer Satellitenaufnahme als Basis. Die gibt es vom Mainzer Stadtgebiet zwar in guter Auflösung bei Google Earth – aber ohne Kornkreis. Zwar ist das Bildraster der Zeitung zu grob, um die letzten Details zu erkennen, aber die ganz in der Nähe befindliche Baustelle auf der A60 Abfahrt Hechtsheim ist auf dem Foto zu sehen, in der aktuellen Ausbaustufe. Also kann das Bild nicht sehr alt sein. Möglicherweise ist es doch ein echtes Luftbild ... vielleicht aus einem der ungezählten lärmenden Ferienflieger im Anflug zum oder Abflug vom Flughafen Frankfurt? Das Kürzel „je“ unter dem Bild sagt mir nichts, es ist kein mir bekannter Kollege. Im Impressum finde ich dann unter „Freie Mitarbeiter“ eine Jessica Eben.

Die im Kornkreis abgebildete Person passt irgendwie nicht hinein. Sie ist schärfer als das umgebende Bild, dürfte also nachträglich „eingebaut“ worden sein. Wahrscheinlich haben die Kollegen in der Redaktionshektik nur den entsprechenden Hinweis vergessen, was durchaus verständlich ist. So kann ich Herbert beruhigen: Das Luftbild ist wohl echt, steht aber wahrscheinlich nicht in Verbindung mit der darin abgebildeten Person. Als ich bemerke, dass ich die zeitliche und räumliche Zuordnung des Bildes schon merkwürdig finde, stimmt mir Herbert zu. Logisch: Merkwürdigkeiten sind immer Ansatzpunkte für die Kripo. Wieso gibt es schon Tage vor dem Fund der Leiche ein Bild der Fundstelle?

Als sich mein Rasenmäher durch den Wildrasen fräst, kommt mir wieder der Kornkreis in den Sinn. Dieses Phänomen tritt wie das Ungeheuer von Loch Ness immer in den Sommermonaten auf. Bei Nessie gibt es dafür eine einfache Erklärung: Die nachrichtenarme Saure-Gurken-Zeit fördert den Erfindungsreichtum in den Redaktionen. Bei den Kornkreisen kommt noch dazu, dass das Korn erst ab Juni so hoch steht, dass man überhaupt einen Kornkreis erzeugen kann. Doch ist das alles ein Beweis oder Gegenbeweis?

Im Winter hinterlassen Ufos halt keine Spuren, könnten die Esoteriker möglicherweise argumentieren. So wie eine Anekdote aus der Mombach-Gonsenheimer Rivalität. Als beim Baggern im Gonsenheimer Boden ein Draht gefunden wurde, sollen die sich gebrüstet haben, dass damit erwiesen sei, sie hätten zur Römerzeit bereits Telefon gehabt. Worauf die Mombacher, in deren Boden nichts dergleichen zu finden war, sich darauf beriefen, bereits zur Römerzeit mit dem Handy telefoniert zu haben...

Inzwischen habe ich den Garten fertig gemäht und schreite jetzt zur Rasen-Rasur auf der Straßenseite. An der Hausecke kürze ich eine Clematis, die sich am Blitzableiter nach oben ringeln will, doch am glatten Draht immer wieder nach unten fällt und nun ihre Ranken über die Ligusterhecke ausbreitet. Ich sollte eine rauere Rankhilfe spannen, damit sie in die Breite wachsen kann, vielleicht einem Muster folgend. Wie wohl diese Kornkreise entstehen?

Nach dem Internet gibt es sie wohl in unterschiedlichen Größen, mitunter auch überlappend. Eigentlich glaube ich nicht an Ufos, aber wie entstehen diese Kreise dann? Andersherum gefragt: wenn Ufos die Kornkreise erzeugen würden, könnte etwas Ungewöhnliches zu finden sein - vielleicht Radioaktivität? Als ich zu Ende gemäht und die Straße gefegt habe, rufe ich Herbert zu Hause an. Er hat seine Wochenendarbeit beendet, war schon mit dem Hund draußen und macht jetzt in Sport, erklärt mir Elvira. Was bedeutet, dass er auf dem Sofa liegt und die Sportschau sieht. Noch aber ist Werbepause und so gibt er kurz Auskunft.

Ja, der Kornkreis sei noch da, sei aber selbst nicht auf Radioaktivität untersucht worden. Der Bauer sei gebeten worden, um den Kreis noch etwa zwei Meter Korn stehen zu lassen, um eine eventuelle weitere Untersuchung des Tatorts nach dem Abtrocknen des Bodens zu ermöglichen. Und jetzt komme die Sportschau ...

Das klingt nach einer Einladung, sich den Kornkreis selbst anzusehen, und dem will ich gern nachkommen. Schnell packe ich meine Kamera, das Diktiergerät und als Besonderheit meinen Geigerzähler aus der Nach-Tschernobyl-Zeit ein. Nicht, dass ich an Ufos glaube, aber ein wenig Informations-Vorsprung vor den Kollegen kann ja nicht schaden - auch wenn dabei heraus kommt, dass die Radioaktivität im Kornkreis eben nicht erhöht ist. Eine Information, dass nicht, ist im seriösen Journalismus eben noch immer mehr wert als die Vermutung, dass vielleicht doch. Bei der Anfahrt fahre ich Mainz-Großberg ab und dann durch die kleinen Sträßchen von Weisenau, nahe der Friedrich-Ebert- und Schiller-Schule.

Das Auto lasse ich am Sportplatz stehen und überquere auf der Fußgängerbrücke die an dieser Stelle sechsspurige A60, den Mainzer Ring. Richtung Bingen beginnt die Großbaustelle Abfahrt Hechtsheim, an der sich die drei Spuren auf zwei verengen, was für einen sicheren Stau im täglichen Pendlerverkehr sorgt. Im Kalksteinbruch zeichnet das Streiflicht der tief stehenden Sonne ein eindrucksvolles Steilwandrelief auf der Südseite und streichelt über die streng horizontalen Kalksteinschichten. Es lässt den Grundwassersee geheimnisvoll schimmern und überhöht den vom Hechtsheimer Autohaus Fuhrmeister zu Werbezwecken auf eine kleine Kuppe gestellten zebragemusterten Landrover. Das Kornkreis-Feld ist verlassen – meine Kollegen waren sicher schon da gewesen und ich hoffe, dass sie nicht zu viel zertreten haben. Tatsächlich hat der Landwirt den Weizen bis zum Feldweg stehen lassen, der auf der anderen Seite an den Zaun zum Steinbruch grenzt. Durch diesen Streifen verläuft schon ein regelrechter Trampelpfad, in dem die Halme herunter getreten sind.

Der Boden ist trocken und auf der nahen Autobahn brummen die PKWs und LKWs ohne Unterbrechung bergauf oder bergab. Der Kreis sieht eigentlich unspektakulär aus, die Halme liegen flach auf dem Boden, wie von einem im Uhrzeigersinn laufenden großen Ventilator zu Boden gekämmt. Wo genau die Leiche lag? Die Mitte ist einfach zu ermitteln, aber zu sehen ist nichts, wie erwartet.

Also noch ein Foto vom Kreis und ich packe – gegen innere Überzeugung – meinen Geigerzähler aus und gehe vom Rand langsam in die Mitte. Und tatsächlich tut sich zunächst nicht viel, mal 3 Klicks hintereinander, mal zehn Sekunden lang nichts, dann ein paar im Abstand von ein paar Sekunden – alles ganz normal, weil der radioaktive Zerfall weitgehend willkürlich verläuft. Auf eine Minute hoch gezählt, sind es etwa 15 – 20 Klicks, also radioaktive Zerfälle. Das ist die ganz normale Hintergrundstrahlung in unserer Gegend. Sie bleibt konstant, bis ich fast in der Mitte angelangt bin und die Zählrate merklich in die Höhe geht.

*

„Wie kommt unser gemeinsamer Freund Ronni eigentlich auf die Idee, die Radioaktivität an der Fundstelle der Leiche zu messen, Hajo?“ Hessinger zuckte die Schultern. Immer noch war die Herkunft der radioaktiven Strahlung unklar. Auch das LKA-Labor im Hause konnte nicht erklären, warum normalerweise nicht radioaktives Mangandioxid auf einmal strahlen sollte. Nach dem Hinweis hatten sie die der Leiche entnommenen Proben auf Radioaktivität untersucht und in der aufbereiteten Probe nichts festgestellt. Allerdings strahlten noch die am Stiefel anhaftenden Partikel, wenn auch sehr schwach. Entweder war die Radioaktivität bei der Entnahme aus dem geronnenen Blut verschwunden oder das Mangandioxid war mal radioaktiv und mal nicht. Jedenfalls konnte man sich noch keinen rechten Reim darauf machen. Auch nicht darauf, dass der schwarze Slip des Toten mit Urin getränkt war - allerdings am Rand ausgewaschen. Vom Regen konnte das nicht sein, denn er hatte ja eine gegen den Gewitterregen wasserdichte Lederhose getragen. Er musste also eine gewisse Zeit im Wasser gelegen haben, aber nicht sehr lang und daran ertrunken war er auch nicht, denn Wasser hatte sich nicht in seinen Atemwegen gefunden.

Immerhin war die Radioaktivität eine interessante Spur. Die gewöhnlich ergiebigste Informationsquelle – nämlich die Nachbarschaft – fiel in diesem Fall ja weitgehend aus. Wann sonst taucht eine Wohnung samt Untermieter unter?

Entsprechend unergiebig waren die bisherigen Nachforschungen gewesen; jedenfalls hatte sich Karl Krabig nicht ab-, an- oder umgemeldet, was ja ohnehin nur in Kombination möglich ist. Die Freizeitkapitäne vom Yachtklub mit ihren hochglanzpolierten Glasfaseryachten hatten verständlicherweise keine besonderen Anknüpfungspunkte mit der aus dem Ende des 19. Jahrhunderts stammenden rostigen Wäschbrigg, die viele Jahrzehnte Mainzer Bürgerinnen als billige Waschgelegenheit und Konversationszentrum im Rhein gedient hatte.

Die meisten wussten nicht einmal, dass die Wäschbrigg, die da so malerisch hinter der Drehbrücke gelegen hatte, überhaupt bewohnt war. Beim extremen Niedrigwasser im Februar 2006 war sie in den Schlamm eingesunken und von diesem festgehalten worden, als das Wasser wieder stieg. So war das historische Boot vollgelaufen und irgendwann hatte man im Rathaus und den Ämtern keine Zukunft mehr für das Wäschbriggelche gesehen und den Liegeplatz gekündigt.

Doch Ende 2006 war sie dann doch noch gehoben und repariert worden und sollte zu einem neuen Liegeplatz in Nackenheim. Am 7. April 2007 sollte der Schuber „Kiek Ut“ mit Kapitän Ardtmann den Umzug durchführen, doch auf tragische Weise kam es nicht dazu. Zunächst das Warten auf den Schuber, der nicht kam. Dann die Meldung, dass der Rhein gesperrt sei und später die schreckliche Gewissheit: Wellen hatten das topplastige Arbeitsschiff mit seinem hohen Aufbau in kürzester Zeit kentern lassen, die Besatzung war ertrunken.

So lag die Wäschbrigg immer noch im Hafen, allerdings weiterhin unbewohnt. Wo also war Krabig die ganze Zeit gewesen? Er müsste eigentlich in der Umgebung von Mainz gelebt haben, schließlich war er zuletzt hier gemeldet und seine Leiche war hier gefunden worden. Aber wie hatte er seinen Lebensunterhalt finanziert?

Während Wülfing zunehmend frustriert die Umgebung des Winterhafens abtelefoniert hatte, hatte Hessinger im Internet recherchiert. Eine Internet-Suche nach Manganoxid erbrachte die Information, dass es mineralogisch als Braunstein bezeichnet wurde. Es wurde in Bergwerken abgebaut und zur Stahlveredelung eingesetzt.

„Treffer!“ verkündete Hajo stolz und erntete einen fragenden Blick seines Kollegen, der gerade sein Telefonat mit den Betreibern des Kulturzentrums KUZ ergebnislos beendet hatte.

„In Bingen wurde bis 1972 Braunstein abgebaut, im Bergwerk Amalienhöhe. War danach noch einmal kurz Besucherbergwerk, dann ganz geschlossen. Weitere Mangan-Bergwerke in der Gegend: Fehlanzeige. Quecksilber und Schieferbergwerke gibt es, Blei- und Silbergruben weiter rheinab und die Lahn hoch. Aber Mangan gibt es nur hier.“

„Und Radioaktivität?“

„Nichts in der Umgebung von Mainz und Bingen. Nur irgendwelche Mitteilungen für den Schulunterricht und ein Beschwerdebrief eines Physiklehrers dazu.“

„Wie das? Könnte unser Toter über entsprechende Schulkontakte damit in Berührung gekommen sein?“

„Nein, hier geht es um etwas anderes. Den Physiklehrern - auch denen, die schon eine Prüfung als Strahlenschutzbeauftragte abgelegt hatten - wurde wohl ein neu ausgedachter Test aufgezwungen, um in der Schule mit radioaktiven Substanzen umgehen zu dürfen."

„Und?".

„Hier schreibt der Lehrer, dass der Test mit der Frage begann, weshalb der Test denn entwickelt worden sei. Man möge die entsprechend geänderten Verwaltungsvorschriften zitieren. Und auch in den folgenden Fragen habe dieser Test wohl nur wenig mit dem sicheren Umgang mit radioaktiven Stoffen, sondern viel mit bürokratischer Selbstbeweihräucherung und Machtspielchen unterbeschäftigter Planstellenhengste zu tun."

„Der nimmt ja kein Blatt vor den Mund!"

„Sollten mehr Lehrer machen, dann würde sich vielleicht was ändern. So schließt er damit, dass er nach mehr als 30 Dienstjahren diese bürokratischen Schikanen satt hat und künftig dann halt die Radioaktivität im Unterricht nur noch an der Tafel stattfindet."

Ein weiterer Baustein zur Pisa-Problematik, der aber freilich nichts mit dem Fall zu tun hatte – die radioaktive Spur führte im Moment nicht recht weiter. Es wäre zu schön gewesen, dachte sich der Hauptkommissar. Welche Puzzlesteine hatten sie schon zusammengetragen?

Ein natürlicher Tod war unwahrscheinlich, denn weshalb sollte dann die Leiche an einen anderen Ort gebracht worden sein? Wo sollte die Leiche zwei Tage, geschützt vor Parasiten, aber nicht vor Verwesung, gelegen haben? Warum war sie in einem Kornkreis abgelegt worden? Das passte eigentlich nicht zusammen. Andererseits wurden selbst Dinge, die zusammen passten, mitunter falsch aufgefasst. So hatten schon mehrfach Autofahrer bei der Polizei angerufen und aufgeregt von dem im Steinbruch so prominent abgestellten Landrover berichtet. Vielleicht sei da jemand im Gelände gestrandet und käme nicht mehr heraus? Wülfing musste unwillkürlich grinsen, wenn er an die Gedankenwelt solcher Autofahrer dachte. Immerhin war das so auffällig abgestellte zebragemusterte Gefährt ein gelungener Werbegag.

Der Kornkreis führte im Moment nicht weiter, das Mangan nach Bingen und das Outfit in rechtsradikale Kreise. Szenetypisches T-Shirt, Springerstiefel, kahler Schädel und die Tätowierung im Nacken. Ein typischer Skin halt. Aber trotzdem war der Tote seit über einem Jahr untergetaucht und nicht in entsprechenden Kreisen in Erscheinung getreten. Sagten zumindest die Kollegen vom Verfassungsschutz, die Hessinger am Morgen angerufen hatte.

„Wie kommen wir an die rechten Zirkel dran?“ überlegte Wülfing laut und sein Kollege, der weiter im Internet nach Radioaktivität suchte, schaute auf.

„Du wirst es nicht glauben, Herbert. Aber es gibt eine ganz einfache Möglichkeit: Diese Woche Dienstag ist am Amtsgericht Trechtingshausen ein Strafverfahren wegen Holocaust-Lüge und illegalem Waffenbesitz. Da wird wohl die Szene auftauchen. Und dann soll am Samstag das Konzert im Knast mit einem angeblichen Geheimtipp der Szene sein, einer Mainzer Band namens "Die Knackis"

„Eine Insider-Band?“

„Sicher nicht, die spielen Indy-Rock mit deutschen Texten, habe ich schon im Red Cat und Irish Pub gesehen. Sind echt gut, richtig groovy.“

„Und wie kommen die Braunhemden dazu, das zu ihrer Musik zu machen?“

„Das ist nichts Neues – die hatten vor einigen Jahren Ska zu ihrer Musik gemacht und sich bei den Konzerten getroffen. Dabei hat Ska überhaupt nichts mit Nazis zu tun und „Madness“ hat sogar Konzerte abgesagt, um diesen Typen keine Bühne zu geben.“

„Und warum suchen die sich ausgerechnet "Die Knackis" aus?“

„Könnte mit den Songtiteln zusammen hängen, beispielsweise „Germania“. Der könnte in der Szene falsche Assoziationen auslösen.“

„Könnte ... wenn wir wüssten, was die als nächstes vorhaben. Und der Verfassungsschutz verrät uns nichts ...“

„Die halten sich bedeckt, wie es so schön heißt. Beim letzten V-Mann-Skandal hatte der Steuerzahler über den Verfassungsschutz wohl die komplette Führungsriege einzelner Gruppen finanziert, was dann das NPD-Verbotsverfahren beim Verfassungsgericht kippte. Die Rechten haben sich köstlich darüber amüsiert und vom Geld der Steuerzahler gut gelebt.“

Wülfing seufzte. Wozu finanzierte man zweifelhafte V-Leute, wenn die Ergebnisse davon den Ermittlungsbehörden nur bruchstückhaft oder gar nicht zur Verfügung gestellt wurden? Sie mussten sich etwas einfallen lassen. Aber was soll´s – Stress erhält jung und die Haare weiß. Der

Gerichtstermin war morgen. Er hatte schon eine vage Idee, wie er das anstellen konnte.

In Sachen Radioaktivität wollte er bei seinem Freund Ronni nachfragen. Der war nicht nur Journalist, sondern auch schon als Mathematik- und Physiklehrer auf verschiedenen Schulen tätig gewesen. Er erreichte ihn auf dem Handy.

*

Die Faszination verlassener Orte hat mich schon immer angezogen und ich scheine nicht der Einzige zu sein. Jedenfalls sieht es in den Brückentürmen der Hindenburgbrücke neben dem Campingplatz vom „Bauer Schorsch" jedesmal anders aus, wenn ich hinein komme. Vor allem im hintersten Bunkerraum wandert auf wundersame Weise immer mehr Sand aus einem größeren Loch im Boden in eine Raumecke, was das Loch natürlich immer weiter vertieft. Da scheint jemand beharrlich nach Relikten aus der Vergangenheit dieser Brückenruine zu buddeln.

Mich interessiert eine solche Wühlerei nicht, schon weil ich keine Lust habe, eventuell auf alte Munition zu treffen und von ihr zum Krüppel gemacht zu werden. Mir genügen noch ein paar Fotos für meinen Bericht über die „Vergessenen Eisenbahnen Rheinhessens". Als ich am späten Nachmittag in den Brückenturm einsteige, klingelt mein Handy. Herberts Nummer kenne ich schon.

„Wo bist du gerade, Ronni? Hast du Zeit?"

„Recherche in Bingen. Zeit? Für dich immer." Meist verrät er ja etwas Nützliches.

„Ich muss sowieso nach Bingen – etwa viertel nach fünf bin ich da."

„Wo sollen wir uns treffen?" Mal sehen, wohin es ihn zieht, denn nur wegen eines Weinchens mit mir in der „Sonne" kommt er sicher nicht.

„Hmm ... kennst du das Bergwerk Amalienhöhe?" Aha, das ist sein Ziel ... was interessiert ihn am Bergwerk?

„Aber sicher. Die B9 Richtung Koblenz und an der Darmverschlingung links hoch nach Weiler und Waldalgesheim, dort Richtung SGD Süd, KOMMA."

„Danke für die Wegbeschreibung. Was ist diese Darmverschlingung?"

„Deutschlands unmöglichste Ein-, Aus-, Durch-, Quer-, Ab-, Aus- und Auffahrt, da, wo die B9 Richtung Koblenz auf Bingerbrück trifft."

Herbert muss lachen – die Stelle kannte er schon, aber die Binger Bezeichnung dafür noch nicht. Also werden wir uns um fünf am Bergwerk treffen – noch eine Stunde Zeit zum Fotografieren. Durch eine Maueröffnung steige ich, sorgsam das Stativ und meine Fototasche balancierend, in den obersten Bunkerraum ein. Die vorher blendende Sonne und die duftenden Gräser und Büsche weichen kühlen, von Rußspuren und verschmierten Graffiti verunzierten Wänden. Von draußen klingen nur noch vereinzelt und gedämpft Vogelstimmen herein; die Schießscharten schneiden helle Farbinseln in die im Gegenlicht leuchtenden Blätter der umstehenden Bäume. Die ersten Fotos sind bald im Kasten, dann geht es weiter.

Eine Betontreppe führt an der Seite nach unten, muffige Luft zieht mir entgegen. Meine Taschenlampe zeichnet einen unregelmäßigen Fleck auf den verschmutzten, teilweise mit Wurfprospekten bedeckten Boden des darunter liegenden Bunkerraums. Die letzte Stufe ist sehr hoch; der ursprüngliche hölzerne Boden längst verrottet oder in kalten Nachkriegstagen verheizt. Nur der kleine Lichtfleck der Taschenlampe erhellt den großen halbkreisförmigen Bunkerraum; die rostigen Schießscharten und der in dieser Höhe sehr dichte Bewuchs an der Außenseite lassen fast kein Licht mehr ins Innere fallen. Um die Atmosphäre auf mich wirken zu lassen, schalte ich die Taschenlampe aus und auch das Handy, das in den dicken Betonwänden ohnehin keinen Empfang mehr hat. Ich stehe fast zehn Minuten reglos da und allmählich passen sich meine Augen der Dunkelheit an. Die wenigen durch die Schießscharten fallenden Lichtstrahlen durchqueren den Raum in dünnen Streifen und zeichnen fahle Flecke auf die gegenüber liegende Wand. Mit der wandernden Sonne wandern sie weiter, bis ein Strahl genau um 16.30 Uhr in den Gang fällt, der vorher dem bloßen Auge nur als dunkler Fleck erschienen war. Die erste Langzeitbelichtung ohne künstliche Lichtquellen dauert und dauert; die Blende der Kamera hat sich nach fünf Minuten noch nicht geschlossen. Das kann dauern, möglicherweise fünfzehn Minuten oder länger.

Während des Wartens haben sich meine Ohren der Stille angepasst und ich vernehme gedämpft das tiefe Gurgeln der sich auf dem nahen Rhein träge gegen die Strömung schiebenden Schiffe, dazu ein regelmäßiges, vereinzelt aussetzendes, scharrendes Geräusch, das aus dem Gang dringt. Was mag da los sein? Vorsichtig gehe ich zum Gang und schalte erst dort die Taschenlampe ein, um die Langzeitbelichtung nicht zu stören. Es geht über eine tiefe Aussparung im Boden in den nächsten Bunkerraum, an dessen feuchten Betonwänden sich schön gemusterte Sintertapeten gebildet haben. An der Decke hängen schnell gewachsene Tropfsteine, auf dem Boden liegen längst harte Reste eines Zementsacks und einer eisernen Bunkertür. Das Scharren hat einen Moment aufgehört und beginnt dann wieder. Es dringt aus dem Gang zum nächsten und letzten Bunkerraum, in dem ein schwaches Leuchten zu sehen ist. Wer mag da sein? Neugier und Vorsicht kämpfen in mir.

„Hallo, wer ist da?", rufe ich als Kompromiss in den anderen Raum, worauf das Geräusch sofort verstummt und ein wenig später eine undeutliche Gestalt am Ende des Ganges zu sehen ist. Sie winkt und verschwindet wieder hinter der Ecke, dann ist das Scharren wieder zu hören.

Der muss gute Nerven haben, denke ich mir und will nicht als Feigling da stehen. Der Gang hat zu Beginn einen größeren Absatz und ich kann aufrecht stehen, aber zur Mitte hin steigt der Boden durch Gerümpel und Steine an, so dass ich gebückt weiter gehe, um mir nicht den Kopf an der Decke zu stoßen. In den Seitenwänden klaffen tiefe Spalten, Folge der amerikanischen Bombentreffer im Februar 1945, als die zwei benachbarten Flutbögen einstürzten. Dann komme ich in den letzten Raum, der nach dem Ersten Weltkrieg wohl von den Franzosen als Munitionsdepot genutzt worden war, wie die fast verblassten Inschriften „Defense de fumer" und „Explosive" verraten, die ich bei einem früheren Besuch gesehen hatte.

Eine in eine Schießscharte gelegte Taschenlampe in der Ecke erleuchtet den Raum spärlich, aber ausreichend, wenn man an das Halbdunkel gewöhnt ist. In dem Loch, das merkwürdigerweise seit einem Jahr immer tiefer wird, steht ein Mann mit einer kurzen Schaufel, scheinbar halb im Boden versunken. Es sieht jedenfalls so aus, weil das Loch inzwischen mehr als einen Meter Tiefe erreicht hat.

„Guten Tag, wollen Sie mir vielleicht helfen?" Aus dem Loch schaut mich grinsend ein mittelalter Mann an, hinter dessen Brille muntere Augen glitzern. Obwohl er sicher schon 50 ist, hat er noch volles Haar, das genauso zugestaubt ist wie seine Brille und sein Bart. Seine Kleidung – ein olivgrüner Overall aus alten Bundeswehr-Beständen – sieht ziemlich mitgenommen aus. Neben dem Loch liegen ein paar rostige Eisenteile, die ich so schnell nicht näher identifizieren kann.

„Danke der Nachfrage, aber ich muss bald wieder weg."

Obwohl Herbert wartet, muss ein wenig Zeit für ein Schwätzchen sein, und so erfahre ich, dass der unermüdliche Buddler Felix Hillesheim heißt und ausgemachter Eisenbahn-Freak ist. Meine Frage nach den rheinhessischen Lokalbahnen erzeugt einen nicht enden wollenden Redeschwalll. Als ich gehe, tauschen wir unsere Adressen aus, denn ein solcher Eisenbahn-Freak ist genau das, was ich für meinen Bericht brauche. Als „mine of information“ würde ihn meine schreibende Kollegin Trisha vom English Round Table in Mainz bezeichnen. Beim nächsten Treffen will er mir einige von ihm gefundene Schätze zeigen, sagt er und buddelt voller Eifer weiter, als ich gehe.

*

Nachdem ich die Kamera in der Hindenburg-Brücke abgebaut und wieder ins Auto verfrachtet habe, durchkurve ich mit der Erfahrung eines Vielfahrers die immer wieder spannende original Binger Darmverschlingung – nur echt mit ständig wechselnder Vorfahrt und kreuzendem Gegenverkehr. Hinter dem mit allerlei Schnitzereien von Franz Kellermeier bestückten Weiler kommt bergseitig vor Waldalgesheim das ehemalige Bergwerk Amalienhöhe in Sicht. Der riesige Erzbunker wird noch überragt von dem weithin sichtbaren und mit einem großen Wassertank gekrönten Förderturm, dem sich die ockerfarbenen ehemaligen Verwaltungsgebäude anschließen. Im 2. Weltkrieg nutzten amerikanische und britische Bomber den einzigartig markant gelegenen Turm zur Anflugorientierung auf Bingen, weshalb das in vollem Betrieb befindliche Bergwerk überhaupt nicht bombardiert worden war, während die Stadt an der Nahemündung wegen des großen Verschiebebahnhofs dafür umso mehr litt. Erfreulicherweise war nach dem Bombenfund am Mäuseturm im Oktober 2003 bei den danach beginnenden Bauarbeiten für die Landesgartenschau kein weiterer Blindgänger aufgetaucht.

Kurz vor dem Ortsende geht es rechts ab, vorbei am Sportplatz der Alemannia Waldalgesheim, den Hinweisschildern „SGD Süd KOMMA“ folgend. Die Straße windet sich bergan und dann taucht das Tor auf, hinter dem sich ein großer Innenhof mit alten Kastanienbäumen öffnet. Die Gebäude sind in unterschiedlichem Zustand – einige schön renoviert, andere nach einem Brand vor einigen Jahren immer noch nicht wieder hergerichtet, obwohl unter Denkmalschutz stehend. Das Amt soll sich schon seit Jahren darauf beschränken, bei Renovierungsarbeiten Pedanterie an den Tag zu legen und dem Verfall großer Teile des einzigartigen Gebäude-Ensembles tatenlos zuzusehen. Die Sonne steht schon recht tief und wirft den Schatten des Förderturms auf das Dach des Erzbunkers. Eine frische Brise transportiert vom Tor her den Geruch reifen Getreides in den Innenhof.

Herbert und Hajo stehen mit einem älteren Herrn unter einem Kastanienbaum. Als ich mit meinem Golf in den Hof rolle, schauen sie einmal kurz auf und auch der ältere Herr, mit dem sie sich unterhalten, wirft mir einen prüfenden Blick zu. Herbert stellt mir seinen Gesprächspartner als den Hausmeister des Bergwerkes vor. Schnell komme ich mit ihm ins Gespräch, da stimmt die Wellenlänge. Egon Bootz schaut hier seit seiner Pensionierung auf dem riesigen Gelände, in dessen Gebäude auch viele Familien mit Kindern leben, nach dem Rechten. Der ehemalige Bergmann hatte viele Jahre im Bergwerk unter Tage gearbeitet und war dann in den Whisky-Keller bei Racke in Bingen gewechselt. Er ist ein fröhlicher Geselle und wir könnten uns sicher noch eine ganze Weile bestens unterhalten, aber Herbert will offensichtlich in seiner Sache vorankommen.

„Danke, dass du gekommen bist, Ronni. Herr Bootz hat uns schon einiges über das Bergwerk erzählt, auch über das Mangan. Von Radioaktivität weiß er aber nichts – kannst du dir das erklären?“

Halt, denke ich, das ist aber merkwürdig. Von Mangan wusste ich bisher nichts im Zusammenhang mit dem Leichenfund am Hechtsheimer Großberg, da hast du dich mal wieder verraten ...

„Gehe ich recht in der Annahme, dass die Leiche ...“, beginne ich, aber Hajo fällt mir ins Wort.

„Ronni, gehe nicht zu sehr ins Detail. Sag uns einfach, ob es hier Radioaktivität geben könnte. Über- oder unterirdisch.“

„Schwer zu sagen, aber möglich ist es schon. Immerhin ist das hier eine, wie die Geologen sagen, Störungszone, wo bildlich die Erdkruste einige Risse hat, durch die früher heiße Lösungen nach oben drangen und die Vererzungen bildeten.“

„Aber Uranerze gibt es hier wohl nicht, oder?“

„Wäre mir neu, aber das weiß Herr Bootz sicher besser als ich“, reiche ich den Ball weiter.

„Nein, hier wurden nur Dolomit als Ausgangsprodukt für Zement oder Zuschlagstoff sowie Mangan für die Stahlveredlung abgebaut. Das waren kriegswichtige, strategische Rohstoffe und die Nazis haben das Bergwerk schon vor dem Krieg stark ausgeweitet. Aber Uran oder so etwas – davon habe ich noch nie gehört."

Herbert schaut mich fragend an.

„Hast du den Geigerzähler dabei? Dann könnten wir vielleicht einmal im Gelände und im Bergwerk suchen."

Herberts Interesse macht nur Sinn, wenn es eine direkte Verbindung zwischen dem Todesfall und Radioaktivität gibt.

„Leider nicht, Herbert. Wieso kommst du drauf?"

Herbert lächelt matt. Er ahnt, worauf ich anspiele.

„Na gut, dann bringst du ihn beim nächsten Mal mit und wir gehen dann das Gelände ab."

„Das sind hunderttausende Quadratmeter Abbaufläche, über dreißig Kilometer Strecken und es gibt keinen Zugang unter Tage mehr" meint Bootz und schüttelt den Kopf, „seit der Schließung 1972 ist alles zubetoniert."

„Keinen Zugang, überhaupt keinen? Es gab doch ein Besucherbergwerk danach, die müssen doch da irgendwie hinein gekommen sein." Die Kripo hat ihre Hausaufgaben gemacht und im Internet recherchiert.

„Ach, das meinen Sie" sagt der Hausmeister, „daran habe ich gar nicht gedacht."

„Warum?" kommt automatisch von Hajo, ganz dem berufsbedingten Misstrauen folgend. Doch Bootz lässt sich nicht aus der Ruhe bringen.

„Das Besucherbergwerk war nur ein paar Meter unter Tage und hatte überhaupt keine Verbindung zum eigentlichen Bergwerk. Für die Besucher hatte der damalige Eigentümer Lipps, der viel Geld in die Renovierung der Gebäude gesteckt hatte, einen Stollen im Keller des Erzbunkers mit einer Verbindung zur damaligen Erz-Verladestation anlegen lassen. Das Schau-Bergwerk lief sehr gut und lockte mehrere zehntausend Besucher bereits im ersten Jahr an, bis dann das Bergamt durch immer neue Auflagen alles so verteuert hat, dass es sich nicht mehr lohnte. Da haben die Bürokraten mal wieder Arbeitsplätze vernichtet."

„Aber ins Besucherbergwerk können wir rein?"

„Kommt auf die Wetter an. Das muss man sehen."

„Aber das Wetter ist doch gut", wirft Hajo ein.

Bootz und ich müssen grinsen. „Die Wetter" bezeichnet in der Bergmannsprache die Gase unter Tage. „Gute Wetter" bedeutet gute Luft, „schlagende Wetter" sind explosive Grubengase, üblicherweise Luft-Methangas-Gemische im Kohlebergbau. Bootz erklärt dann, dass bereits während des Bergwerksbetriebs die Wetter oft so schlecht waren, dass für die Sicherheit der Bergleute eine aufwändige Luftführung, also Bewetterung, installiert worden war. Mit der Schließung waren natürlich alle Gebläse abgeschaltet und später auch die Wetterschächte zugeschüttet worden. Nur noch drei im Vergleich zur Bergwerksgröße winzige Öffnungen seien zwar nicht zugänglich, ließen aber die Wetter durchziehen: der unter dem Förderturm auslaufende Steubenschacht und die Mundlöcher des Rhein- und Bingerloch-Stollens, alle bis auf einen kleinen Querschnitt zubetoniert und mit starken Gittern versehen. Was das für die Bewetterung bedeute, könne sich jeder ausmalen – die Luftqualität sei prinzipiell schlecht und könne binnen weniger Minuten eine tödliche Zusammensetzung annehmen, wie Messungen in den vergangenen Jahren ergeben hätten.

„Und wie sind die Wetter heute?", drängelt Hajo, den es offensichtlich unter Tage zieht.

„Schauen wir mal", lächelt der Hausmeister, „folgen Sie mir."

Er geht uns voran in das erste Haus im Hof, wo früher die Verwaltung mit der Lohnbuchhaltung saß und die Bergwerksleiter repräsentativ wohnten. Dann herunter in den Keller, immer weiter an großen Räumen vorbei, die früher Aggregate zum Betrieb des umfangreichen Maschinenparks aufgenommen hatten. Alle Gebäude sind unterkellert und durch Gänge verbunden, die Bootz als „Rattengänge" bezeichnet. Sie werden von ganzen Leitungs- und Rohrbündeln durchzogen, aber daneben ist nicht nur Platz für Ratten, sondern auch für einen erwachsenen Menschen, der auf diesem Weg ungesehen von einem Gebäude zum nächsten wechseln kann. Schließlich stehen wir an einer Tür, daneben an der Wand einige verblasste Malereien eines Bergmanns in Paradierkluft und die gekreuzten Hämmer, das bergmännische Symbol.

Der Hausmeister bedeutet mit Handzeichen, stehen zu bleiben, schließt die Tür auf und geht dann langsam die letzte Treppe ins Besucherbergwerk herunter. Er bleibt stehen, atmet vorsichtig ein und sagt dann mit energischem Ton: „Zurück! Die Wetter sind nicht gut!"

So treten wir dann den Rückzug an und beratschlagen in der schönen Abendsonne, die durch das Tor hereinscheint, wie es weiter gehen soll. Bei Hajo spüre ich Misstrauen gegenüber Bootz, das durch den plötzlichen

Rückzug aus dem Besucherbergwerk gewachsen ist. Andererseits spürt man deutlich sein Unbehagen dieser Welt gegenüber, die er nicht einschätzen kann. Kann man dem Hausmeister trauen oder will er etwas verbergen?

Dann berichtet dieser von einer bergmännischen Befahrung vor etwa 12 Jahren. Sofort kommt Hajos Frage nach der Einfahrt, aber auch das ist wieder Bergmannsprache. Ein Bergmann geht nie, sondern fährt immer, erklärt der sympathische Hausmeister mit einem verschmitzten Grinsen. Wenn er durch einen Stollen geht, befährt er eine Strecke und wenn ein Stollen in den Berg getrieben wird, wird eine Strecke aufgefahren.

Die mehr als zehn Jahre zurück liegende Befahrung, erklärt Bootz, sei nach monatelanger Planung mit hohem personellen und apparativen Aufwand wie Atemschutzgeräten und Luftmessgeräten erfolgt. Unter solchen Bedingungen – und natürlich mit einer Genehmigung des Bergamts – sei ein Besuch denkbar. Einen bebilderten Bericht davon habe er noch. In dem seien Luft-Messwerte enthalten und er wolle ihn gern suchen, wenn es die „Herren von der Kriminalpolizei“ interessiere. Natürlich interessiert es Herbert und Hajo, aber plötzlich meldet sich Hajos Handy mit „Whole lotta love“. Geübt greift er danach, hört gespannt zu, ein kurzes „OK“ und plötzlich haben es die beiden eilig, steigen in ihren Wagen und brausen vom Hof.

Ich bleibe noch ein wenig da und freunde mich schnell mit dem Hausmeister an, der so viel Interessantes zu erzählen weiß – auch darüber, dass im Bergwerk noch alle Loks stehen, was bestens zu meinem Bericht passt. Schließlich erwähnt er ganz nebenbei, dass er noch als Alleinunterhalter unterwegs ist. Es wäre doch schade, wenn ein solcher Mann sein Leben hauptsächlich unter Tage gefristet hätte – die Pflege feiner Whiskys passt viel besser zu ihm. Wir quatschen bereits seit einer Stunde über das Bergwerk, als plötzlich mein Handy klingelt. Die ersten drei Ziffern nach der Mainzer Vorwahl stehen für die Allgemeine Zeitung, die AZ. Der Ressortleiter Regionales hat einen Auftrag für mich.

Bereits morgen ist ein Neonazi-Verfahren am Amtsgericht Trechtingshausen, für das Polizeischutz angefordert wurde. Er braucht Fotos und Bericht. Als Strafverfahren sei es öffentlich und damit könne ich ohne aufwändige Akkreditierung an der Verhandlung als Zuschauer teilnehmen. Das Verfahren beginnt um 10.00 Uhr, Bericht und Fotos erwartet er bis 19.00 Uhr, wie üblich. Nähere Infos zum Verfahren lägen bei mir zu Hause auf dem Fax.

So verabschiede ich mich und bin eine halbe Stunde später zu Hause. Nebem dem altgedienten Thermofax liegen nicht weniger als sechs Seiten, darunter vier Vorberichte meiner Kollegen von der schreibenden Zunft und eine Seite mit den genauen Verhandlungsdaten.

*

Früher wäre mir jetzt der Geruch von Bohnerwachs in die Nase gestiegen, aber heute ist es irgendein chemisches Mittel, mit dem das Linoleum in den tristen Fluren gereinigt und auf Glanz gebracht wird. Nachdem ich mich beim Justizwachtmeister an der Pforte angemeldet habe, umfängt mich die übliche Gerichtsatmosphäre, die so abgestanden ist wie drei Monate altes Blumenwasser. Die Wände sind in Einheitsbeige; ein einfacher Tisch, eine billige Bank und zwei Stühle stehen im Gang vor dem Sitzungszimmer herum und verstärken den trostlosen Eindruck. Es ist kurz vor neun, ich bin zu früh. Meine Kollegen sind noch nicht da und von den Prozessbeteiligten lässt sich noch niemand blicken. Der Anschlag am Verhandlungszimmer weist nur die Verhandlung als letzten Termin für den heutigen Vormittag aus. Die Bundesrepublik Deutschland gegen Lüder Willmann. Welche Ehre, von der Bundesrepublik verklagt zu werden, denke ich mir, und das Urteil ergeht dann gar im Namen des Volkes.

Um viertel nach neun fahren dann einige ältere Mercedes-Mannschaftswagen der Bereitschaftspolizei vor und blockieren die Parkplätze vor dem Gerichtsgebäude. Die Beifahrertür des ersten Wagens öffnet sich, ein Hauptkommissar in Grün springt heraus und eilt zielsicher an mir vorbei in den Gang zu den Richterzimmern. Schon fünf Minuten später kommt er wieder raus und verschwindet mit einem Kopfschütteln durch die hinter ihm ins Schloss fallende Glastür nach draußen. Kurz danach hört man kurze Kommandos und Türenschlagen, die Bereitschaftspolizisten verteilen sich auf der Straße. Von den Prozessbeteiligten ist noch niemand zu sehen. Ich versuche mit den Polizisten ins Gespräch zu kommen, aber die meisten sind recht einsilbig. Lediglich der Einsatzleiter sagt, dass es nicht der erste Einsatz in dieser Sache ist. Vorher seien bereits zwei Termine anberaumt worden, aber in einem Falle sei der Angeklagte wohl nicht erschienen und dann mit Haftbefehl gesucht worden. Beim zweiten Mal sei der Angeklagte am Tag der Verhandlung plötzlich erkrankt und nicht erschienen. Jedesmal seien übrigens keine Kameraden erschienen – die hätten also rechtzeitig Bescheid gewusst. Heute sei der dritte Versuch, bei dem im Vorfeld von der rechten Szene wüste Drohungen gegen den Richter Bastian ausgestoßen und ganze Busse mit Gefolgsleuten angekündigt worden seien.

„Er soll sich vor bewaffneten Ufos mit Maschinengewehren – rattatatat – in Acht nehmen. Außerdem würde er sowieso nach Workuta deportiert“, führt er aus, „das haben Sie doch sicher in der Zeitung gelesen? Ein Leserbrief.“

In DER Zeitung? Ich ahne schon, dass ich mal wieder nicht DIE Zeitung gelesen habe, Schande über mich. Ein Ufo ... ist das die neueste spinnerte Idee in dieser Szene, die zwischen Vergangenheits- und Zukunftsverklärung gleichermaßen noch nicht in der Gegenwart angekommen ist? Ein Hinweis auf die Leiche im Kornkreis? Oder nur die fixe Idee eines Einzelnen? Bisher hatte ich eher von Runen und allerlei altem pseudogermanischem Brimborium aus rechten Kreisen gehört. Ufos gehörten nicht dazu. Mal sehen, was die Verhandlung bringt.

Ich bedanke mich für die Infos und vertrete mir noch ein wenig die Beine. Die Sonne steht schon sehr hoch und mildert den strengen Eindruck des alten, aus dunklen Hunsrück-Schiefersteinen gemauerten, Gerichtsgebäudes mit seinen Ziertürmchen ab, das am Hang über dem Rhein klebt. Im Abendlicht dürfte es dem von Hitchcock in „Psycho“ so bedrohlich schön – oder schön bedrohlich - in Szene gesetzten Motel nahe kommen.

Vom Flurfenster vor dem Sitzungssaal hat man einen hervorragenden Blick über den Rhein und den Hafen, in dem der „Kaiman“ liegt, ein „Tauchschacht“, mit dem man trockenen Fußes auf dem Boden des Rheins spazieren gehen kann. Er wurde zum Bau von Brückenfundamenten und zur Bergung verlorener Anker oder Findlinge ebenso eingesetzt wie zur Bombenbergung nach dem zweiten Weltkrieg. Nun soll das über hundert Jahre alte Schiff verschrottet werden, nachdem seine Aufgaben von der moderneren, oft im Schiersteiner Hafen liegenden „Carl Straat“ übernommen wurden. Immerhin regte sich in Bingen Widerstand gegen die drohende Verschrottung, und so bleibt das von 1892 stammende und voll funktionstüchtige Spezialschiff vielleicht als Industriedenkmal an einem Liegeplatz im Binger Hafen erhalten – es wäre sicher eine weitere Attraktion zur Landesgartenschau im nächsten Jahr.

Endlich, kurz vor zehn, regt sich etwas: Ein alter, feinstens goldfarben lackierter und polierter 450 SEL 6.9 biegt, vom Tal kommend, in die zum Gericht führende Straße ein, gefolgt von einem Minivan und zwei weiteren Personenwagen. Ein Ruck geht durch die Bereitschaftspolizisten und sie dirigieren den Benz zum Parkplatz direkt am Gerichtsgebäude, die anderen Wagen werden zum Parkplatz weiter die Straße herauf geleitet. Etwa zehn Personen steigen aus und werden von Bereitschaftspolizisten zum Gerichtsgebäude eskortiert. Ein Bus ist nicht zu erkennen – ob doch noch eine Hundertschaft mit Springerstiefeln anrückt? Vom Justizwachtmeister habe ich erfahren, dass genügend Polizei zur Verfügung steht, der Richter selbst aber auf Polizeischutz verzichtet hat. Das sei halt so einer, der sich nicht einschüchtern lasse.

Dann Schritte und Stimmengewirr. Zunächst kommen mit wichtiger Miene und überlegenem Lächeln zwei Männer die Treppe zum Sitzungssaal im 1. Stock hoch, einer etwa Mitte 50, mit deutlichen Schweißflecken unter den Achseln, mit einer braunen Cordhose und einem Poloshirt bekleidet, das über einer beträchtlichen Wampe spannt. Der andere ist bebrillt, vielleicht etwas über 30, hager und mit einem grauen Anzug samt Weste bekleidet, der noch aus Kommuniontagen stammen könnte. Es folgen zwei Bereitschaftspolizisten und mehrere weißhaarige Rentner, teils in ungebügelten Hemden und ausgebeulten Stoffhosen, teils in altmodischen Anzügen. Den Abschluss bildet die Abteilung Jugend: ein Trupp junger, kahlgeschorener Männer ganz in Schwarz mit Jeans, Lederhosen und T-Shirts bekleidet, angeführt von einem jungen, durchtrainierten Mann mit einem auffällig geschnittenen, dünnen Kinn-Backenbart. Neben ihm leuchtet der blonde Schopf einer jungen Frau in einem einfachen, hellen Kleid mit Rosenmuster.

Im Sitzungssaal läuft noch ein Verfahren, in dem ein Exhibitionist gerade zu mehreren Monaten Haft verurteilt wurde, wie ich später erfahre. Obwohl es ein öffentliches Verfahren ist und jeder den Sitzungssaal jederzeit betreten kann, ziehen es alle Angekommenen vor, im Flur zu warten. So kann ich die Anwesenden ein wenig studieren.

Die auffallendste Erscheinung ist sicher die junge Frau, die ihre blonden Haare zu langen Zöpfen gebunden hat. Sie hält sich in der Nähe des Anführers der Jungschar auf, der mit einem grimmigen Gesichtsausdruck die Umgebung mustert. Ist das ihr Freund? Die anderen jungen Schwarzhemden – ebenso die Rentnerband - werfen der Blonden öfter schmachtende Blicke zu, die sie mit einem gleichgültigen Lächeln quittiert. Sie dürfte ihre Rolle als Paradiesvogel in der Männergruppe genießen - welche Frau würde das nicht? Sie selbst schaut öfter wie beiläufig zu dem Anzugträger, dem Anwalt wahrscheinlich. Endlich ist die vorherige Verhandlung zu Ende, die Prozessbeteiligten kommen uns durch die zweiflügelige weiße Tür entgegen und wir gehen rein.

Der Saal ist ziemlich groß, auf der Talseite thront Richter Bastian mit dem Rücken zu einem Erker, der einen großartigen Blick auf die malerische Kulisse des Rheintals gewährt. Im vorgeschriebenen schwarzen Talar, den er mit blütenweißem Hemd und ebensolcher Krawatte konterkariert, mustert er die Eintretenden. An den Seiten – ebenfalls in Justizschwarz – der bemüht neutral dreinschauende Gerichtsschreiber und gegenüber der Staatsanwalt, ein großer Mann mit stechendem Blick.

Die Zuschauer verteilen sich schnell auf die vier Stuhlreihen auf der Bergseite; das schwarze Jungvolk gruppt sich in Reihe eins und zwei um die Blonde, der „Schwarze" setzt sich auf einen von den anderen frei gehaltenen Platz neben der Blonden. Die Weißhaar-Fraktion belegt den Rest der ersten Reihe. Einige Sitzplätze bleiben noch frei. Auf der Anklagebank, in diesem Fall ein einfacher Tisch mit Stuhl, nimmt der Mittfünfziger bequem Platz. Sein Polohemd spannt im Sitzen noch mehr, da die Wampe jetzt nicht mehr von der Schwerkraft nach unten gezogen wird, sondern sich seitlich ausbreitet. Er streckt die Beine aus, faltet die Hände vor dem Bauch und grinst genüsslich. Neben ihm nimmt niemand Platz – wo ist sein Anwalt? Der Anzugträger sitzt betont gerade in der ersten Reihe und schaut grimmig zum Richter, der, davon völlig ungerührt, routiniert mit schnellen Händen die aus mehreren Pappheftern quellenden Unterlagen ordnet und dann die Verhandlung eröffnet.

Zunächst steht der Staatsanwalt auf und verliest die Anklage – es geht um Volksverhetzung, Leugnung des Holocaust sowie die Verbreitung entsprechenden Gedankengutes im Internet über eine einschlägige Homepage. Am soundsovielten habe Lüder Willmann dasunddasunddas geschrieben und soundso verbreitet und damit gegen diesenundjenen Paragraphen verstoßen. Auf Wunsch des Angeklagten liest der Staatsanwalt eines der Schriftstücke vor. Ein schier endloser Sermon aus Geschichtsverdrehung, zynischer Leugnung und Umdichtung der Judenverfolgung im Dritten Reich. Dazu kommen Drohungen gegen die Rechtsorgane der Bundesrepublik. Als der Staatsanwalt endlich geendet hat, wird der Angeklagte gefragt, ob er sich zur Sache äußern will. Willmann lehnt sich nach vorn und stützt seine Ellbogen auf den einfachen Tisch der Anklagebank.

„Ich werde mich nicht zur Sache äußern. Dieses Gericht ist ein illegales Organ eines völkerrechtlich nicht existenten Staates. Die Bundesrepublik Deutschland ist seit 1990 erloschen und als Bürger des Zweiten Deutschen Reiches" er lehnt sich überlegen grinsend zurück und lässt seinen Blick Beifall heischend durch den Zuschauerraum streichen, „unterliege ich Ihrer angeblichen Gerichtsbarkeit nicht. Sie werden sich für diese Anmaßung noch zu verantworten haben."

In den Zuschauerreihen entsteht zustimmendes Gemurmel, der Staatsanwalt schaut grimmig drein und der Gerichtsdiener schickt einen genervten Blick gegen die Stuckdecke. Von einem Dritten Reich habe ich sehr wohl gehört, ein Zweites Deutsches Reich ist mir neu. Dem Richter, offensichtlich schon länger mit der Sache beschäftigt, offensichtlich nicht.

„Hmmh, stimmt, ich soll ja mal in Workuta nach dem Rechten sehen, wenn ich Sie richtig verstehe. Reisen bildet bekanntermaßen", nimmt Richter Bastian die Ausführungen mit einem leichten Lächeln auf, „Wenn Sie nicht Bürger dieses Staates sind, erzählen Sie mir doch mal, von wem Sie Ihre Rente bekommen und in welcher Währung. Oder wollen Sie die in Reichsmark haben?"

„Die bräuchte ich gar nicht. Denn ich habe eine Lehrerlaubnis und könnte so mein Geld verdienen, wenn ich nicht Berufsverbot hätte."

Dieser Herr Willmann war also Beamter? Ein weiterer Beweis für die realitätsblinde Ausbildung zum „Staatsdiener".

„Und Ihr Personalausweis und Führerschein sind damit eigentlich ungültig, weil sie von einem nicht existierenden Staat stammen?", setzt der Richter nach.

„Im Prinzip schon, aber ich führe sie halt bei mir, weil die Organe dieses nicht existierenden Staates dies gern so wollen und akzeptieren."

„Nun, sie sehen sich also als Bürger des Deutschen Reiches und führen ungültige Papiere - nämlich eines nach Ihrer Aussage nicht existierenden Staates - auf Reichsgebiet. Ich habe mich einmal mit der Reichsverfassung von 1936 beschäftigt. Darin steht, dass das Führen falscher Papiere eines anderen Staates durch Reichsbürger auf dem eigenen Reichsgebiet mit empfindlichen Strafen bis zur Todesstrafe geahndet wird."

Willmann wird bleich und Bastian lässt seinen Blick scheinbar völlig ungerührt zu den Zuschauern, dann wieder zum Angeklagten schweifen.

„Seien Sie froh, dass Sie in der Bundesrepublik leben und in Rheinland-Pfalz vor Gericht stehen. Hier gibt es die Todesstrafe nicht mehr, auf der anderen Rheinseite ist das anders. Ich zitiere aus der hessischen Landesverfassung in der aktuellen Version: „Ist jemand einer strafbaren Handlung für schuldig befunden worden, so können ihm auf Grund der Strafgesetze durch richterliches Urteil die Freiheit und die bürgerlichen Ehrenrechte entzogen oder beschränkt werden. Bei besonders schweren Verbrechen kann er zum Tode verurteilt werden."

„Das kann nicht sein!"

„Doch, Herr Willmann, auch in Rheinland-Pfalz stand das bis vor einigen Jahren so ähnlich in der Landesverfassung. Jeder Beamte muss bei seiner Vereidigung darauf schwören. Nun bin ich – und auch viele andere – gegen die Todesstrafe und könnten deshalb einer Vereidigung auf dieser Basis nicht zustimmen. Daher wird bei der Vereidigung darauf hingewiesen, dass die gleichzeitig zu beschwörende Bundesverfassung der Landesverfassung übergeordnet ist. Und in der Verfassung der Bundesrepublik ist die Todesstrafe abgeschafft."

Nach dem Exkurs lehnt sich der Richter mit seinem Oberkörper nach vorn und hebt die Stimme. „Beginnen wir nun mit der Verhandlung zur Sache. Der erste Zeuge bitte!"

Kurz danach geht die Tür und herein kommt ein etwas beleibter, unrasierter Mann, der routiniert den Zeugenstuhl ansteuert. Kaum hat er Platz genommen, öffnet sich die Tür schon wieder. Schlagartig verstummt das Gemurmel unter den Zuschauern und mir fällt vor Überraschung fast der Kuli aus der Hand, mit dem ich mir Notizen mache. Herein kommt eine schöne junge Frau, die ich nur allzu gut kenne, die ich lange geliebt habe und vielleicht auch heute noch liebe. Was macht Jana hier?

*

„Die müssen wir woanders her bekommen", brummte Wülfing, nachdem er mit den Berufsfeuerwehren Bingen und Mainz gesprochen hatte, die mindestens zwei Tage Vorlaufzeit für einen größeren Einsatz mit Atemschutzgeräten veranschlagt hatten. Zwar könne man ein Luftanalysengerät zur Verfügung stellen, das vor Brandgasen, Kohlenmonoxid und Kohlendioxid warne. Davon habe man zwei – eins sei kurzfristig leihbar. Bei den Atemschutzgeräten sei das allerdings nicht so einfach, denn schließlich müsse die Einsatzfähigkeit im Brandfalle gewährleistet sein, wenn die Kripo unter Tage sei. Das aber sei nur durch Absprache mit den Kollegen der benachbarten Brandwehren möglich.

„Versuchen wir es in einem Tauchershop", meinte Hessinger und strich seine nicht vorhandenen Haare nach hinten. Er war im letzten Urlaub mit seiner LebensAbschnittsGefährtin im Roten Meer getaucht und hatte nun durchaus gemischte Erinnerungen daran. Der Tauchgang war schön gewesen, aber die Beziehung leider bald danach am Ende. Im Nachhinein betrachtet war das Tauchabenteuer wahrscheinlich vor allem ein Versuch gewesen, eine Beziehung zu beleben, in die sich schon Leerlauf und Routine eingeschlichen hatten. Zunächst hatte die Beziehung mit Julia sehr gut begonnen, weil beide als Berufskollegen die Unbilden gut kannten, die der Schichtdienst und die ständige Konfrontation mit der schlechten Seite des Menschen mit sich brachten. Vieles musste nicht gesagt, vieles nicht erklärt werden. Doch dann war das schleichende Aus gekommen, schon kurz nach Ägypten. Was blieb, waren die schönen Bilder vom Roten Meer, der Tour mit dem Jeep durch die Wüste und die Schnappschüsse unter Wasser. Er hatte sich danach nicht mehr mit dem Tauchen beschäftigt, erinnerte sich aber daran, dass es einen Laden für Tauchbedarf in Mainz gibt.

„Tauchertreff Mainz“ spuckte Google wenig später aus, und sofort rief er dort an. Ein Stefan Eimer meldete sich und duzte ihn gleich - das schien in Taucherkreisen üblich zu sein. Ja, gefüllte Pressluftflaschen könne er ausleihen, 20 Euro am Tag. Auf die Frage, wie lange die Luft reiche, kam die Frage, was er damit machen wolle.

„Ist das wirklich wichtig?“, meinte Hessinger misstrauisch. „Luft ist Luft, oder?“

„Nun, die Flaschen werden nicht nur zum Tauchen geliehen – beispielsweise füllen Sportschützen ihre Luftgewehre damit.“

„Wir müssen in einen Bereich, in dem die Luft nicht sehr gut ist.“

„Brauchen Sie eine komplette Gesichtsmaske dazu? Die habe ich nicht da. Aber die Feuerwehr ...“

„Danke, ich weiß. Nein, die brauchen wir nicht, aber ein Mundstück.“

„Sie meinen einen Automaten. Also: Wenn Sie an Land bleiben, reicht eine Flasche etwa eine Stunde, unter Wasser können Sie länger bleiben, wenn Sie sich nicht zu sehr anstrengen. Eine Flasche wiegt übrigens etwa 20 Kilo.“

So schwer war dem Oberkommissar im Ägypten-Urlaub mit seiner Verflossenen die Flasche gar nicht vorgekommen, aber richtig: dort war er ja unter Wasser gewesen, was bekanntermaßen für Auftrieb sorgt. Er dankte zunächst für die Infos und fasste für Herbert die Ergebnisse zusammen. Kurz nach elf rief der Hausmeister des Bergwerks an, der inzwischen die

Bilder der alten Befahrung gefunden hatte. Er musste gleich zum Arzt, aber am späteren Nachmittag könnte er die Bilder gern zeigen. Um sechzehn Uhr lud er die Kripo zum Kaffee ein. Auch Ronni Sander, den sie davon informiert hatten, war natürlich an den Bildern der Befahrung interessiert und würde diesmal seinen Geigerzähler mitbringen.

Wülfing lehnte sich in seinem Drehstuhl so zurück, dass die Feder der elastischen Rückenlehne ein leichtes Knarren ertönen ließ.

„Alles ganz natürlich“ meinte er schmunzelnd zu seinem Kollegen Hajo, der das Telefonat über Lautsprecher mitgehört hatte und sich nun in die AZ vertiefte.

„Die Neugier meinst du?“

„Sicher eines der wichtigsten Merkmale. Bei anderen kommt Geltungssucht dazu ...“

„ ... und das Streben nach Macht und Geld ...“

„Halt, hier ist etwas von unserem Freund Ronni! Ein launiger Kommentar zu Ufos“.

Hajo faltete die AZ und reichte sie über den Tisch.

Wülfing las konzentriert und schüttelte den Kopf.

„Jetzt fängt der auch schon mit dem Ufo-Kram an. Ist doch alles Humbug.“

„Und wenn nun doch was dran ist?“

„Wie meinst du das?“

„Also wir glauben nicht dran, aber es gibt sicher einige, die es zumindest für möglich halten wollen. Wie beispielsweise unseren geschäftstüchtigen Bauern.“

„Ackermann? Dass dem der Kornkreis ganz gelegen kommt, ist klar. Aber dass er einen umbringt und dessen Leiche hinein legt, um in die Zeitung zu kommen, glaube ich nicht. Und wie soll er den Kornkreis erzeugt haben? Es ging kein noch so kleiner Pfad ins Innere des Kreises – jedenfalls konnte ich keine geknickten Halme feststellen - und die Halme im Kreis waren symmetrisch angeordnet. Dass die Halme von starken Windböen in dieser speziellen Form niedergedrückt werden, halte ich für ausgeschlossen. Aber irgendwie muss der Kreis entstanden sein und irgendwie muss – danach - die Leiche reingekommen sein. Und zwar am Donnerstag – aber wie? Wir sollten einmal den Bauern selbst ein wenig genauer befragen.“

„Wir drehen uns im Kreis. Im Kornkreis."

Doch zunächst galt es die Hausaufgaben zur Amalienhöhe zu erledigen. Tatsächlich erreichten sie schnell den Eigentümer des Bergwerks, die Mannesmann Röhrenwerke beziehungsweise deren Rechtsnachfolger Vodafone, und bekamen die Erlaubnis zum Befahren der Anlage unter Tage, natürlich mit der erforderlichen Sicherung und auf eigene Gefahr. Der Schlüssel zum Rheinstollen sei beim Hausmeister und das Bergamt erteilte schnell und unbürokratisch seine Genehmigung. Alles lief wunderbar und Wülfing ahnte, dass etwas nachkommen würde, wenn alles zu Beginn so einfach war. Doch noch hatte er keinen wirklichen Grund für diese Annahme, es war halt nur so ein Gefühl.

Sie beschlossen, das Abholen des Luftanalysengeräts bei der Hauptfeuerwache Mainz mit einem Besuch im Hofladen von Bauer Ackermann zu verbinden. Das Gerät entpuppte sich als echtes Multitalent und war einfach zu bedienen – ganz anders als Videorecorder, die ja inzwischen außer Mode gekommen und durch ähnlich kompliziert zu bedienende DVD-Recorder ersetzt wurden. Über Drucktasten zeigte das Analysengerät brennbare Gase wie Methan und Verbrennungsprodukte wie Kohlenmonoxid und Kohlendioxid binnen weniger Sekunden an. Nach dem Einschalten zeigte ein leises Surren, dass eine kleine Pumpe die Umgebungsgase anzog und über den Sensor leitete. Das erinnerte die Polizisten an die modernen Alkohol-Messgeräte, die ganz ähnlich funktionierten.

Der Hofladen von Bauer Ackermann war in der Ecke einer großen Halle mit allen möglichen Landmaschinen untergebracht. Auf einem Regal lagerten in Stiegen Äpfel, Pflaumen und Mirabellen; eine große, derb gezimmerte Holzkiste enthielt Kartoffeln, an denen noch vereinzelt Erdbrocken hafteten. Hinter der mit einer Verkäuferin in ländlicher Tracht besetzten Theke wurden Dinkelprodukte, Eier und verschiedene Hausmacher-Wurstwaren angeboten. Davor standen einige Frauen mit langen Einkaufszetteln, ein Mann in alternativem Look mit dünnem Pferdeschwanz ging von Kiste zu Kiste und roch intensiv am Obst und den Feldfrüchten.

„Ob Ackermann alles selbst produziert? Sogar Fleisch ist im Angebot", murmelte Hessinger vor sich hin und hielt Ausschau nach dem Landwirt, konnte ihn aber in der Halle nicht entdecken.

„Muss nicht sein, der kauft wahrscheinlich von anderen Höfen oder vom Metzger zu. Wer heute alles selbst machen will, hat keinen geschäftlichen Erfolg. Auf jeden Fall weiß er, wie man sich verkauft." Als er an der Theke nach Ackermann fragte, kam ein schnelles „Den Chef erreichen Sie am besten auf dem Handy, hier ist seine Nummer." Die blonde Verkäuferin nahm ein Werbe-Faltblatt von einem kleinen Stapel auf der Theke, schrieb mit schneller Schrift darauf, reichte es Wülfing und wandte sich wieder ihrer Kundin zu, die intensiv die Fleischauslage betrachtete.

Der Anruf auf Ackermanns Handy erbrachte die Info, dass er auf dem Weg zurück zum Hof sei und in ein paar Minuten eintreffe. Tatsächlich bog kurz danach ein großer grüner Traktor, von der Uni her kommend, auf den Hof ein.

Ackermann kletterte aus der Kabine.

„Womit kann ich dienen?", meinte er und schaute misstrauisch auf die Kripobeamten.

„Wir haben nur ein paar Fragen. Es wäre nett, wenn Sie ein wenig Zeit hätten", begann Hessinger und hing bereits die erste Frage an. „Wann haben Sie den Kornkreis zuerst bemerkt?"

Ackermann überlegte. „Bei der Ernte."

„Hmmmmh", meinte Wülfing und zog die Augenbrauen hoch. „Vorher nicht?"

„Nein", wieder ein Zögern, „erst beim Mähen."

„Sie zögern ..."

„Na ja, ein Bekannter hatte mir gesagt, dass da ein paar Halme niedergedrückt worden sind, bei dem Unwetter letzte Woche."

„Und das hat sie nicht interessiert?"

„Ach, zur Erntezeit habe ich so viel zu tun, darum konnte ich mich nicht kümmern."

Ackermanns Stimme klingt wieder fest.

„Frau Eben meint aber etwas anderes."

Genüsslich ließ Wülfing seinen Versuchsballon steigen und hatte Erfolg, denn schlagartig wurde Ackermann bleich.

„Was hat sie gesagt?"

„Das ist nicht so wichtig. Wichtiger ist, was Sie uns sagen können."

Wülfing zog die Augenbrauen noch ein wenig höher. „Oder wollen."

Ackermanns Täuschungsversuch war aufgeflogen. Zwar behauptete er steif und fest, dass er den Kornkreis nicht angelegt habe, gab aber zu, dass er ihn früher entdeckt habe. Da habe er mit seiner Bekannten in Arenal telefoniert und ihr gesagt, dass sie beim Rückflug von Mallorca aus dem Flugzeug heraus den Steinbruch und die Umgebung fotografieren sollte. Die Flieger würden sowieso immer über Weisenau den Flughafen Frankfurt ansteuern, den Fluglärm hätten die Weisenauer Bürger schließlich jeden Tag. Sie habe das Bild per Email an die Redaktion geschickt und es sei groß in der Zeitung gewesen. Alles sei bestens gelaufen ...

„... bis die Kripo dahinter kam ...“, ergänzte Hessinger mit einem müden Lächeln. Immer wieder gab es diese kleinen Schlaumeier, die ihre Arbeit erschwerten. Ein Teil des Rätsels war also gelöst – aber wer den Kornkreis erzeugt hatte und vor allem, wer die Leiche hinein gelegt hatte, noch nicht.

*

Auch Jana hat mich sofort bemerkt und stutzt - doch nur kurz. Statt sich zu mir zu setzen, wirft sie mir einen kurzen, festen Blick zu. Dann lässt sie ihre Augen wie beiläufig durch den Saal streichen und setzt sich in die erste Reihe, nur einen leeren Platz vom Anzugträger entfernt. Wenn man so lange zusammen war und gemeinsam den Himmel gesehen hat, bleibt eine Verbundenheit, die keiner Worte bedarf. Ihr Blick war eindeutig; dass sie sich nicht neben mich setzt, ebenso. Sie stutzte, meine Anwesenheit überraschte sie also. Sie will von den Anwesenden nicht mit mir in Verbindung gebracht werden. Bei der Kripo war sie vor einigen Jahren ausgeschieden und hatte sich als Psychotherapeutin niedergelassen, wir hatten uns noch mitunter getroffen und oft miteinander telefoniert, gerade erst vor einer Woche, es gab nichts Ungewöhnliches.

Sie ist scheinbar ganz auf die Verhandlung konzentriert. Ihre glatten Haare hat sie straff nach hinten gebunden, was ihre hohen Wangenknochen stärker betont. Über den obligatorischen, knapp sitzenden Jeans lässt ihr leichtes, gelbes Top im Gegenlicht die gertenschlanke Figur mit den kleinen, spitzen Brüsten durchschimmern.

Wenn man Leute beobachtet ist es ein entscheidender Unterschied, ob sie sich beobachtet wissen oder nicht. Hier ist sicher das Erstere der Fall und dann sagt das, was man nicht tut, mehr aus als das, was man tut. Wenn eine fremde Person in die Nähe einer geschlossenen Gruppe kommt, wird diese normalerweise von den Gruppenmitgliedern genau betrachtet - will man doch wissen, mit wem man es zu tun hat.

Genau das aber tun weder Jana noch die neben oder hinter ihr sitzenden Zuschauer, sie scheinen ganz auf den aktuellen Stand der Verhandlung konzentriert. Lediglich die blonde Zopfträgerin mustert Jana genau.

Als erster Zeuge wird ein Hauptkommissar vernommen, der die Hausdurchsuchung und Beschlagnahmung des Laptops sowie die Vernehmung geleitet hat. Richter Bastian will es genau wissen – wann wurden diese Dateien erzeugt, wie übermittelt, wann im Internet eingestellt? Was sagte der Angeklagte bei der Durchsuchung?

Die Antworten scheinen die Zuschauer nicht so sehr zu interessieren wie die Frau in der ersten Reihe. Ganz auffällig unauffällig schauen vor allem die älteren Herrschaften, aber auch die Jungschar im Saal herum und ihre Blicke streifen dabei wie zufällig Jana. Auch der Anzugträger schaut beim Eintritt des zweiten Zeugen intensiv in Richtung Tür, als ob er besonderes Interesse am Computerspezialisten des Landeskriminalamts hat. Oder aber an der in dieser Richtung fast direkt neben ihm sitzenden Jana, die – offensichtlich bewusst - nicht den Eintretenden, sondern scheinbar desinteressiert den Richter anschaut. Sicher hat sie längst die Blicke gespürt. Frauen haben einen siebten Sinn dafür.

Auch dem Computerspezialisten wird vom Richter gehörig auf den Zahn gefühlt, hat aber – mitunter nach längerem Nachdenken – schlüssige Antworten parat. Dann ist die Zeugenbefragung abgeschlossen und der Staatsanwalt hebt zu einem langen Plädoyer an, zählt noch einmal die Anklagepunkte und die Ergebnisse der Zeugenbefragung auf und fordert schließlich zwei Jahre Haft, wegen „ungünstiger Sozialprognose“ nicht auf Bewährung. Dann fragt der Richter den Angeklagten, dessen vorher so überlegenes Lächeln inzwischen matter geworden ist, nach seinem Schlusswort. Der gibt sich recht hilflos, so dass Bastian ihn geradezu zu einem letzten Wort auffordern muss.

„Als Bürger des Deutschen Reiches unterstehe ich Ihrer Gerichtsbarkeit nicht, das Deutsche Reich wird Sie noch dafür zur Verantwortung ziehen. Unsere Ufo-Basis Neu-Schwabenland wird bald zuschlagen!“, kommt mit wenig Überzeugungskraft, „aber ich akzeptiere Sie als zuständigen Richter.“

Will er sich in letzter Sekunde beim Richter einschleimen, nachdem er erkannt hat, dass er das Spiel verloren hat? Da wird er bei Bastian schlechte Karten haben. Der lässt sich so wenig einschüchtern wie anschleimen.

„Übrigens verlange ich Akteneinsicht, die mir bis heute verweigert wird. Und einen Pflichtverteidiger!“

Ganz ruhig erklärt der Richter, dass es einen Pflichtverteidiger nur unter ganz gewissen Voraussetzungen gibt und „Akteneinsicht, ja, da kann ich leider nichts machen. Das darf nur ein bei Gericht zugelassener Anwalt, nicht der von Ihnen vorgeschlagene „Rechtssachverständige des Deutschen Reiches“. So ist unser System halt.“

„Aber das ist nicht gerecht, ich muss als Angeklagter doch wissen, was über mich geschrieben wird, damit ich mich verteidigen kann!“, erhebt Willmann seine vorher leise, spöttische Stimme. Aus dem Zuschauerraum klingt ein mehrstimmiges „Jawohl!“, das ein scharfer Blick des Richters schnell verstummen lässt.

„Nun, lieber Herr Willmann, wie soll ich sagen?“, holt Bastian aus. „Wir sind hier in einem Staat, der nach einem gewissen System funktioniert. Und wer hierher kommt, muss sich dem unterordnen, egal welcher Nationalität er ist oder welchem „Reich“ er angehört oder anzugehören glaubt. Genauso muss ich mich unterordnen, wenn ich in ein anderes Land komme. Übrigens: Der von Ihnen kritisierte Anwaltszwang zur Akteneinsicht – wissen Sie, woher der kommt?“

Willmann schüttelt den Kopf.

„Aus dem von Ihnen so hoch gelobten Reich – der wurde in der Hitlerzeit eingeführt.“

Unter den Zuschauern wird es schlagartig still und als das Urteil – zwei Jahre ohne Bewährung - verkündet wird, regt sich merkwürdig wenig im Gerichtssaal. Gegen das Urteil können Rechtsmittel eingelegt werden, so dass der Angeklagte mit den Zuschauern den Gerichtssaal verlassen kann. Nachdem die Beteiligten der rechten Szene von der Bereitschaftspolizei zu ihren Autos geleitet wurden, steigt Willmann unter aufmunterndem Schulterklopfen der anderen mit zwei Begleitern in den großen Straßenkreuzer und nimmt auf der Beifahrerseite Platz, die anderen Autos folgen. Ich mache ein Foto des bergauf abziehenden Mini-Konvois, dem sich nach einem kurzen Gespräch mit dem Verurteilten merkwürdigerweise Jana mit ihrem Twingo anschließt.

Auf dem Weg nach Hause genehmige ich mir noch ein Steak beim Campingplatz vom „Bauer Schorsch" in Bingen-Kempten. Von meinem schattigen, kühlen Platz am Wasser habe ich einen schönen Blick auf die Reste der Hindenburg-Brücke: einen Brückenpfeiler im Wasser und den Brückenturm und Flutbogen am Rhein.

Er steht völlig isoliert, seit ein amerikanischer Bomber zwei sich landseits anschließende Flutbögen im Februar 1945 zum Einsturz gebracht hatte und deutsche Pioniere die stählerne Brückenkonstruktion über den Rhein in den letzten Kriegstagen gesprengt hatten. Einen üblen Zweck hatte der vereinzelt stehende Flutbogen damals noch erfüllt, als örtliche Nazi-Schergen in den letzten Kriegstagen dort Deserteure aufhängten. Nach dem Krieg war wohl noch Munition darin gelagert worden und ein herunter hängendes Seil lud viele Jahre die Binger Jugend auf den Abenteuerspielplatz ein. Jetzt ist das Seil weg und der Brückenturm ohne alpinistische Kenntnisse unzugänglich. Schon wieder einer dieser Orte, die mich so faszinieren, wo die Zeit stehen geblieben ist. Wie mag es heute darin aussehen? Ob Felix Hillesheim, der Eisenbahn-Fanatiker, Jäger und Sammler, mehr darüber weiß?

Doch zunächst steht der Bericht über die Gerichtsverhandlung an. Natürlich schaue ich mir zunächst die Homepage an, die während des Verfahrens ständig genannt wurde. Sie ist tatsächlich noch online, was mich sehr wundert, denn die volksverhetzenden Inhalte sind dort weiterhin einsehbar, dazu ein wüstes Allerlei aus der Kiste „völkischen Gedankengutes" über die angebliche Nichtexistenz der Bundesrepublik bis hin zum „esoterischen Hitlerismus". Nichts wirklich Neues also, doch dann: Die Erde ist hohl und hat Eingänge an den Polen, vor allem dem Südpol!

Das war mir noch gar nicht bekannt, dachte ich armer Unwissender doch bisher, dass sie eine Scheibe ist. Schließlich war das eine Lehrmeinung über Jahrhunderte. Und so lese ich auf der Suche nach einer Bewusstseinserweiterung weiter. Da die Erde im Innern heiß ist – soweit kann ich folgen – streicht die Wärme an den Eingängen aus, was die eisfreien Gebiete am Südpol erklärt. Endlich haben wir den wahren Grund für die Klimaerwärmung gefunden! Und noch mehr: In diesen logischerweise warmen Gebieten gibt es das Reichsgebiet Neuschwabenland mit der Zweimillionenstadt Neu-Berlin als Hauptstadt. Das sind endlich gute Nachrichten für die in ihren Forschungsstationen in anderen Teilen der Antarktis überwinternden Polarforscher – das Neu-Berliner Nachtleben dürfte die Langeweile von sechs Monaten Winter spürbar mildern. Doch leider verbirgt die lästige Geheimhaltung das deutsche Reichsgebiet seit seiner Gründung 1938 vor der Außenwelt, schade, schade.

Immerhin soll man die Hoffnung auf einen überraschenden Kontakt nicht aufgeben, denn von diesem Reichgebiet fliegen täglich Ufos zu den Reichsbasen am Nordpol, also in neunundneunzig Prozent der Fälle immer genau Nord-Süd oder Süd-Nord. Die kann man jeden Tag sehen, sie sehen aus wie Sterne, sind aber viel schneller. Und dass diese Ufos natürlich ein wachsames Auge auf unsere Bundesrepublik haben, ist klar. Denn schließlich warten allein im Hunsrück fünf Millionen ausgebildete russische Nahkämpfer auf ihren Einsatz gegen unser wehrloses Land, wie ich bei der Gerichtsverhandlung erfahren habe! Da können wir echt froh sein, dass uns im Falle eines Falles die reichseigenen Ufos mit ihrer überlegenen Technik beistehen werden. Ein wenig Wettbewerb scheint in der Ufo-Szene indes zu herrschen, denn am Schluss schreibt der Verfasser: „Die Beschäftigung mit den herkömmlichen Ufo-Religiönchen hält nur auf."

Nach einer halben Stunde habe ich mein Bewusstsein genug erweitert und schreibe meinen Pressebericht. Die Ufos sind immerhin ein interessanter Aufhänger, vielleicht sollte ich mal in der Sternwarte Mainz danach suchen. Immerhin gibt es im Internet genaue Bilder der Flugscheiben, nur echt mit Reichskriegsflagge und Hakenkreuz; da sollte es doch nicht schwer sein, so etwas zu entdecken.

Kurz nach drei ist der Bericht fertig und samt Bildern der an- und abfahrenden Wagenkolonne unterwegs in die Redaktion. Fotografieren während einer Verhandlung ist in Deutschland ja verboten, so dass sich die Gerichtszeichner ein wenig Geld verdienen können. Es ist Zeit für den Besuch im Bergwerk Amalienhöhe.

*

Wenn meine Freunde mich zu Hause besuchen, höre ich oft, dass in meinem genial-chaotischen Single-Haushalt die ordnende Hand einer Frau fehlt. Mir fällt das nicht unbedingt auf, denn eine Schnecke denkt schließlich auch nicht über ihre organisch gewachsene Behausung nach. Andererseits ist es schon schön, wenn man in einen Haushalt kommt, wo alles seinen Platz hat. So wie bei Egon Bootz, dessen Frau mit viel Liebe zum Detail das Wohnzimmer hergerichtet hat. Um einen Strauß frischer

Feldblumen hat sie das gute Service aufgebaut; dazu kommt der Duft von heißem Kaffee und einem großen Mohnkuchen.

Ich bin ein wenig früh, genieße die Aussicht auf die Leckereien und unterhalte mich mit Bootz über die Geschichte des Bergwerks. Kaum zeigt die hölzerne Uhr auf der Kommode vier Uhr an, hört man das Knirschen von Autoreifen auf Kies. Vom Fenster aus sehe ich einen Kombi-Benz im neuen Polizeiblau vorfahren, die Ladefläche voll bis unter die Decke mit Gerätschaften. An den Seitenfenstern leuchtet das Gelb von Pressluftflaschen. Herbert und Hajo waren offensichtlich auf Einkaufstour und wollen wohl unter Tage, was ich ziemlich optimistisch finde. Bootz geht mit einem „Komme schon" zur Tür. Kurz danach hört man Herberts und Hajos Stimmen, dann tritt Hajo als erster energischen Schrittes über die Schwelle.

Wir setzen uns im Halbkreis an den Tisch, den mit „Befahrung 1994" beschrifteten Leitz-Ordner zwischen uns und die Kaffeekanne in der Tischmitte. Die ersten Seiten beschreiben die technischen Details der Befahrung durch die Forschungsgesellschaft Bergbau und Bergwissenschaften eV, Trier. Dabei, so die Unter-Tage-Spezialisten: „... birgt die Grube Doktor Geier eine ganz besondere Gefahr: Das aus den Dolomit-Abbaubereichen austretende Kohlendioxid (CO2) kann frei und ungehindert in sämtliche tieferliegenden Grubenbaue einfließen, so dass diese zeitweise mit CO2 geflutet sind. Die Kohlendioxid-Gehalte können dann in sehr kurzer Zeit bis über acht Prozent ansteigen." Es folgt eine Auflistung der Schutzmaßnahmen und Schutzgeräte, vom Luftanalysengerät bis zum Sauerstoffretter, von der Beobachtung des Wetterstroms bis zur Sprechverbindung mit Sicherheitsposten über Tage. Die beiden von der Kripo tauschen Blicke aus, sie ahnen, worauf sie sich einlassen wollen. Aber was bleibt ihnen übrig?

Offensichtlich gibt es eine Verbindung zwischen dem Toten im Weisenauer Kornfeld und dem Bergwerk Waldalgesheim – aber welche? Sie haben mir bisher nichts davon erzählt, es ist wohl ein Dienstgeheimnis im Rahmen der Ermittlungen. Immerhin: eine Hälfte des Rätsels kenne ich schon – sie verbinden die Radioaktivität im Kornkreis mit dem ehemaligen Bergwerk, sonst hätten sie mich nicht samt Geigerzähler hergebeten. Wie kommen sie darauf? Mir ist von Radioaktivität im Bergwerk nichts bekannt und in der Literatur habe ich ebenfalls nichts darüber gefunden. Hatte jemand nach der Schließung illegal strahlende Abfälle darin entsorgt? Das kann ich mir nicht gut vorstellen, weil jeder Umgang mit radioaktivem Material genau überwacht wird. Ganz auszuschließen aber ist es nicht. Immerhin scheinen die beiden also nicht davon auszugehen, dass die Radioaktivität von einem Ufo stammt. Endlich kommen wir zu den Bildern, Bootz zieht mit Sinn für Dramaturgie bedeutungsvoll langsam einen ganzen Pack Farbbilder im Postkarten-Format aus einem Umschlag, und eine geheimnisvolle Welt unter Tage nimmt plötzlich Gestalt an.

So muss es sein, wenn die Zeit stehen geblieben ist. Alles ist da und doch nicht mehr von dieser Welt. Die Schienen, teilweise im Schlamm und überflutet, sind immer noch da und wohl nutzbar, doch kein Zug fährt mehr darauf. Elektroloks stehen noch auf der Strecke, einige mit geborstenen Scheiben in einer provisorischen Lokwerkstatt unter Tage, doch niemand fährt oder repariert sie. Eine Bierflasche steht inmitten eines ungeordneten Werkzeug-Sammelsuriums, das schon viele Jahre nicht mehr bewegt wurde, in den Regalen. Einige Förderwagen, bei Überflutungen von den Schienen gehoben, liegen ungeordnet in den Strecken, viele stehen noch auf den Geleisen, doch sie transportieren nichts mehr. Die Oberleitungen sind teilweise noch vorhanden, doch längst tot; große Hochdruckpumpen, angeschlossen an lange Rohrleitungen an einer Seite und dicke Elektrokabel an der anderen, rosten in grob in den Fels gebrochenen Nischen vor sich hin. Kein Gebläse drückt mehr Luft durch die Wetterlutten, ehemals zur Belüftung dienende, großkalibrige Rohre.

Über Tage hätte sich die Natur dieses Terrain längst erobert und in viel Grün eingebettet. Hier überzieht der Kalk aus der Dolomit-Lagerstätte Wände und Decken mit Sintertapeten und Tropfsteinen, macht Förderkörbe und Verladeeinrichtungen zu bizarr-romantischen Skulpturen, die vom Blitzlicht des Fotografen vor der Kamera grell beleuchtet werden und nach hinten wieder im Dunkeln abtauchen. Doch selbst hier wächst etwas, wenn auch das Licht für wirkliches Leben fehlt: Ungestört von der Außenwelt haben sich an den Wänden und auf dem Boden vereinzelt große Gipsblüten und Nadeln gebildet. Ein Reich von bizarrer Schönheit, das sich binnen Sekunden in eine große Falle verwandeln kann, in der alles erstickt. Kohlendioxid-Gehalte bis acht Prozent, schreiben die Bergbau-Experten ... da verliert man sofort das Bewusstsein und erstickt minutenschnell.

Während Herbert die Fotos mehr mit beruflichem Interesse betrachtet, bemerke ich, wie bei Hajo die Augen leuchten und er immer mehr Bilder sehen will. Ein Foto betrachtet er besonders lang und seine Augen wandern zu seinem Partner, der zustimmend nickt. Aus einem Bohrloch quillt eine schwarze Flüssigkeit und läuft, sich verbreiternd, die Wand zum Boden entlang.

„Was ist diese schwarze Flüssigkeit?“, wendet sich Hajo an Bootz.

„Manganschlamm, der aus einem Bohrloch quillt. Im Bereich des Manganabbaus recht häufig.“

„Wo ist das Bild von hier aus gesehen aufgenommen worden?“

„Tief unten, auf der Violettsohle, im Rheinstollen. Nicht weit vom Steubenschacht hier unter dem Förderturm.“

Auf diese fachkundige Erklärung erntet er zunächst nur fragende Blicke und erklärt geduldig, dass die verschiedenen Bergwerksebenen „Sohlen“ genannt werden. In diesem Bergwerk hatte der erste Vermessungsingenieur die Sohlen nach dem optischen Spektrum benannt – die hellste Farbe ist am weitesten oben und die dunkelste Farbe bezeichnet die tiefste Sohle. So geht es hier von Gelb als oberster Sohle über Grün und Blau bis eben hin zu Violett. Andere Bergwerke mögen da eine völlig andere Benennung haben.

„Dann lass uns hinein gehen, Herbert“, drängt Hajo zum Aufbruch.

„Immer mit der Ruhe, mein junger Kollege“.

Herbert ahnt, dass Hajo die Dimensionen des Vorhabens unterschätzt. Außerdem ist heute der allwöchentliche Kegelabend. Seine Lebensgefährtin Elvira hat mir davon erzählt, als sie mich beim letzten Geburtstag in Appenheim besuchten. Ein interessantes Paar, die feinsinnige Lehrerin von der Grundschule am Mäuseturm und der scheinbar bärbeißige Hauptkommissar von der Kripo.

„Wie weit ist es denn konkret bis zu diesem Manganschlamm im Rheinstollen?“

Bootz schlägt eine Übersichtskarte des Bergwerks auf und deutet mit dem Finger in die Nähe des Förderturms.

„Das ist ja ganz in der Nähe.“

Hajo begeistert sich an der Aussicht auf ein Untertage-Abenteuer.

„Das war einmal“, bremst ihn der Hausmeister mit ruhiger Stimme, „durch den Förderschacht können Sie auf gar keinen Fall, der ist oben bis auf eine kleine Öffnung völlig verschlossen und geht 267 Meter senkrecht nach unten. Kein Förderkorb, keine Treppe, die Schachtleitern marode oder schon abgebrochen, nichts.“

„Und die Bergleute, die 1994 eingefahren sind?“

„Die haben den Rheinstollen befahren und gleich von zwei Problemen berichtet."

„Von welchen?"

„Zum einen sind es fast drei Kilometer bis zum Förderschacht. Damals war die Strecke noch frei. Ob sie heute verstürzt ist, kann ich nicht sagen, das ist über zehn Jahre her. Und natürlich fehlen die Genehmigung des Bergamts und des Eigentümers."

„Das haben wir alles, Herr Bootz, legen wir los. Wir haben bereits unsere Ausrüstung dabei."

„Langsam, langsam. Wollen Sie allein da hinein?"

„Es wäre natürlich hilfreich, wenn Sie ..." Wülfing erkannte im Augenblick, als er es sagte, dass sie sich das nicht recht überlegt hatten.

Bootz nickte. „Wenn Sie so lange unter Tage waren wie ich und dann sollen sie noch einmal in ein Bergwerk hinein, das seit mehr als 35 Jahren still liegt, nicht mehr gewartet und bewettert wird – das muss nicht mehr sein. Ich führe Sie gern zum Stollen, aber den Rest müssen Sie dann allein gehen. Aber vielleicht ..."

Sein Blick schweift zu mir und auch Hajo und Herbert schauen mich an. Was soll ich sagen? Ich habe zwar Mineralogie studiert und war schon in vielen Bergwerken, verstehe aber nur wenig vom Bergbau, nicht zu vergleichen mit einem erfahrenen Bergmann. Die ehemaligen Bergleute sind alle weit in den Siebzigern und werden wie Bootz nicht mehr unter Tage wollen. Besonders wohl fühle ich mich bei dem Gedanken natürlich nicht, aber es wäre natürlich eine schöne Gelegenheit zum Vorstoß ins Unbekannte, abgesichert durch die Kripo mit ihren ganzen organisatorischen und technischen Möglichkeiten.

„OK, ich will es mir überlegen", verkünde ich und ernte neben dankbaren Blicken von Herbert und Hajo einen fragenden Blick von Bootz, der mir wohl sagen soll, dass ich sehr vorsichtig sein muss.

„Wie wäre es, wenn wir die Ausrüstung heute im Besucherbergwerk ausprobieren und morgen einsteigen?"

Das finden alle eine gute Idee und so räumen wir Analysengeräte und eine Pressluftflasche aus dem Wagen und wandern durch den Keller ins ehemalige Besucherbergwerk. Wieder geht Bootz vor und wieder macht er am Eingang halt, wo die inzwischen verblassten Zeichnungen an den Wänden einst die Besucher begrüßten. Der ehemalige Bergmann hat eine feine Nase nicht nur für Whisky, sondern auch für das nur ganz schwach säuerlich riechende Kohlendioxid. Das Luftanalysengerät zeigt tatsächlich 1,5% Kohlendioxid an – ein ums Hundertfache gegenüber der Außenluft überhöhter Wert, der von Menschen über kürzere Zeit zu ertragen ist, aber sicher nicht gesund. Unsere Grubenlampe brennt nur schwach in ihrem Drahtgeflecht, bekommt also nicht genug Sauerstoff, um hell zu brennen. Ein einfacher, aber zuverlässiger Indikator unter Tage.

Das Atmen fällt uns schwer, wir hecheln ein wenig, schauen wie gebannt auf das Analysengerät und holen uns kurz entschlossen die restlichen drei Flaschen und Atemautomaten aus dem Wagen. Der taucherfahrene Hajo hilft uns beim Anlegen der Atemautomaten und geht vor. Der Automat drückt unangenehm auf Mund und Nase, die Flasche drückt auf meinen Schultern und die Pressluft schmeckt metallisch und abgestanden.

Wir erkunden den Stollen und die teilweise verstürzte Ladestation, immer auf der Hut vor herab fallendem Gestein. Herbert atmet unregelmäßig und auch ich muss mich erst an das unangenehme Gefühl gewöhnen, nicht frei atmen zu können. Wie soll das auf den drei Kilometern im Rheinstollen werden? Wir alle ahnen, dass wir sehr umsichtig vorgehen müssen.

Mein Geigerzähler sendet in unregelmäßigen Abständen radioaktive Zerfälle, die von der Zählelektronik auf 15 bis 20 Impulse pro Minute aufaddiert werden. Klick, klick, klickklickklick, ..., klick, das ist die normale Hintergrundstrahlung, nichts Besonderes. So beenden wir unsere erste Eingewöhnung nach etwa 15 Minuten, verlassen das Besucherbergwerk und gehen unter dem Förderturm am Auslass des Steubenschachts vorbei heraus. Der Schacht bläst stark aus und als ich meinen Geigerzähler in die Luftströmung halte, beschleunigt sich das Ticken erheblich.

*

Lüder Willmann versuchte sich äußerlich nichts anmerken zu lassen, aber tatsächlich machte ihm die Verurteilung Sorgen. Er rutschte auf dem Beifahrersitz herum und starrte mit leerem Blick auf die anderen Autos der kleinen Kolonne, die sich vor ihm die gewundene Straße in den Hunsrück hochschlängelte. Vereinzelte Stolleneingänge zeugten von längst aufgegebenen Schiefergruben, die Häuser mit ihren geschieferten Dächern und Fassaden sahen selbst in der hoch stehenden Sonne grau und trostlos aus.

Er war dankbar, dass so viele Anhänger zur Verhandlung gekommen waren, wenn auch der angekündigte Bus mit den Kameraden aus dem Osten gefehlt hatte. Und dass Eugen und Gabi bei ihm mitfuhren und nicht bei den Kameraden aus der Jugend, machte ihn stolz. So war die ganze Elite zusammen, stellte er fest. Eugen und seine Schwester Gabi hatten viele junge Kameraden in die Gruppe geführt, mit klaren Vorstellungen über wahre Werte.

Dennoch: So bedeutend man sich als intellektueller Wortführer in einer Gruppe vorkommen mag, so unwohl fühlt man sich, wenn man selbst von Sanktionen betroffen ist. Willmann war da keine Ausnahme. Der Anführer hat das Wort zu führen, die Konsequenzen, bittesehr, haben die anderen zu tragen. Aber sicher würden ihn die Ufos raushauen, deren unzweifelhafte Existenz gerade wieder durch die Presse gegangen war. Eine Leiche in einem Kornkreis, ganz in der Nähe, was brauchte es da noch mehr Beweise? Sie hatten wieder losgeschlagen, gerade so wie sie die amerikanischen Angriffstruppen des Admiral Byrd 1947 aus Neuschwabenland in der Antarktis vertrieben hatten. Wie weit das Gedankengut schon verbreitet war, hatte die Aufregung über den Bundeswehr-Ausbilder gezeigt, der bei einer Übung einen Rekruten angewiesen hatte, mit dem Ausruf „Motherfucker" auf fiktive Schwarze in der Bronx zu schießen. Der Tag der Befreiung nahte, das war so klar wie das Besäufnis bei der Sonnenwendfeier.

Bis es soweit war, galt es Zeit zu gewinnen und da bot das in feinste Herrschaftsbereiche zersplitterte Justizsystem dieses eigentlich nicht existenten Staates beliebig viele Mittel, derer sich sein Rechtssachverständiger Albert Messer bestens bedienen konnte. Mit Einsprüchen, Beweisanträgen, Berufungen und so weiter und so fort ließen sich Verfahren auf unendliche Zeit dehnen. Wenn er Steuern zahlen würde, hätte er sich wahrscheinlich darüber geärgert, aber da er von Hartz IV lebte, konnte ihm das nur Recht sein.

Nach Verhandlungsende hatte ihm Richter Bastian unter vier Augen geraten, nicht in Berufung zu gehen, weil da für ihn mehr als zwei Jahre heraus schauen würden, aber wieso sollte er dem glauben? Albert hatte gleich nach dem Urteil gesagt, dass sie in Berufung gehen würden, da gab es nichts zu deuteln. Also auf zum OLG, die Ufos würden dem ganzen Spuk sowieso bald ein Ende bereiten. Bis zum Termin, das war schon jetzt klar, würden viele Monate in Freiheit vergehen, vielleicht Jahre. Das erste Verfahren war mehrfach verschoben worden. Er war umgezogen, dann krank, schließlich im Urlaub. Irgendwann war es Richter Bastian zu bunt geworden und er hatte ihn mit internationalem Haftbefehl bei den Kameraden in Dänemark holen lassen. Mit dem jetzigen Urteil war der Haftbefehl wieder aufgehoben worden und er musste sich nicht mehr jeden Tag bei der örtlichen Polizei melden. Das ergab neue Perspektiven und endlich wieder Bewegungsfreiheit.

Die Anspannung löste sich langsam, er streckte sich auf dem Beifahrersitz und begann die Fahrt zu genießen. Eugen war ein technisches Genie, keine Frage, und hatte den alten Wagen in ein echtes Schmuckstück verwandelt. Trotz der wochenlangen Trockenperiode waren die Hänge noch grün, ein kühler Wind strich vom Rhein her das Tal hoch. In den scharfen Kurven konnte er durchs Seitenfenster den Minivan und den Kombi der Kameraden sehen, dahinter ein kleiner grüner Wagen. Eugen kurbelte den Benz mit dem Lenkradknopf genießerisch um die engen Kurven. Der Achtzylinder mit seinen fast 300 PS zog mühelos durch.

„Wem gehört der Twingo?"

Messer auf der Rückbank drehte sich ebenso wie seine Schwester sofort um.

„Der grüne Twingo? Das ist Jana. Kenne ich von der Uni. Studierte Psychologie."

„Eine von uns? Die sieht nicht so aus", kommentierte Gabi.

„Keine Sorge, die ist schon in Ordnung. Vielleicht können wir sie sogar für die Sache gewinnen."

Gabi schaute sich noch einmal zweifelnd um, während der Wagen die letzte Steigung hinter sich ließ und nun der Landstraße gegen die Sonne folgte. Von den abgeernteten Kornfeldern rechts und links der Straße drang feiner Staub in die Lüftung des Wagens ein und verursachte Willmann einen Nießreiz. Er war froh, dass ihr Ziel bereits in Sicht kam. Kurz danach bogen sie in eine asphaltierte Stichstraße ab, die sich ins Feld hinein schlängelte. In den Kurven pickten Wildtauben an Kornhäufchen, verlorene Ladung von der Ernte, und flatterten auf, als die Wagen vorbei fuhren.

Der „Landgasthof Hubertus" lag einsam auf einer kleinen Anhöhe am Waldrand, erreichbar nur über eine kleine Stichstraße und hatte schon bessere Tage gesehen. Das mit dunkel gestrichenem Holz verkleidete ehemalige Jagdhaus hatte zum Tal hin eine Veranda, auf der kleine weiße Tische und Stühle angeordnet waren und Sonnenschirme mit der Aufschrift „Schöller Eiskrem" Schatten spendeten. Der großen Balkon war nicht bestuhlt, einige Verkleidungsbretter hingen etwas schief. An das Haupthaus schloss sich ein einfach gemauerter Schuppen an, in dem die Toilette untergebracht war und aus dessen offen stehender Tür ein dezenter Geruch drang.

Der Wirt wartete bereits und begrüßte jeden Aussteigenden mit einem markigen Handschlag, wurde aber misstrauisch, als Jana aus dem Twingo stieg.

Mit „Tut mir leid, meine Dame, geschlossene Gesellschaft", wollte er die Unbekannte wieder weg schicken, wurde aber von Messer gebremst.

„Ist schon gut, Karl. Die gehört zu mir."

Er lud Jana an den großen Tisch in der Terrassenmitte ein, an dem sich bereits Willmann sowie Eugen und Gabi Spindel niedergelassen hatten. Messer saß zwischen Gabi Spindel und Jana, hatte seine Jacke über die Stuhllehne gelegt, die Krawatte gelockert und genoss sichtlich die neugierigen Blicke von den Nachbartischen. Wer war die? Woher kannte die Albert? Es wurde wenig geredet, aber viel getuschelt. Eugen Spindel war still und taxierte den neuen Gast mit einer Mischung aus Misstrauen und körperlichem Interesse.

„Die erste Runde auf mich!", rief Willmann, genoss mit seinem Dauerlächeln das anerkennende Johlen der Kameraden und wandte sich dann an Jana. Ihn schmeichelte, dass sein Verfahren so viel Interesse erzeugt hatte, machte ihn aber auch misstrauisch.

„Sie kennen Albert vom Studium. Psychologie, wenn ich das richtig gehört habe."

„Du musst sie nicht ausfragen", mischte sich Albert ein, „Jana Haller ist unser Gast."

„Lass nur, Albert" Jana warf ihm und Willmann ein unverbindliches Lächeln zu, „es ist völlig normal, man will doch wissen, mit wem man es zu tun hat. Ja, wir kennen uns von der Uni Mainz und als ich seinen Namen im Vorbericht zur Verhandlung las, bin ich einfach mal nach Trechtingshausen gefahren. Es war sehr interessant, muss ich sagen."

Interessant? Das war nicht das Wort, das der frisch Verurteilte erwartet hatte. Skandalös wäre aus seiner Sicht richtiger gewesen.

„Weil das Gericht ein Organ eines nicht existierenden Staates ist?"

„Das ist Alberts Metier", meinte sie mit einem Blick zu ihrem ehemaligen Kommilitonen, „aber das mit den Ufos interessiert mich. Ehrlich gesagt, habe ich da bisher immer an Außerirdische gedacht."

„Das ist Unsinn", mischte sich jetzt Eugen Spindel ein, „die sind ein Beispiel für die überlegene Technik unserer deutschen Rasse. Die „Außerirdischen" sind eine gezielte Desinformation, um das geheime Reichsgebiet Neuschwabenland zu schützen. Bald werden sie kommen und das deutsche Volk retten. Lüder hat das alles ganz klar erkannt, das können Sie überall nachlesen. Auch im Internet! Und Sie können jeden Abend sehen, wie die Flugscheiben von Norden nach Süden fliegen. Ich zeige es Ihnen gern."

Jana musste den Wortschwall erst einmal auf sich wirken lassen und nahm einen tiefen Zug aus dem Bierkrug, in dem der Schaum von der Hitze schon ziemlich zusammengefallen war. Ihr war nicht entgangen, dass sie mit äußerstem Misstrauen von Gabi, der Schwester des von Kopf bis Fuß in Schwarz gekleideten Eugen, betrachtet wurde, während sich an den Nebentischen so langsam Biergartenstimmung breit machte.

„Und du könntest mir die Ufos zeigen?" wandte sie sich an Albert und erntete dafür einen tödlichen Blick von der Blonden.

„Gern."

Messers Blick ließ an Vieldeutigkeit nichts zu wünschen übrig.

„Ich habe noch viele weitere Unterlagen. Interessantes Material, das nicht jeder hat!", warf Eugen ein und Messer zuckte kurz zusammen. Plötzlich erstarb die Unterhaltung.

Jana spürte, dass sie in ein Wespennest gestochen hatte und wollte den Bogen nicht überspannen. Sie brauchte Zeit zum Überlegen, trank ihr Bier relativ schnell aus und verabschiedete sich dann, nicht ohne, langsam und sorgfältig, auf einem Bierdeckel ihre kurze und einprägsame Email-Adresse aufgeschrieben zu haben.

Als der Twingo in der über dem Asphalt flimmernden Hitze Richtung Hauptstraße verschwand, wurde es deutlich lauter auf der Terrasse, man war wieder unter sich. Der Bierkonsum stieg beträchtlich und es wurden allerlei Pläne geschmiedet, die um Rache, zumindest aber Wiedergutmachung für die erlittene Justizunbill kreisten. Die Zeit würde bald kommen, war der allgemeine Konsens, da bräuchte man nicht mehr lang zu warten.

Jana musste nicht lange warten, denn noch vor neun Uhr am selben Abend bekam sie elektronische Post von Eugen. Damit hatte sie gerechnet und auch mit der kurz danach – von Albert. Das Verhalten von Männern ließ sich in aller Regel genau vorhersagen.

*

„Also doch!“ Hajo stellt sich neben mich und betrachtet den Geigerzähler, dessen Klickrate nach dem rapiden Anstieg nun gleich bleibt. Sein Misstrauen gegen den Hausmeister hat er immer noch nicht abgelegt. Hatte der nicht gesagt, nichts von Radioaktivität im Bergwerk zu wissen? Und nun das – eindeutig erhöhte Strahlungswerte.

„Ist das gefährlich, Ronni?“

Auch Herbert schaut auf das Display des kleinen Gerätes.

„Genau kann ich das nicht sagen, weil mein einfaches Modell nur eine relativ geringe Strahlungsdosis messen kann und zudem nur Alpha-Teilchen.“

„Mach es nicht so spannend. Kurz in einem Satz: Gefährlich oder nicht?“

In der letzten Minute waren es 124 radioaktive Zerfälle, fast das Zehnfache der normalen Hintergrundstrahlung in Meereshöhe. Ob das die Gesundheit gefährdet? Ich denke, eher nicht, denn auf hohen Bergen oder in Flugzeugen auf Polrouten dürfte der Strahlungspegel ähnlich hoch sein, weil da die schützende Atmosphäre ziemlich dünn ist. Es gibt zwar Schutzvorschriften für schwangere Flugbegleiterinnen, aber für Männer normalerweise nicht. Astronauten dagegen bekommen soviel Strahlung ab, dass ihr Erbgut verändert wird. Sie sollten ihre Familienplanung vor dem ersten Ausflug ins All abgeschlossen haben. Die geringe Strahlung hier oben am Schachtloch aber sollte gesundheitlich keine Rolle spielen.

„Wohl nicht. Wenn du auf den Mont Blanc kletterst, dürfte die Strahlungsdosis ähnlich hoch liegen.“

„Sind wir hier aber nicht“, stellt Hajo trocken fest, den die einmal aufgenommene Spur nicht mehr los lässt. „Wir haben also doch Radioaktivität im Bergwerk und Mangan sowieso – das passt.“ Plötzlich stoppt er, weil ihn Herbert in die Seite schubst. Ich kann mir schon denken, weshalb.

Wenn es passt und sie in den Ermittlungen zu dieser Leiche im Kornfeld stecken, dann haben sie an der Leiche Mangan gefunden, womit Hajo den Grund für ihren Besuch auf der Amalienhöhe verraten hat. Hajo schaut schuldbewusst, und Herbert meint nur: „Du weißt Bescheid, Ronni.“

Na gut, dann lasse ich mal in dieser Sache meine Tastatur erst einmal ruhen und plaudere nicht aus, was ich mir eben zusammengereimt habe. Ich habe keine Eile, denn die Ufo-Geschichte und die Neonazis werden mich über die nächsten Wochen tragen. Das Bergwerk kommt dann halt danach an die Reihe.

„Also gut, die Radioaktivität ist hier oben unproblematisch, sagst du“, stellt Herbert fest, „wie ist die unter Tage?“

„So wie hier wahrscheinlich, weil sie mit der Luft nach oben kommt. Warum fragst du?“

„Ach, nur so.“

Das „nur so“ glaube ich nicht, denn in keiner Quelle über die Amalienhöhe ist von Radioaktivität die Rede. Ob da jemand strahlendes Material gelagert hat, von dem Partikel mit dem Luftstrom nach oben gedrückt werden? Wenn der Schacht nicht bläst, sind die Werte jedenfalls völlig normal und es ist zu fragen, ob das auch für den Rheinstollen gilt. Gegen Ende des Zweiten Weltkriegs hatte die Organisation Todt große Räume für unterirdische Fabriken meist von Zwangsarbeitern auffahren lassen. Nach dem Krieg wurden sie nicht immer verfüllt, sondern blieben teilweise erhalten. Eine riesige, teilweise noch in Betrieb befindliche, Anlage ist der Gipsbau „Goldfisch“ in der Nähe von Obrigheim mit angeschlossener Gedenkstätte des KZ Neckarelz.

Klar ist jedenfalls, dass wir uns noch besser vorbereiten und die Binger Feuerwehr zur Absicherung einbeziehen müssen. Messungen auf eigene Faust werde ich aus Sicherheitsgründen am Rheinstollen nicht vornehmen, denn dazu stand etwas im Befahrungsbericht:

„Blies der Rheinstollen aus, stiegen die Kohlendioxid-Gehalte so schnell, dass eine Grubenlampe bereits am Mundloch verlosch und eine Befahrung nicht möglich war.“

Nach einem Handy-Anruf haben es Herbert und Hajo plötzlich eilig und fahren zurück ins Büro. Bootz nimmt mich zur Seite.

„Ist Herr Hessinger Ihr Freund?“

„Ja, ein netter Kerl mit vielen Interessen. Sie fragen, weil er Ihnen so misstrauisch gegenüber steht?“

Bootz nickt.

„Ach, das ist, weil er berufsbedingt ständig mit Unwahrheiten und bösen Absichten und Taten konfrontiert wird. Wir sollten uns glücklich schätzen, diesen Job nicht machen zu müssen. Machen Sie sich keine Sorgen."

Das sage ich so leicht dahin, weil ich nicht in Hajos Kopf schauen kann und nur bruchstückhaft die Kripo-Informationen kenne. Die wissen sicher viel mehr und dürfen es nicht sagen. Andere sind da nicht so konsequent, geht gerade durch die Presse. Da haben einzelne BKA-Beamte über Jahre hinweg geheime Akten an die Presse verkauft und damit Täter gewarnt, Kollegen in Gefahr gebracht und Ermittlungen torpediert. Die Korruption zieht in Deutschland immer größere Kreise, vor allem bei denen, die schon soviel Geld bekommen, dass sie es bestimmt nicht brauchen. Zwar steht die Bundesrepublik in der weltweiten Korruptions-Rangliste noch auf Platz 14, aber dieser Platz ist wohl nur im Vergleich zu den Pisa-Ergebnissen positiv zu sehen. So verhindert gerade die Mehrzahl unserer Bundestagsabgeordneten eine höhere Transparenz, weil dann ihre fetten Nebeneinkünfte publik würden. Vor kurzem kam raus, dass ein Mandatsträger nicht weniger als zehn mit jeweils mehr als 7000 Euro pro Monat dotierte Pöstchen zusätzlich zum Abgeordneten-Salär hatte. Macht zusammen so an die 100.000 Euro pro Monat, die woanders bitter fehlen.

Der Schatten des Förderturms wird immer länger und es sieht so aus, als würde er auf das Dach des Erzbunkers stürzen. Tatsächlich sind beim letzten Sturm Teile der Treppe herunter gefallen, und der nächste Sturm wird weitere Teile lockern und hinunter fegen. Die Sonne steht schon tief über den Baumwipfeln des Binger Walds, und es ist Zeit, meine Notizen und Eindrücke zu Hause auf den Rechner zu bringen. Als ich am Waldrand entlang nach Weiler fahre, kommt mir die Verhandlung vom Vormittag wieder in den Sinn. Was machte Jana da und wo ist sie hin gefahren?

Zuhause rufe ich gleich mal bei ihr an, aber es kommt nur der Anrufbeantworter. Herbert ist im Büro, sagt aber, dass er nichts von Jana wisse. Den Neonazi-Fall würden die Kollegen in Koblenz bearbeiten. Als ich noch einmal abends um zehn Uhr bei ihr anrufe, geht erneut niemand ans Telefon. Ich muss herausfinden, was sie in Trechtingshausen wollte und wohin sie anschließend fuhr.

*

Da war es wieder, das goldfarbene Prachtstück, einst sicher Statussymbol eines bedeutenden Mannes wie einem Vorstandsmitglied des örtlichen Schrebergartenvereins und Dekoration vor einem Schaut-her-ich-bin-was-geworden-Haus. Das hatte sich geändert, denn heute parkte der ehemalige Bonzenschlitten in einer Laternengarage, stellte Jana nüchtern fest. „Am Römerlager“ war eine typische Mietshaus-Siedlung aus der Vor- und Nachkriegszeit, nur durch die Langenbeckstraße von der Uni-Klinik getrennt. Drei- bis vierstöckige Häuser, viel Grün und eine Mischung unterschiedlichster Autotypen unter den hohen Bäumen. Studentenschleudern standen neben Familienkutschen meist Rüsselsheimer Herkunft und auch ein wild bespoilerter Dreier-BMW mit arabischer Inschrift auf der Heckscheibe fehlte nicht. Spritfressende und umweltverpestende SUV-Angeberkisten neuester Generation nutzten ihre große Bodenfreiheit zum Parken direkt an Bäumen oder hohen Bordsteinen, wo andere Autos hängen geblieben wären.

Mittendrin der goldfarbene Benz, daneben noch ein weiterer ähnlichen Alters, wenn auch weniger aufgepeppt. Fein poliert, die Scheiben so dunkel getönt, dass sie sich im Licht der Straßenlampen darin spiegeln konnte. Nicht, dass Jana sich für Autos begeistern konnte, ihr Twingo reichte ihr vollkommen. Aber ein Auto sagt etwas über den Besitzer aus und dieser Schlitten passte hier nicht herein. Jana war eine Freundin schneller Entschlüsse und nach der Email hatte sie sich kurzerhand noch für den selben Abend mit Eugen verabredet – direkt bei ihm. Sie hatte bis vor einigen Jahren Judo als Leistungssport betrieben und keine Bedenken, zu einem fremden Mann in die Wohnung zu gehen. In ihre eigene Wohnung würde sie jemand erst nach sehr langer Bekanntschaft lassen, seit ihr vor längerer Zeit ein Stalker mehr als zwei Jahre nachgestellt hatte. Erst der Umzug in eine andere Stadt, der Wechsel der Arbeitsstelle und die Nichtveröffentlichung von Adresse und Telefonnummer hatten das Problem gelöst. Alle Parkplätze vor dem Wohnblock waren belegt, und so parkte sie kurzerhand vor dem Fort Josef, das seit dem Auszug des Garnisonsmuseums ungenutzt war.

Wie Eugen wohnen würde? Aus der modernen Türsprechanlage in der Hochgesand-Straße glotzte sie die Halbkugel eines Bildübertragungs-Systems an, das unterste Schild war fein säuberlich mit „Spindel“ beschriftet. Ein melodischer Gong ertönte, als sie den weißen Klingelknopf drückte. Kurz danach flammte das Licht im Treppenhaus auf und durch die Glasscheibe sah man einen dunklen Schatten von unten zur Haustür kommen. Eugen hatte sich offensichtlich gerade geduscht, seine Haare fühlten sich feucht an, als sie ihm einem Wangenkuss gab. Er war das offensichtlich nicht gewohnt, stellte sie belustigt fest, denn er ließ die Begrüßung stocksteif über sich ergehen, obwohl sie deutlich spürte, wie er innerlich vibrierte.

Seine Souterrain-Wohnung war tadellos aufgeräumt. Die weiße Rauhfaser und der graue Teppichboden im Flur vermittelten einen nüchternen Eindruck und auch im Wohnzimmer waren warme Farben Fehlanzeige. Ob er noch ein Jungmann war, fragte sie sich belustigt. Er war noch keine zwanzig, sie schon über fünfunddreißig, eine interessante Vorstellung.

Sie setzten sich auf das Sofa, neben das Bücherregal und schauten zum hoch angesetzten Fenster, vor dem die das Haus umgebende Wiese zum Parkstreifen der Zufahrt hin anstieg. Bei Tag fiel so Licht in die Wohnung; jetzt ließ der gelbliche Schein der Straßenlaternen das Gras vor dem Fenster gräulich erscheinen. Nachdem sie eine Minute schweigend nebeneinander gesessen hatten, beschloss sie, das Heft in die Hand zu nehmen.

„Na, hast du noch lang mit den anderen zusammen gesessen?“

„Ja, das war sehr interessant, was Lüder, äh, Herr Willmann erzählt hat. Vor allem, was die Geschichte betrifft. Technisch und historisch. Was die schon alles hatten, davon hatten die normalen Bürger keine Ahnung, es waren Geheimwaffen wie die V2, nur viel stärker noch.“

„Mit der Technik habe ich es nicht so“, bekannte sie freimütig und gab ihm damit ein Stichwort, das einen kaum enden wollenden Redefluss von bisher unbekannten Antrieben, getarnten Mutterschiffen in der Atmosphäre und so weiter erzeugte. Selbst wenn man die Hälfte für wahr hielte, müsste die Technik neu definiert werden, Willmann der Prophet des Unfassbaren und Eugen immer noch ein technisches Genie mindestens Einstein´scher Qualität sein.

„Und der Kornkreis, der in der Zeitung stand ...“

„Gehörte natürlich dazu.“

„Und der Tote darin war dann ein Ufo-Opfer.“

Merkwürdigerweise machte Eugen erst eine kleine Pause, bevor er mit einem „Natürlich“ antwortete. Wenn das so natürlich war, hätte es keiner Pause bedurft, dachte sich die Psychologin.

Plötzlich leuchtete hinter dem Vorhang etwas auf und ein kurzer Pfeifton ertönte. Mit einem Satz war Eugen am Fenster, schaute kurz nach oben und verschwand mit einem „Bin gleich wieder da“ zur Tür hinaus. Nachdem er im Flur verschwunden war, ging Jana zum Fenster. Hinter einem

Vorhang fand sie ein ganzes Steuerpult, von dem einige Leitungen in die Fußbodenleiste gingen. Rote, grüne und blaue LEDs zeigten irgendwelche Schaltzustände an.

Auf dem Monitor sah man den Platz vor dem Haus, aufgenommen von der Kamera in der Türsprechanlage. Gerade sprang Eugen an der Linse vorbei, hinter zwei Jugendlichen her, dann verschwanden alle aus dem Sichtbereich. Kurze Zeit später kehrte er wieder zurück und ging prüfend um die beiden Autos, dann, mit einem Blick in die Kamera, wieder ins Haus.

Als er wieder ins Zimmer kam, studierte Jana gerade das Bücherregal. Allerlei gebundene Bücher in Sütterlin-Druckschrift über germanische Heldensagen und Runen sowie gebundene Landser-Hefte waren da um das Prunkstück gruppiert: Hitlers „Mein Kampf" im abgegriffenen Leineneinband, daneben ein Paket mit 5 eingeschweißten Softcover-Ausgaben. Eugen entging Janas Interesse nicht und er sagte stolz: „Originalausgabe von 1936, die ist sehr viel wert. Die anderen sind günstige Drucke für die jungen Kameraden. Und hier die CDs – nur gute deutsche Musik."

Dass Eugen damit nicht die Hintertupfinger Trachtenkracher meinte, war ihr klar, aber die Namen sagten ihr alle nichts. Nur einer kam ihr irgendwie bekannt vor, wenn sie auch nicht wusste, woher.

„Die Knackis?"

„Die sind ganz neu, ein Geheimtipp. Die Titel sind vielversprechend. Germania, Schrill, Unter die Erde und so. Die treten diesen Samstag im ehemaligen Knast auf. Kommst du mit?"

„Vielleicht..."

Sie zögerte und wechselte schnell das Thema.

„Wer waren die da draußen eigentlich?"

„Da waren ein paar Typen aus dem Münchfeld an meinem Auto. Wollten wahrscheinlich spionieren. Da können die sich aber warm anziehen."

„Hast du sie erwischt?"

„Nein, aber ich habe sie erkannt. Ein paar linke Bazillen. Kleben heimlich Plakate."

„Dann sag doch der Polizei Bescheid."

„Nein danke, so etwas regle ich selbst."

„Lass dir davon nicht den Abend verderben“, meinte sie versöhnlich und musterte unverhohlen seinen muskulösen Oberkörper, der sich durch das enge schwarze T-Shirt abzeichnete. Das schwarze Böse und das junge Unbedarfte – der Kontrast ließ sie erschauern. Wenn sie ihren Freundinnen von ihren Eskapaden erzählte, blieb denen regelmäßig die Luft weg. Ein scharfer Geschmack schoss auf ihre Zunge, als sie hinter ihn trat und ihre Arme um ihn schlang. Es war, wie sie gedacht hatte. Er fing an, zu stottern, wollte ihr seine Tiere und sein wertvollstes Stück, das Ritterkreuz und seine Werkstatt zeigen, kam aber nicht mehr dazu. Jana hatte andere Vorstellungen von seinem besten Stück, drückte ihre Brüste an seinen Rücken und ließ ihre Hände von Brust und Bauch über den Reißverschluss seiner Hose wandern. In einem Reflex zuckte er zusammen und wollte sich weg drehen, aber sie ließ ihn nicht mehr los.

Mit sicherem Griff öffnete sie seinen Gürtel, dann den Reißverschluss und ließ ihre Hände in seine Unterhose gleiten. Züchtige Baumwolle, konstatierte sie mit steigendem Vergnügen über seine Unerfahrenheit bei seinem wohl ersten Date. Als er nach ihren Händen griff, führte sie sie auf ihre Brüste. Er zögerte, wollte die Initiative wohl nicht abgeben, hatte aber längst die Gedanken an die Gefühle verloren und drückte ihre Brüste so stark, dass ihr kurz die Luft weg blieb.

„Langsam, nicht so wild“, mahnte sie, während sie mit Nachdruck seine Hose herunter zog und ihn aufs Sofa dirigierte. Schnell holte sie noch ein Kondom aus der Tasche ihrer Jeans, zog es über seinen Penis und setzte sich auf ihn. Sie hatte ihn kaum in sich aufgenommen, als sie am nachlassenden Druck seiner Hände merkte, dass er schon gekommen war. Als er aus ihr glitt, schaute er schuldbewusst, aber das hatte sie fast erwartet.

Sie aßen noch schnell etwas und dann war er wieder fit. Diesmal lag sie auf dem Rücken und ließ seiner schon viel selbstbewussteren jugendlichen Energie freien Lauf. Er hatte schnell dazu gelernt. Auch wenn er zu ungestüm und seine Technik wenig ausgefeilt war - sie hatte es so gewollt und es war gut so. Mit einem kehligen „Frau! Jetzt!“ kam er und eigentlich hätte sie ein „Sieg Heil“ erwartet, aber er gab nur einen kehligen Laut von sich, drehte sich kurz danach um und schlief fast sofort ein, die Lümmeltüte noch auf seinem entspannten besten Stück.

Jana lag wach und dachte nach. Lust auf ein gemeinsames Frühstück hatte sie, wie immer bei One-Night-Stands, nicht. Es war gut, mit einem jungen Kerl zu schlafen und seine Kraft zu spüren, aber mehr auch nicht. So hatte es sein sollen, so war es gut.

Sie stand um vier Uhr auf, zog sich leise an und wollte die Wohnung gerade verlassen, als sie die Neugier packte. Er hatte von seinen Tieren gesprochen wie von etwas Besonderem.

Vom Flur ging noch eine weitere Tür ab, die sie neugierig öffnete. Ein kleines Zimmer mit einem kleinen, hoch angebrachten, Fenster. Vom Flur fiel ein Lichtstreifen in das Zimmer, so dass sie darauf verzichtete, das Licht einzuschalten. Auf einem Regal standen mehrere Boxen mit Mäusen, die ihr Kommen bemerkt hatten und nun versuchten, an den glatten Wänden ihrer Plastikboxen hoch zu krabbeln, dabei unentwegt mit ihren langen Nasen schnüffelnd. An der Wand gegenüber stand ein kleiner Tisch mit einer Lötstation, darüber an der Wand eine ganze Palette kleiner Teilekästchen.

Jana mochte Mäuse nicht, sie hatte sie nie gemocht, allein schon wegen ihres Geruchs, der das kleine Zimmer füllte. Doch da war noch mehr im Zimmer. Ihr Blick fiel auf kleine Kästen auf der Fensterbank. In ihnen regte sich etwas, was sie nicht genau erkennen konnte. Neugierig knipste sie den rötlich schimmernden Schalter der Steckdosenleiste an und stieß einen kurzen, spitzen Schrei aus. Im Rotlicht streckten mehrere große Vogelspinnen der Besucherin ihre hoch gereckten Tentakeln entgegen. Sie verließ fluchtartig die Wohnung und düste mit ihrem Twingo nach Hause.

*

Wie beschwert sich Simba im „König der Löwen" über seine Jugend? Morgens geht die Sonne auf und abends unter. Und dazwischen passiert gaaar nichts!

Von wegen! Schon vor acht klingelt das Telefon – die Nummer der Kripo Mainz ist mir wohl bekannt.

„Ronni, wir fahren los. Hast du alles griffbereit?"

Morgenstund hat bekanntermaßen Gold im Mund, und so bin ich kurz danach unterwegs nach Bingen. Ein exklusiver Bericht samt Fotos aus einem vor 35 Jahren still gelegten Bergwerk, das zuletzt vor mehr als zehn Jahren befahren wurde, verspricht einige Euro auf mein nahtlos von der Winterdepression über die Frühjahrsmüdigkeit in die Sommerdürre übergegangenes Girokonto. Ob der Herbst bei mir zur Erntezeit wird, ist noch nicht ganz klar, die Tendenz sieht derzeit positiv aus.

Zugesagt hatte ich ja bereits am Vortag und schon um neun treffen wir uns an den Rheinkribben auf halbem Weg zwischen Bingen und Trechtingshausen, wo das alte Stellwerk seit vielen Jahren unter Vandalismus leidet. Der Bahnübergang ist längst automatisiert, was mal wieder einen Arbeitsplatz gekostet hat. Immerhin muss man hier höchstens ein paar Minuten warten, falls ein Zug kommt. Dagegen ist der Bahnübergang von der Binger Innenstadt zum Rhein und Nahetal-Kongresszentrum oft mehr als zehn Minuten geschlossen - ohne dass ein Zug kommt. Da scheint der Schrankenwärter öfter mal Kaffeepause zu machen, ein täglich wiederkehrendes Ärgernis. Das verspricht interessante Effekte bei der Landesgartenschau im nächsten Jahr.

Vor dem Rheinstollen parkt Herberts Kombi, gefolgt von einem Mannschaftswagen. Die Binger Feuerwehr ist mit einem 3,5 Tonner vertreten, an dessen Seite der Schriftzug „Einsatzleitwagen" schwarz auf rot prangt. Ich stelle meinen alten Golf dahinter, schließlich bin ich ja Anlieger, weil ich ein Anliegen habe. Und zu tragen habe ich auch: In einem kleinen Rucksack werde ich die Kamera, das kleine Stativ, dazu zwei handliche Taschenlampen samt vier Ersatzakkus mitnehmen. Zusammen mit den Pressluftflaschen warten da einige Kilo auf willige Packesel.

Zunächst muss ich zu Herbert und Hajo ins Auto steigen und eine Verpflichtungserklärung unterschreiben. Das ist die Kehrseite meines Privilegs: Ich erfahre Dinge mehr und früher als die Kollegen, muss Veröffentlichungen aber erst von der Kripo frei geben lassen. Zuletzt legen sie mir eine Haftungsverzichts-Erklärung des Grubeneigners vor, der Firma Vodafone.

Herbert, Hajo und ich ziehen keine weiße Westen an, sondern reißfeste Overalls aus dem Fundus der Bereitschaftspolizei und kniehohe Gummistiefel, dazu stabile Grubenhelme. Dann geht es endlich hinunter zum Mundloch, an dem schon Bootz mit einer Grubenlampe steht. Er erklärt mit seiner Bergmannsnase „die Wetter" für gut, was der Luftanalysator bestätigt, den mir Hajo mit einem „Du gehst vor" in die Hand gedrückt hat. Kohlendioxid 0,02%, Kohlenmonoxid 0%, brennbare Gase 0%, das sind die Werte der von den Rheinkribben durch die Unterführung streichenden Luft, denn der Stollen zieht ein. Solange das so bleibt, ist es in Ordnung. Aber wehe wenn es umschlägt – dann heißt es rasch handeln und mit den Pressluftgeräten den Stollen auf schnellstem Weg verlassen. Der Analysator bleibt dauerhaft eingeschaltet, und auch Herbert und Hajo haben ein Warngerät an ihren Overalls befestigt.

Hajo macht eine gute Figur im Overall, während sich der derbe grüne Stoff in Herberts Bauchregion etwas nach vorn wölbt. Der Sechzigjährige mutet sich allerhand zu, und es ist ja durchaus möglich, dass wir drei Kilometer mit einer Pressluft-Flasche durch den Stollen zurück müssen. Immerhin ist er am wenigsten von uns allen bepackt, und Hajo hat eine genial einfache Lösung für unser Transportproblem gefunden: Auf einer Schubkarre befördert er die Luftflaschen ebenso wie ein an eine Drahtrolle angebundenes vorsintflutlich anmutendes Telefon, denn unter Tage geht natürlich kein Handy. Drei Sauerstoff-Selbstretter mit Atemluft für je 30 Minuten sind unsere Lebensversicherung für plötzliche Gaseinbrüche. Dazu kommen belegte Brote in Hülle und Fülle, von Herberts Elvira sorgfältig mit Käse, Schinken und Putenbrust belegt.

Dann ist es soweit, wir treten ans Gitter, unter dem glasklares Wasser Richtung Rhein strömt. Ein gelber Sack liegt seitlich zwischen Wand und Wasserrohr gestopft, von einem vorherigen Besucher offensichtlich. Es wäre ungewöhnlich, dass hier jemand seinen Müll sammelt und so gibt Herbert Anweisung, das Fundstück zu erfassen.

Der Luftzug wird immer stärker und zieht durch das massive, aus Eisenbahnschienen gefertigte Tor ins Dunkle. Eine leichte Beklemmung erfasst mich, und auch Herberts Gesichtsfarbe ist nicht besonders rosig, was wohl nicht nur am düsteren Licht vor dem Mundloch liegt. Die Betondecke über uns sieht sehr baufällig aus; der Beton auf der Unterseite ist praktisch vollständig abgeplatzt und hat die rostigen Bewehrungsmatten frei gelegt. Wer auf die Stollenabdeckung tritt, muss auf ein Durchbrechen gefasst sein. Die Unterführung unter der B9 macht einen baufälligen Eindruck und ist seit fast zehn Jahren notdürftig mit Warnbaken gesichert. Zwar beginnen in ein paar Wochen die Bauarbeiten, aber sollte jetzt ein Wagen aus der Kurve fliegen und auf die Stollenabdeckung prallen, dürfte der Aufenthalt hier unten lebensgefährlich werden.

Während die Decke kurz vor dem Zusammenbrechen steht, strotzen die Seitenwände nur so von Beton, mit denen nach der Schließung des Bergwerks die vielen Zugänge und Öffnungen „verplombt" wurden. Nur noch das Mundloch blieb zur Wasserführung offen, allerdings verkleinert auf den vor uns liegenden Durchlass. Das Tor ist mit einer schweren, rostigen Kette verschlossen, das Messing des Vorhängeschlosses schimmert matt im Licht der Grubenlampe. Es ist schwer vorstellbar, dass der Tote aus dem Weisenauer Steinbruch hier eingedrungen sein soll.

Endlich der große Moment: Bootz tritt mit seinen Gummistiefeln in das strömende Wasser und steckt den Schlüssel ins Schloss und schüttelt dann den Kopf. Ungeduldig warten wir, aber die Kette bleibt geschlossen.

„Der Schlüssel passt nicht, das ist ein anderes Schloss!"

„Haben Sie vielleicht den falschen Schlüssel genommen?"

Hajo kann sein Misstrauen nicht ablegen.

„Bestimmt nicht. Und wenn ein neues Schloss angebracht worden wäre, hätte ich darüber informiert werden müssen. Es muss doch aufgehen!"

Bootz greift wieder nach dem Schloss.

„Halt. Nicht noch einmal anfassen!", ruft Herbert. Das Schloss war offensichtlich von den letzten „Nutzern" des Bergwerks angebracht worden – möglicherweise eine direkte Verbindung zu dem Toten. Außerdem ein klarer Hinweis darauf, dass Außenstehende nicht ins Bergwerk hinein kommen sollten. Das ist frech – in fremdes Eigentum einzudringen und es dann mittels Schloss kurzerhand zum eigenen zu machen. Wir hingegen haben eine Genehmigung, und einen Wink später kommt ein Feuerwehrmann mit einem großen Bolzenschneider, trennt das Schloss fein säuberlich aus der Kette, gibt es der Spurensicherung, und das Tor schwingt auf. Das Abenteuer kann beginnen!

Nachdem ich mich, fast knietief im strömenden Wasser stehend, durch die Öffnung gezwängt habe, zeigt die Grubenlampe die ersten Meter des weiten Stollens. Die Wassertropfen an den roh behauenen Wänden glänzen im Licht, an der Wandung verläuft eine große Druckwasserleitung, die sich ebenso wie das Gleis in die Dunkelheit verliert. Als nächster quält sich Herbert durch die enge Öffnung und murmelt etwas von Bandscheibe und den schwindenden Aussichten, seine Rente zu verleben. Hajo wuchtet als letzter die Schubkarre gegen die Strömung durch das Loch und lässt sich von draußen die Pressluftflaschen und anderen Gerätschaften anreichen. Die große Schubkarre ist schnell voll, aber zum Schluss kommt noch die Leitungsrolle samt Telefon dazu. Ein erster Blick auf die Analysengeräte zeigt auf der Bergseite, also der Innenseite des Mundlochs, die Kohlendioxid-Werte der Außenluft, was nicht anders zu erwarten war. Die automatischen Warnmelder von Hajo und Herbert würden ohnehin sofort Alarm schlagen, wenn die Werte kritisch werden. Mein Geigerzähler meldet normale Strahlungswerte. Von außen kann die am Förderturm austretende, erhöhte Radioaktivität nicht stammen, sie muss also vom Bergwerksinnern über die Luft nach oben transportiert werden.

Immer wieder erzählen Leute aus der Umgebung von geheimen Hohlräumen im Berg, angelegt in der NS-Endzeit, als Bingen und vor allem der Verschiebebahnhof Bingerbrück schon längst in Schutt und Asche gelegt worden waren. Aber weshalb sollten die Nazi-Schergen hier radioaktives Material eingelagert haben? Für das Projekt des Kernreaktors als erster Stufe zur Atombombe war damals im Krieg alles verfügbare Material zusammen gekarrt worden – und das war nicht viel. Schweres Wasser war in merkwürdigen Geheimaktionen mit U-Booten aus Norwegen herbei geschafft worden, doch dann war – glücklicherweise – nichts aus der deutschen Atombombe geworden. Die Reste des deutschen Atomprojekts waren dann nach dem Krieg von den Alliierten erbeutet und weg geschafft worden. Es erscheint wenig wahrscheinlich, dass hier nach dem Krieg radioaktives Material gelagert worden war, aber immerhin war das Bergwerk bis 1972 in Betrieb und auch danach hatten offensichtlich immer wieder Abenteurer illegal Zugang zu den riesigen unterirdischen Anlagen gesucht und gefunden.

*

Als Eugen aufwachte, stellte er fest, dass es acht Uhr war und Jana nicht neben ihm lag. Er schlurfte zur Küche, wo sie sicher schon ein schönes Frühstück für ihn bereitete, aber dort war sie auch nicht. Er entschied, dass sie wohl Brötchen kaufen gegangen war, erleichterte sich auf der Toilette und legte sich wieder ins Bett. Als um neun der Wecker klingelte, wurde er wacher. Im Zimmer roch es etwas merkwürdig; seine in zwei Gummitüten abgefüllten Erfolge lagen offen im Papierkorb neben dem Bett. Jana aber war immer noch nicht da. In der Wohnung war es ruhig, nur von der Straße tönten die Geräusche der Müllabfuhr. Kurze Zurufe, das dumpfe Rumpeln voller Mülltonnen, dann das hellere Geräusch, wenn die geleerten Behälter mit Schwung zurück vor die Häuser gerollt wurden. Langsam wurde Eugen unruhig.

„Jana?“

Keine Antwort. Mit einem Satz sprang Eugen, nackt wie er war, aus dem Bett. Im Wohnzimmer war sie nicht, in der kleinen Küche ebenso wenig. Die Tür zum Hobbyraum war nur angelehnt und das leise Quieken, Piepsen und Scharren der Mäuse drang in den Gang. Zwei schnelle Schritte später war er in dem Raum und fand die Infrarotlampen über den Spinnenkäfigen eingeschaltet. Sie war also hier gewesen. Er wurde misstrauisch, aber es fehlte nichts, auch nicht an seinem Arbeitsplatz. Weshalb war sie so schnell verschwunden? Es war ein Rausch gewesen, jetzt fühlte er sich als Mann. Dazu gehört eine Frau, und diese Frau war Jana. Sie hatte mit ihm geschlafen und er wollte sie. Also war sie seine Frau, er würde sie allen zeigen.

Dass sie jetzt weg war, hatte sicher einen wichtigen Grund. Sie würde sicher mittags, aber spätestens abends wieder kommen und seine Frau sein. Was sie wohl zu Abend kochen würde? Er war versucht, sie gleich anzurufen, aber er hatte ja ihre Telefonnummer und Adresse nicht, nur die Email. Also schrieb er ihr eine kurze Mail, in der er ihr mitteilte, dass er ab 17 Uhr zu Hause sein würde. Das genügte, dachte er, schließlich war er der Mann im Haus.

Gut gelaunt machte er sich Frühstück und las noch ein wenig in „Mein Kampf", er fühlte sich zu Höherem berufen. Entsprechend selbstbewusst ging er um elf in die Verkaufsverhandlungen für den von ihm kürzlich erstandenen S500. Er hatte den Wagen einer Witwe abgekauft, deren Mann vor fast zwei Jahren gestorben war. Seitdem hatte er ungenutzt in der Garage gestanden. Zwar hatte sie versucht, ihn zu verkaufen, es hatten sich aber nur Türken gemeldet und denen hatte sie das Familienschätzchen nicht geben wollen. So war Eugen für 1000 Euro zum Zuge gekommen, ein Spottpreis.

Pünktlich um elf war die Roma-Familie gekommen, zu fünft, angeführt vom Familienoberhaupt. Der Mann Anfang 60 in seinem abgetragenen graugemusterten Anzug mit Krawatte trug betont auffällig gleich zwei Handys am Gürtel. Dazu kam seine Frau in einem dunklen Kleid, die sich etwas abseits hielt und den drei Söhnen zuschaute, die rund ums Auto gingen, in jeden Winkel schauten und im Motorraum an jedem Kabel zogen. Eugen kannte das Prozedere, es war nicht das erste Auto, dass er den Zigeunern verkauft hatte, obwohl er sie nicht mochte. Aber andere Zeiten erforderten andere Mittel, zumindest vorübergehend. Seine Elektronik war nicht billig und mehr Geld in der Kasse war jedenfalls beruhigend. Nach langwierigen Verhandlungen ging das Auto für 5995 Euro weg und war mit den Ledersitzen und den 320 PS das neue Statussymbol in der Roma-Siedlung im hinteren Teil des Hartenbergs.

Der Tag hatte erfolgreich begonnen und Eugen hinterließ seiner Schwester Gabi eine kurze Nachricht auf dem Band, in der er den Autoverkauf erwähnte und seine Eroberung andeutete. Dann beschäftigte er sich mit den

Vogelspinnen, ließ sie über seinen Arm auf die Mäusekäfige krabbeln und belustigte sich daran, dass die eifrigen Nager die Gefahr überhaupt nicht erkannten. Alle vier Wochen bekamen seine Lieblinge eine junge Maus, dazwischen gab es Grillen. Dann lötete und programmierte er weiter an einem Projekt, mit dem er sich schon eine ganze Weile beschäftigte. Am späten Nachmittag beendete er seine Arbeit und zog ein unscheinbares abgewetztes rotes Samtetui aus dem Regal – das Ritterkreuz!

Ein Original mit Eichenlaub und Schwertern samt der Verleihungsurkunde. Als er das Etui aufklappte, stand der soldatische Held vor ihm, der damals das deutsche Volk gegen die ausländischen Aggressoren verteidigt hatte, tausende Kilometer tief im Feindesland. Ein hagerer Kerl mit Stoppelschnitt, grimmig in die Kamera schauend. Er hatte es schon oft gesehen und das Bild längst verinnerlicht. Seine Aufgabe war nicht das soldatische Heldentum, denn er war dazu auserwählt, zu führen.

*

Langsam gehen wir im Licht der Helmlampen immer tiefer in den Berg, in den Ohren ein beständiges Rauschen von dem klaren Wasser, das um unsere Füße herum zum Rhein strömt. Die Straßengeräusche sind bereits verstummt und der am Mundloch noch deutlich vernehmbare Geruch des heißen Sommers ist der feuchten, kühlen Grubenluft gewichen. Die grob behauene Decke wölbt sich fleischig dem Boden entgegen, ist aber stabil. Das Sediment am Boden ist fest und so kommen wir trotz des knöcheltiefen Wassers gut voran. Zu den Betriebszeiten fuhr hier die Grubenbahn mit Erz beladene Züge zum Rangierbahnhof Bingerbrück, auf das Gelände der Landesgartenschau. Die Gleise in der Nähe des Mundlochs sind bei Schließung des Bergwerks entfernt worden, aber die Halterungen der Oberleitungen sind noch vorhanden und werden jetzt von Hajo zur Aufhängung seiner Telefonleitung genutzt. Eigentlich ist der Stollen eintönig und primär zur Wasserführung angelegt worden. Vor dem Stollenbau war das Grubenwasser zur Entwässerung mit Hochdruckpumpen über 300 Meter in die Höhe gepumpt worden – eine unglaubliche Verschwendung von Energie.

Bei der Vereinnahmung zur Kripo-Hilfskraft hatte mir Herbert eingeschärft, auf alles Ungewöhnliche zu achten, insbesondere Anzeichen kürzlicher menschlicher Aktivitäten. Davon ist vorerst nichts zu sehen.

Der bergseitig leicht ansteigende Stollen führt schnurgerade immer weiter, die Wände sind aus stabilem, grob behauenem Fels. Das ist die Quarzit-Rippe, die sich auch am Binger Loch und Mäuseturm durch den Rhein zieht. Sie entstand, als hier einst heißes „Mineralwasser“ aus der Tiefe aufgestiegen und beim Abkühlen seine Fracht als Quarz oder Manganerz abgeladen hatte.

Hinter mir platscht Herbert mit den Stiefeln im Wasser. Mitunter flucht Hajo, wenn er mit der Schubkarre kurz hängen bleibt - wie ein paar hundert Meter vom Mundloch entfernt, wo eine einzelne Achse der Grubenbahn offensichtlich schon seit Schließung des Bergwerks quer auf den Gleisen liegt. Dann auf der linken Seite, also nach Bingen hin, ganz oder teilweise mit Gestein verschüttete Zugänge. Das sind nach der Karte die vor Kriegsende aufgefahrenen Räume, in denen eine unterirdische Maschinenproduktion aufgebaut werden sollte. Ich packe meinen Geigerzähler aus, messe aber nur den normalen Strahlungspegel. Von dort kommt die Strahlung jedenfalls nicht.

Nach einer halben Stunde weitet sich der Stollen an einer Ausweichstelle. Zwei große Kipphebel stellen die Weichen, dann geht es monoton einspurig weiter. Nach einer dreiviertel Stunde taucht vor uns aus dem Dunkel ein umgestürzter Grubenwagen auf, an dem wir uns mühsam vorbei quetschen müssen. Nur wenig später gabelt sich der Stollen, die Gleise gehen nach links und rechts weiter. Das ist nach der Übersichtskarte, die wir beim Hausmeister studieren konnten, der Zugang zum Grubenfeld „Stöckert“.

Es ist Zeit für eine Rückmeldung beim Außentrupp. Herbert schnappt sich das Telefon, während Hajo mit einem erleichterten Seufzen die Schubkarre abstellt. Endlich habe ich Zeit, zu fotografieren und es gibt dankbare Objekte mit dem Charme des Ruinösen: Die verrosteten Halterungen der Oberleitung, von Hajo zur Telefonleitung umfunktioniert. Hinweisschilder wie „Teilstreckenschalter für die Fahrleitung“ hängen an den Abzweigungen. Längst tote Stromkabel schlängeln sich an der Stollenwand entlang in den Stöckert hinein. Verrostete Grubenwagen stehen als stumme Zeugen auf den Gleisen. Dann ruft mich Herbert ans Telefon und ich beratschlage mit Bootz, wie es weiter gehen soll. Er rät dringend dazu, im Rheinstollen zu bleiben, weil die Wetter in den Abbaugebieten besonders problematisch sind. Außerdem sei dort die Verbruchgefahr, also die Einsturzgefahr, wesentlich größer.

Nachdem wir uns mit einem Butterbrot gestärkt haben, folgen wir dem Luftstrom und dem Rheinstollen nach links. Wir kommen den Dolomit-

Abbaubereichen näher; Kalk tapeziert an einigen Stellen die Wand und kurze Stalaktiten hängen von der Decke. Vereinzelt gehen Gänge ab, in denen Gerätschaften und Rohre zur Wasser- und Luftführung ungeordnet durcheinander liegen. Zwischen den Gleisen blüht der Gips in merkwürdig gewundenen Rosen, an den Wänden sogar in langen Nadeln, fein und grazil, auf dem Boden bildet er pilzartige Gebilde. Die fragilen Kunstwerke der Natur brauchen Jahre zum Wachsen und zerbrechen sofort, wenn man an sie stößt. Immer noch sind keine Spuren kürzlicher menschlicher Aktivitäten zu sehen. Die Luft bläst konstant stark in unseren Rücken. Allgegenwärtig ist das Rauschen des über die Gleise strömenden Grubenwassers. Die Leitungsrolle des Telefons dreht schneller; sie ist zu mehr als der Hälfte der darauf befindlichen vier Kilometer abgespult.

Klick, klick, klickklick. Täusche ich mich oder zählt mein Geigerzähler jetzt mehr Impulse? Ich bleibe stehen und ziehe ihn aus der Brusttasche des Overalls. Tatsächlich: Erstaunlich 30 radioaktive Zerfälle sind es hier pro Minute. Auch mein Luftmessgerät meldet ungewöhnliche Werte: Die Grubenluft hat jetzt einen Kohlendioxid-Gehalt von 0,2%. Zwar ist die Luft in jeder verräucherten Kneipe erheblich schlechter und voll mit krebserregenden Substanzen, aber normal ist ein gegenüber der Außenluft ums Zehnfache erhöhter Wert nicht. Woher kommt er? Wir haben nach wie vor die von den Rheinkribben einstreichende Luft im Rücken.

„Was ist, Ronni? Warum bleibst du stehen?“, meldet sich Herbert, „unsere Warngeräte sind stumm.“

„Etwas erhöhte Werte, aber noch ungefährlich.“

Ich streife mit dem Geigerzähler über das grobe Gestein, aber der Messwert bleibt konstant.

„Lass uns weiter gehen!“

Wir sind nun schon mehr als zwei Stunden unterwegs. Sehr weit kann es bis zum Förderschacht nicht mehr sein, da blitzt im Licht meiner Taschenlampe etwas auf den Gleisen.

„Stop! Da ist etwas.“

Vorsichtig bücke ich mich. Es sind Gipsnadeln, in mehrere Teile zerbrochen. An der Wandung links ein weißer Fleck, von dem sie wahrscheinlich stammen.

„Da war also jemand vor nicht allzu langer Zeit hier. Auf dem Hinweg hat er die Nadeln wohl beachtet, aber auf dem Rückweg offensichtlich abgebrochen. Gut möglich, dass er in Eile war."

Herbert hat gesehen, dass die Nadeln nicht direkt unterhalb ihrer Bruchstelle liegen, sondern etwas versetzt Richtung Ausgang. Schnell mache ich einige Bilder und wir gehen weiter. Die Messwerte haben sich auf den letzten 500 Metern kaum verändert. Der Stollen weitet sich etwas und immer mehr Abzweige gehen seitlich ab, meist Ablageräume für Gerätschaften.

Dann stößt das Licht unserer Helmlampen auf das Kopfende des Rheinstollens und an uns vorbei braust die Luft mit enormer Geschwindigkeit den Förderschacht hinauf. Im Licht unserer Taschen- und Helmlampen tauchen einzeln herunter hängende Seile aus der Dunkelheit über uns auf und verlieren sich wieder im Dunkel, wenn der Lichtschein weiter wandert. Mit leisem Rauschen fließt ständig Wasser an den Wänden des Förderschachts herunter in das große, tiefe Becken vor uns, den Schachtsumpf, und läuft von dort in den Rheinstollen ab.

„Hatschi!"

Herbert schüttelt sich so, dass er fast den Helm verliert und fingert umständlich ein Papiertaschentuch aus der Seitentasche seines Overalls.

„Das ist also das Ende unserer Reise? Außer ein paar weißen Nadeln nichts gewesen?"

Da hat er Recht – viel haben wir bisher nicht gefunden. Dass hier jemand in den letzten Monaten drin gewesen war, ist zwar unverantwortlich, aber bringt den Fall Kornkreis nicht weiter. Manganschlamm haben wir hier jedenfalls nicht gesehen, der muss auf einer der weiter oben liegenden Sohlen sein. Aber wie kommen wir da hin? Die am Gerüst des Förderschachts, dem Fördertrumm, herab hängenden Seile enden mindestens 30 Meter über uns. Von hier kommen wir nicht hoch, ausgeschlossen. Der Förderkorb ist irgendwo über uns fest verkeilt und schon seit Jahrzehnten nicht mehr nutzbar. Was also tun? In jedem Falle: Wo wir hin können, kann auch vor uns jemand hingekommen sein, also müssen wir weiter. Aber wir sollten uns vorher mal melden.

Während Herbert den Hörer in die Hand nimmt und Hajo am Bakelit-Gehäuse kurbelt, prüfe ich noch einmal die Umgebungsvariablen. Leicht erhöhte Radioaktivität, deutlich erhöhter Kohlendioxid-Gehalt, alles auf ungefährlichem Niveau, unverändert seit der letzten Messung.

„Komm mal Ronni, Herr Bootz will dich sprechen."

Herbert hält mir den Hörer hin, und mein Blick fällt auf seine Armbanduhr. Dreizehn Uhr – sind wir wirklich schon seit vier Stunden unter Tage? Die Faszination der Dunkelheit, des Eindringens in fremde Bereiche, führt das Zeitgefühl in die Irre.

„Herr Sander, wenn Sie jetzt noch weiter wollen, müssen Sie ein wenig klettern", kommt die Stimme des sympathischen Hausmeisters aus dem Hörer.

„Den Förderschacht ..."

„Vergessen Sie den, den kommen Sie nicht hoch. Sie müssen seitlich den Brecher hoch, schauen Sie auf die Karte."

Hajo breitet die Karte auf dem Schubkarren aus und Bootz beschreibt mir einen Weg in die 30 Meter über dem Rheinstollen, also der Violettsohle, liegende Blausohle. Es klingt nicht einfach – zunächst in der Verladestation steil hoch in die Brecherkaverne, dann seitlich zum Schacht und schließlich über die Schachtleitern zur Blausohle. Die beiden von der Kripo schauen interessiert zu, wie mein Finger über die Schachtskizze wandert.

Zunächst laufen wir etwa fünfzig Meter zurück und folgen dann den abzweigenden Gleisen Richtung Westen, also – jetzt auf dem Rückweg – rechts. Nach wenigen Metern weitet sich der Stollen zu einer Verschiebestation mit einigen Erzwagen. Dahinter geht es über ein steiles Förderband nach oben. Wir kommen hoch, aber was machen wir mit unserem umfangreichen Material? Die Leitungsrolle des Telefons ist weit abgespult, die wiegt nicht mehr viel, die Analysengeräte sind leicht. Aber die Pressluftflaschen? Sie sind zu schwer für den steilen Weg nach oben. Die Sauerstoffretter sind optimal für die relativ kurze Strecke und leicht am Overall zu tragen. Hajo ist, obwohl durchtrainiert, froh, die Schubkarre mit den ganzen Gerätschaften stehen zu lassen. Unter Tage strengen körperliche Tätigkeiten immer mehr an als über Tage.

Wir alle haben jetzt eine winzige Vorstellung vom unglaublichen Menschenverschleiß in alten Bergwerken, wenn mit Hammer und Meißel Stollen in harten Fels getrieben wurden. Beispielsweise geht das Kupferbergwerk Fischbach auf das 15. Jahrhundert zurück und war fast 500 Jahre in Betrieb, bis es unrentabel wurde. Tatsächlich aber ist der Bergbau viel, viel älter. Bereits die alten Hochkulturen wie Ägypter oder Sumerer betrieben Bergbau, sicher vor allem mit Arbeitssklaven. Auch heute noch opfern manche Staaten weiterhin bedenkenlos Menschenleben der Profitgier, wie die häufigen Grubenunglücke beispielsweise in China, zeigen.

Kinder im harten Einsatz unter Tage lebten nicht lange und wuchsen unter höchster körperlicher Anstrengung, schlechter Luft und Ernährung sowie fehlendem Tageslicht kaum noch. Das Märchen von den sieben Zwergen ist in dieser Hinsicht leider gar kein Märchen, sondern war bitterer Ernst.

Es ist Zeit für eine Zusammenfassung unserer bisherigen Ergebnisse. Außer den abgebrochenen Gipsnadeln haben wir noch keine Spuren kürzlicher menschlicher Aktivitäten gefunden und wenn die Spur in das Bergwerk überhaupt richtig ist, müssen wir eine Etage höher, in die Blausohle. Diese Sohle war besonders eindrucksvoll, hatte Bootz beim letzten Gespräch erwähnt. Sie spielte eine zentrale Rolle, ein Großteil des Verkehrs lief darüber, Versorgungs- und Wartungseinrichtungen waren darin konzentriert. Es ließ niemanden unberührt, wenn schwere Grubenloks bis zu 60 Erzwagen durch die Strecken zogen und alles in Geräusch und Vibration einhüllten. Wenn Granbywagen krachend ihre Erzfracht in die Brecher warfen und gewaltige Hämmer die Brocken auf Transportgröße brachten. Aber, das machte er auch deutlich, diese Sohle birgt besondere Gefahren. Der ehemalige Bergmann erzählte von starken Bergbewegungen, vom peitschenartigen Knallen, wenn Streckenabstützungen zusammenbrachen und von plötzlich auftretenden schlechten Wettern, vor denen man sofort in zwangsbewetterte Bereiche flüchtete.

Die gibt es seit der Bergwerksschließung nicht mehr – uns müssen die Sauerstoffretter genügen.

*

Als Gabi nach der Arbeit in ihr Apartment in der Richard-Schirrmann-Straße kam und das Blinken des Anrufbeantworters sah, freute sie sich. Bestimmt hatte Albert angerufen, ihr Verlobter. Sie waren zusammen, seit sie mit sechzehn die Hauptschule verlassen hatte und bald würden sie das erste Mal miteinander schlafen, denn bald würden sie heiraten. Zwar war er schon 32, aber noch in diesem Jahr würde er sein Studium abgeschlossen haben und dann als Anwalt viel Geld verdienen. Es gab so viele Dinge, die er wusste, weil er das Rechtssystem der Bundesrepublik vollständig durchschaut hatte. Den Kommilitonen und Dozenten war das nicht verborgen geblieben und sie hatten auf jede erdenkliche Art versucht, ihn zu blockieren. Aber nun, im 24. Semester, stand endlich das erste Staatsexamen an.

So lange musste sie sich gedulden und wirklich schwer fiel es ihr nicht, denn sie würde reich belohnt werden. Ihr Mann würde reich werden, eine geachtete Person, sie seine treue Ehefrau. Bei ihrer Lehre im Friseursalon ertappte sie sich nur selten dabei, wie sie die jungen Mädchen wegen ihrer Leichtigkeit im Umgang mit den Jungs bewunderte; wenn sie ihnen die Haare wusch und sich zwischen den jungen Kundinnen ein Gespräch entspann, wie und wann und wie oft sie mit wem zusammen gewesen waren. Sie war nicht so flatterhaft und hatte sich mit Albert ewige Treue geschworen, wie es sich unter prinzipientreuen deutschen Menschen gehörte. Sie alle waren so und auch ihr Bruder, auf den sie sehr stolz war.

Ihre Füße schmerzten vom vielen Stehen bei der Arbeit und sie war froh, die Beine hoch legen zu können. Sie stellte die Schuhe sorgfältig hinter die Wohnungstür, legte sich auf das Schlafsofa am Fenster und drückte auf den Knopf des Anrufbeantworters. Es war nicht Albert, sondern ihr Bruder.

„Hallo Gabi, ich habe den Benz gut verkauft. Das sollten wir feiern, kommst du?“

Gabi schwang sich aufs Fahrrad, nahm den Weg am Hauptfriedhof vorbei und wunderte sich über einen kleinen Stau. Ein Corsa mit Mainzer Kennzeichen hatte versucht, die Straßenbahngleise abseits der Überführung zu überqueren, hing nun vor der Shell-Tankstelle merkwürdig schräg in den Gleisen und hatte auf diese geniale Weise natürlich die Straßenbahn gestoppt. Kopfschüttelnd und feixend standen Fahrgäste und Passanten um das Auto herum und auch die den Unfall aufnehmenden Polizisten konnten sich des einen oder anderen launischen Kommentars nicht enthalten.

Gabi meisterte den folgenden kurzen Anstieg problemlos und kettete ihr Rad vor der Haustür an. Ihr Bruder schilderte ihr ausführlich sein Verhandlungsgeschick. Ja, er war schon sehr überzeugend, aber heute wirkte er irgendwie nervös. Eine leere Bierflasche stand auf dem Wohnzimmertisch und er holte sich eine zweite aus dem Kühlschrank. „Kommst du?“ hatte er am Telefon gesagt. Er wartete bestimmt auf ein paar Kameraden und dass die nicht immer zuverlässig waren, hatte ihn schon oft geärgert. Es wurde sieben und langsam ging beiden der Gesprächsstoff aus. Mehr aus Langeweile nippte Gabi immer mal wieder an ihrem Bier.

Endlich klingelte es und Eugen sprang sofort auf und öffnete die Wohnungstür. Drei junge Kameraden drängten herein und bedienten sich mit launigen Sprüchen am Kühlschrank. Doch Eugens Spannung legte sich nicht, baute sich vielmehr weiter auf. Als dann die jungen Kameraden die aus ihrer Sicht so erfolgreiche Gerichtsverhandlung und das nachfolgende Treffen im „Hubertus" kommentierten, wurde Eugen grantig und warf sie raus.

Kurz danach ging auch Gabi. Nachdenklich ließ sie ihr Rad am Fort Josef vorbei nach Zahlbach herunter rollen. Eugen war immer so cool gewesen, unnahbar und bestimmt und jetzt völlig aus dem Gleichgewicht.

Ob ihr Albert wusste, was dahinter steckte? Auf ihrem Weg ins Münchfeld fuhr sie an der Evangelischen Studentengemeinde ESG vorbei, widerstand aber dem Wunsch, zu ihm hinein zu schauen, um ihn nicht bei der Arbeit zu stören. Aus ihrer Wohnung rief sie ihn dann an und es war so, wie sie gedacht hatte: er meinte, dass er gerade am Lernen fürs Staatsexamen sei. Sie wollte nicht weiter stören und beschloss, ihn am nächsten Tag mit einem Besuch direkt nach ihrer Arbeit zu überraschen. Das seit Wochen warme Wetter hatte bei ihr die Hormone ein wenig in Schwung gebracht. Eigentlich wollte sie ja schon lange ein wenig mehr als Händchenhalten, Abschiedsküsse und flüchtige Umarmungen, was sie als gute deutsche Frau natürlich nicht äußern durfte. Eugen aber fühlte sich allein gelassen und schrieb Jana eine fordernde Email.

*

„Fünf Stunden sind die jetzt schon drin."

Der Wehrleiter der Binger Feuerwehr schaute beunruhigt auf die Uhr. Die Leute von der Kripo hatten es sich bequem gemacht und die Sitze in ihren Wagen zurück gestellt. Die Kameraden von der Feuerwehr zockten ihr beliebtes Doppelkopf, mitunter unterbrochen von Anrufen ihrer Ehefrauen.

„Wie lange dauert es denn noch?", „Soll ich die Kartoffeln warm stellen?", „Willst du ein Bier dazu?", „Um drei fährt Lisa-Marie mit Jessica ins Schwimmbad"

Die Aktion Amalienhöhe war bisher voll im Plan, wenn man von der fortgeschrittenen Zeit absah. Insgesamt waren acht Stunden für die Aktion veranschlagt worden und nach der letzten telefonischen Rückmeldung hatten die drei noch nicht einmal ihr Ziel erreicht. Was sollten sie hier draußen machen, außer warten? Längst hing ein neues, massives Schloss und eine stabile Edelstahl-Kette aus dem Wehrfundus am Gitter, längst waren das alte Schloss und die alte Kette zur Untersuchung ins Polizeipräsidium gebracht worden.

Die Gaswerte am Auslass des Steubenschachts, also dem Förderturm, waren etwas gestiegen und entsprachen den aus dem hinteren Teil des Rheinstollens gemeldeten Werten. Sie waren zwar etwas erhöht, aber stabil.

Die Leute von der Kripo hatten keine Eile. Ihr Dienstbenz stand im Schatten; die Rückenlehnen nach hinten geneigt, verfolgten sie beiläufig die Meldungen im Polizeifunk. Eine gewisse allgemeine Mattigkeit war üblich in diesen Wochen, in denen außer den paar Hitzegewittern am Wochenende schon lange kein Regentropfen mehr gefallen war. Das betraf offensichtlich auch die Kriminellen, wenn man vom saisonalen Höhepunkt der Wohnungseinbrüche absah. Und von dieser Leiche im Kornkreis, die dankbares Pressefutter war.

*

Wir machen fast eine halbe Stunde Pause, vertilgen die restlichen Butterbrote und ersetzen die schwächer werdenden Akkus unserer Helmlampen. Dann gehen wir die nächste Stufe an – mangels Förderkorb zu Fuß. Die Luftwerte sind immer noch konstant, aber ich traue dem Frieden nicht. Wir ziehen unsere Sauerstoff-Selbstretter an, kleine, handliche Geräte für 30 Minuten Atemluft. Nicht genug für den Rückweg im Rheinstollen, aber genug, um zurück zu den Pressluftflaschen zu kommen. Hajo macht den Abschluss und kann notfalls Herbert auffangen, falls er beim Klettern ins Rutschen gerät. Das Förderband ist steil, aber gut zu greifen und so kommen wir auf allen Vieren gut voran. In der Mitte wird der Raum über dem Band immer enger, die Decke kommt immer näher.

Da – gleich mehrere abgebrochene Stalaktiten liegen neben dem Band!

„Wir sind auf dem richtigen Weg!“

Ich drehe mich um und weise Herbert auf den Fund hin, doch der nickt nur kurz und will offensichtlich aus der Engstelle heraus. Dann weitet sich die Durchführung zur Brecherkaverne, wo das tonnenschwere Monstrum unter höllischem Lärm grobe Erzbrocken auf die richtige Größe brachte. Schon lange steht er still, zu hören ist nur das konstante Wasserrauschen im Hintergrund. Schnell mache ich einige Fotos von den schönen Kalkbildungen am Brecherausgang. Das rostige Eisen ist teilweise wie mit Zuckerguss überzogen, von der Decke hängen feine Stalaktiten herunter. Vor dem Auslösen schließe ich vor der schmerzenden, blendenden Helligkeit des Blitzes die Augen.

Bisher war alles noch problemlos, aber jetzt wird es wirklich spannend, denn durch den Brecher selbst können wir beim besten Willen nicht: wir müssen raus zum Schacht und die seitlich angebrachten Schachtleitern hoch. Den Weg sollte der Tote aus dem Weisenauer Kornkreis auch zurück gelegt haben, denn er hatte Mangan an den Stiefeln. Das hatte mir Herbert bei der Unterschrift über unsere Vereinbarung gesagt. Also sollte er in einem Bereich mit Manganerz gewesen sein. Genau das aber, so der ehemalige Bergmann Bootz, gebe es nicht im zum Transport und Wasserführung vorgesehenen Rheinstollen, sondern nur in den darüber liegenden Abbaubereichen. Außerdem suchen wir dort nach Radioaktivität, womit das alte Bergwerk aber nie in Verbindung gebracht worden war. Eine ganze Menge Dinge, die wir vermuten, aber nicht wissen. Es gilt den Konjunktiv zu beseitigen - also müssen wir weiter ins Dunkle, es hilft nichts.

Der einzig gangbare Weg ist ein kleiner Stollen, dem wir bis zum Förderschacht folgen. Wir sind jetzt etwa zwanzig Meter über dem Schachtsumpf, der sich aus dieser Höhe wie eine im Lampenlicht leicht spiegelnde klare Fläche ausmacht, die immer wieder von den Kreisen herab fallender Tropfen durchzogen wird. Die Seile hängen nun in Griffweite herab, wir können sie aber nicht nutzen. Ihr Zustand ist zweifelhaft und eine eigene Seil-Ausrüstung haben wir nicht.

Wo sind die erwähnten Schachtleitern, mit denen die Bergleute damals flüchten konnten, falls der Förderkorb ausgefallen war? Am Gerüst des Förderkorbs ziehen sich rostige Eisenleitern nach oben, die zwar sicher nicht den Unfallverhütungsvorschriften der Berufsgenossenschaft entsprechen, sich aber auf den ersten Tritt noch recht stabil ausnehmen. Also geht es los, senkrecht nach oben. Mein Rucksack mit der Kamera sitzt gut am Rücken, den Sauerstoff-Retter trage ich wie die anderen vor der Brust. Hajo lässt verständlicherweise das Feldtelefon am Schachtrand stehen, nachdem er sich beim Außentrupp für eine Stunde abgemeldet hat.

Als ich nach ein paar Metern das erste Mal in die Schwärze nach unten schaue, packt mich ein flaues Gefühl, und ich zwinge mich, nur direkt vor mich auf die nächste Leitersprosse zu schauen. Noch eine, noch eine, dann fehlt eine, aber nie mehr als zwei. Vorsichtig klettere ich weiter und schaue mich zur Wandung um. Endlich erscheint etwa zehn Meter über mir ein metallisches Gitter: Das muss der Übergang vom Förderschacht zur Blausohle sein!

Wenige Minuten später habe ich es geschafft und ich ziehe erst Herbert und dann Hajo durch das Gitter nach. Herbert wirkt blass, aber das kann an meiner Helmlampe liegen.

Jetzt sind wir also in der Hauptförderstrecke 93, zweispurig ausgebaut mit einem Anschluss in jede Richtung – zu den Mangan- und Dolomit-Abbauen, über den Brecher zum Rheinstollen und über den Förderturm zur damaligen Transport-Seilbahn über die Wipfel des Binger Waldes hinunter nach Trechtingshausen zur Verladestation für Rheinschiffe. Die Hauptstrecke ist im Vergleich zum Rheinstollen fast trocken und sieht aus, als könnte sie jederzeit wieder in Betrieb genommen werden. Einige Loks stehen herum, eine ganze Menge Erzwagen mit automatischer Abkippvorrichtung, sogenannte Granby-Wagen, stauen sich an der Entladebühne zum Brecher. Auf beiden Seiten geht eine Reihe von Stollen ab – welchem sollen wir folgen?

Jetzt rächt es sich, dass wir das Telefon eine Etage tiefer stehen gelassen haben. Wir müssen uns ohne die Hilfe von Bootz unsere Gedanken machen. Die Luft ist hier irgendwie anders, der Luftzug fehlt, was unter Tage ein schlechtes Zeichen ist. Tatsächlich zeigt ein Blick auf meine Analysengeräte nochmals verdoppelte Strahlungswerte und die Kohlendioxid-Konzentration ist gestiegen – auf jetzt 0,4 Prozent. Das ist zwar immer noch nicht direkt gefährlich, beunruhigt mich aber dennoch. Nach kurzer Beratschlagung beschließen wir, zunächst der Hauptförderstrecke 93 zu folgen, einen Blick in die abgehenden Stollen zu werfen und die Wetter dort zu messen. Tatsächlich steigen nach wenigen Metern in den Strecken zu den Abbauen, insbesondere zur „Hey“, die Kohlendioxid-Gehalte und die Radioaktivität deutlich an, so dass wir auf der „93“ bleiben.

In einem Abzweig stehen wir nach wenigen Metern vor einer gemauerten Wand, der Karte nach ein abgeschlossener Abbau, in der Bergmannssprache „Toter Mann“. Der Fels ändert sich; statt der weißen Überzüge quellen nun an verschiedenen Stellen schwarze Flüssigkeiten aus Bohrungen, Reste von Braunstein, dem Stahlveredlungs- und Farberz. Ob es dem an der Leiche gefundenen Material entspricht? Hajo füllt etwas von dem schwarzen Material in eine Kunststofftüte, das Kriminallabor wird es sagen können. Als ich meinen Geigerzähler an den Schlamm halte, tickt der los – zwanzig, dreißigfach, vierzigfach überhöhte Werte! Hajo ist erschrocken und will die Tüte fallen lassen.

„Das ist doch sicher gefährlich!“

„Nur mit der Ruhe!“

Ich nehme die Tüte mit dem abgefüllten Material, entferne mich vom Bohrloch und halte den Geigerzähler an die Tüte: Die Werte sind nur noch leicht erhöht.

„Kein Problem Hajo, halte einfach die Tüte geschlossen, ich erkläre es dir später.“

An mehreren Stellen ist der Fels locker. Hier weicht die raue Streckenwand aufwändigen Ausmauerungen mit Formsteinen oder aber großen Stahlbögen, zwischen denen Holzbeplankungen das Herabfallen der lockeren Felsbrocken verhindern. Heintzmann-Ausbau mit Holzverzug nennen das die Bergleute, ein teurer Ausbau für höchste Beanspruchung und Hinweis auf die immer noch unruhige Erde, hier am oberen Ende des aktiven Oberrhein-Grabens. Einige Verstrebungen sind geborsten, Verbruchsteine liegen auf dem Boden.

Herbert tippt mir von hinten auf die Schulter, als ich stehen bleibe und meine Lampe über den Verbruch wandern lasse.

„Wie gefährlich ist das, Ronni?“

Eine gute Frage. Dass vor nicht allzu langer Zeit Leute hier waren, ist kein Argument für Sicherheit, sondern zeugt oft nur von Dummheit und Glück. Immerhin ist derjenige wieder heraus gekommen, sonst wäre kein neues Schloss am Rheinstollen angebracht gewesen.

Glück kann nie schaden, aber darauf können wir uns nicht verlassen. Wie lange liegen die Steine schon da? Ich schaue mir das etwas genauer an, und tatsächlich verbindet eine kleine Sinterspur zwei oben liegende Steine miteinander. Beim langsamen Wachstum von Kalkablagerungen müssen sich die Steine schon mehrere Monate, vielleicht Jahre nicht mehr bewegt haben. Ich gebe Entwarnung, doch schon vor Magazin VII stehen wir vor einem Chaos aus Steinen und Hölzern, das diesmal bis zur Stollendecke reicht, ein „Totalverbruch“. Der enorme Gebirgsdruck hat die Stahlbögen auf ihr Minimum zusammen geschoben und die Strecke zum Einbruch gebracht.

„Ende Gelände?“, meldet sich Herbert. Ich nicke – wir müssen umkehren. Die Seitenstrecken haben wir noch nicht untersucht, da wartet noch reichlich Arbeit auf uns. Mein Magen knurrt und wie die Uhr zeigt, sind wir schon seit sieben Stunden unter Tage. Wir hätten uns schon vor einer Stunde beim Außenteam wieder melden müssen. Gefunden haben wir bisher nur Hinweise, nichts Konkretes.

Vom Hauptgleis geht ein Nebengleis ab in eine Seitenstrecke, die sich nach wenigen Metern zu einer Werkstatt weitet. Zwei teilzerlegte Loks, die Scheiben zerschlagen, warten auf eine Reparatur, die nie mehr kommen wird. Eine improvisierte Hebevorrichtung rostet funktionslos vor sich hin. Doch in einem großen Regal liegen noch Werkzeuge, zwar rostig, aber sauber angeordnet. Der Tisch wirkt merkwürdig aufgeräumt, scheint frisch gereinigt.

„Da brat mir doch einer einen Storch!"

Hajo hebt vom Boden drei Flaschen Bitburger in 0,5 Liter PET-Flaschen auf und stellt sie auf den Tisch. Eine ist noch voll, die anderen sind leer. Im Licht unserer Taschenlampen taucht das Haltbarkeitsdatum auf.

„Bis September 2007 haltbar! Die Flaschen sind noch kein halbes Jahr alt!"

Herbert ist bass erstaunt und natürlich müssen wir die Flaschen mitnehmen. Schließlich haben wir in Hajo ja einen geduldigen Lastesel.

Langsam gehen wir wieder zurück zum Förderschacht, unserem einzigen Weg nach draußen. Irgendwie fühle ich mich ziemlich schlapp. Herbert und Hajo schleichen ermattet hinter mir her. Dann schrillen plötzlich unsere beiden Gaswarner los! Ein Blick auf mein Analysengerät zeigt alarmierende 4% Kohlendioxid an und nur noch 17% Sauerstoff.

Es bedarf keiner großen Worte; sofort ziehen wir die sackförmigen Sauerstoff-Retter aus der Brustbox und legen sie an. Herbert will möglichst schnell gehen, aber ich bremse ihn. Wenn wir langsam gehen und ruhig atmen, reicht es auf jeden Fall bis zu unseren Pressluft-Flaschen eine Etage tiefer. Konzentriert folgen wir den Gleisen, immer das Analysengerät im Blick. Der Kohlendioxid-Wert steigt weiter und erreicht vor der Strecke zum Hey über 10%, der Sauerstoff-Gehalt liegt unter 9%. Nein, ohne unsere Geräte hätten wir keine Chance, wären sofort bewusstlos und in weniger als einer Minute erstickt. Nur jetzt keine Panik, der Abstieg ist schwer genug. Hinter mir atmen Herbert und Hajo schwer in ihre Rettungsgeräte. Es wird Zeit, heraus zu kommen und wir haben noch einen anstrengenden Abstieg und drei Kilometer im Rheinstollen vor uns!

Endlich sind wir am Förderschacht. Die vorher nach oben brausende Luft steht still, nur das Wasser rauscht unverändert. Die Kohlendioxid-Werte sinken etwas, sind jetzt bei 8%, Sauerstoff bei 13%, immer noch tödliche Bedingungen. Ein Klingeln klingt von unten, unser Feldtelefon! Das Außenteam hat sicher das Umschlagen der Wetter bemerkt und will uns warnen.

Beim Abstieg klettere ich bewusst langsam; nur jetzt keinen Fehler machen. Fünfzig Meter unter mir ist der Schachtsumpf, ein Absturz wäre sicher nicht gesundheitsfördernd. Über mir sind es fast 250 Meter zum Förderturm, aber auch da sieht man nur Dunkelheit. Die nächste Sprosse, die übernächste, dann ein Tritt ins Leere. Nur ruhig bleiben, einige Sprossen fehlten beim Aufstieg, nur hat man sie da gesehen. Nun muss man sie ertasten, die Augen in den Abgrund gerichtet, mit dem unhandlichen Rettungsgerät vor der Brust.

Dann endlich der Übergang zur Brecherkaverne, ich bin wieder auf ebenem Boden. Das Telefon klingelt immer noch. Herbert und Hajo folgen und wieder muss ich das Tempo der beiden bremsen, wir haben Zeit. Seit dem Anziehen der Retter sind 20 Minuten vergangen und bis zu unserer Schubkarre ist es nicht mehr weit. Unter dem Klingeln des Feldtelefons rutschen wir das Förderband nach unten. Ein Blick auf meinen Analysator: auch hier wenig Sauerstoff im Kohlendioxid, ich muss mich kurz fassen. Noch ein kräftiger Zug aus dem Retter und dann greife ich das Feldtelefon.

„Wir sind ok und in einer guten Stunde zurück."

Sofort atme ich wieder durch den Retter.

„Die Werte sind sehr hoch."

Der Wehrleiter klingt sehr besorgt.

„Wissen wir, wir sind auf dem Weg."

Ich lege auf und helfe Hajo, der Herbert bereits eine Pressluftflasche auf den Rücken geschnallt hat. Ein schneller Blick auf den Geigerzähler: die Radioaktivität liegt um das 10-fache über dem Normwert! Kurzzeitig ungefährlich, auf Dauer sicher nicht zu empfehlen. Nachdem wir alle ausstaffiert sind, wechseln wir von den Rettern zu den Tauchautomaten und machen uns gleich auf den Rückweg. Schubkarre und anderes Material lassen wir zurück, nur die Gaswarngeräte, Geigerzähler und Kamera habe ich dabei. Hajo hat die Bierflaschen in seinen Rucksack gesteckt.

Die Pressluft aus den gelben Flaschen schmeckt metallisch, und der Weg zurück zieht sich endlos. Für die Ästhetik der vorher so geheimnisvoll aus dem Licht der Helmlampen auftauchenden Stalaktiten haben wir keine Augen mehr. Wir patschen weiter durch das zum Rhein fließende Wasser, den Blick starr zum Ausgang gerichtet. Die Luft steht immer noch, doch die Kohlendioxid-Gehalte sinken langsam, als der helle Punkt des Stollenausgangs, das Mundloch, in der Ferne auftaucht. Aus dem hellen Fleck wird langsam ein Rechteck, dann bücken wir uns unter dem Eingangstor durch und sind endlich draußen!

Schnell werden wir nach oben, an die B9 geführt, wo wir die lästigen Flaschen und Atemgeräte endlich ablegen können. Dunkle Sonnenbrillen schützen unsere an die Dunkelheit angepassten Augen vor der gleißenden Helligkeit. Nachdem die Feuerwehr den Stollen abgeschlossen und der Kripo einen Schlüssel übergeben hat, saust der Mannschaftswagen mit Blaulicht zurück nach Bingen. Ein wenig Spaß muss nach der Warterei sein.

Zusammen mit Bootz sitzen wir noch eine ganze Weile im Mannschaftswagen um den kleinen Tisch und beratschlagen, wie wir weiter vorgehen sollen. Bootz ist sehr daran interessiert, wie es heute in „seinem" alten Bergwerk aussieht und sieht seine Bedenken bestätigt. Herbert und Hajo sind zunächst froh, mit heiler Haut davon gekommen zu sein.

„Was hast du damit gemeint, Ronni, dass die Strahlung ungefährlich ist? Das glaube ich dir nicht so ganz!"

Hajo schiebt die Tüte mit dem radioaktiven Manganschlamm weit von sich weg.

„Man muss wissen, dass Radioaktivität sehr vielfältig ist. Grob gesagt, gibt es Alpha-, Beta- und Gamma-Strahlen, von wenig bis zu sehr energiereich. Das Zeug in der Tüte ist ein Alpha-Strahler, so dass die Strahlung nicht einmal die Tüte durchdringt. Also in der Tüte ungefährlich."

„Aber wir haben das Zeug doch eingeatmet!"

„Das ist noch im Rahmen. Im Radon-Stollen in Bad Kreuznach wird das radioaktive Edelgas Radon sogar zu Therapiezwecken eingesetzt. Auch im Schmittenstollen bei Feilbingert gibt es Radon – warum nicht auch hier? Hier steigt mit dem Kohlendioxid-Gehalt der Strahlungspegel – beides hat also dieselbe Quelle. Festes radioaktives Material haben wir keins gefunden – das wäre auch unwahrscheinlich. Außerdem bin ich mal auf die Bierflaschen-Analyse gespannt."

„Pils oder Export?", grinst Herbert.

„Ich dachte an Fingerabdrücke und Genanalysen, das weißt du genau!"

Als ich endlich wieder auf dem Nachhauseweg bin, fühle ich mich viel freier als vorher. Das Gefühl, in einer drei Kilometer langen Mausefalle zu sitzen und das beklemmende, stundenlange Atmen von künstlicher Luft hat uns allen ziemlich zugesetzt.

*

Es hatte Spaß gemacht, mal wieder einen jungen Kerl zu spüren. Sie fühlte sich gerade so wie in ihrer Schulzeit und blieb lange im Bett. Am späten Nachmittag hatte Jana den fehlenden Schlaf nachgeholt und rief bei Albert Messer an. Der Anruf der Psychologin regte den hochsemestrigen Jurastudenten offensichtlich sehr an, wie sein hastiges Atmen am Telefon verriet.

„Das war ja ein überraschendes Treffen in Trechtingshausen, Albert."

Als Jana noch studiert hatte, waren sie sich mehrmals in der neuen Mensa begegnet, die so nah am neuen Stahl-Glas-Kasten der Psychologie liegt, es war aber stets bei belanglosem Smalltalk zwischen alternativem Putenbrustsalat und urdeutscher Bratwurst geblieben. Nie hatten sie etwas gemeinsam unternommen, nie hatten sie sich besucht, sie lebten einfach in zwei Welten. Freiheit war alles für Jana; Abhängigkeiten waren ihr ein Graus, besonders, wenn es um ihre Sexualität ging. Ihre turbulente Jugend im verzeihenden und anregenden Schoß einer Großfamilie hatte ihr viel Selbstbewusstsein und Lust am Experimentieren mitgegeben.

Albert war hingegen in ärmlichen Verhältnissen mit seiner Mutter aufgewachsen. Dass er heute noch die alten Anzüge des bereits während seiner Kindheit gestorbenen Vaters auftrug, hatte mehr als symbolische Bedeutung.

„Wie weit bist du im Studium?"

„Kurz vor dem ersten Staatsexamen."

Jana rechnete nach – er musste mindestens 24 Semester auf dem Buckel haben. Sie hatte ihr Studium bereits vor sechs Jahren abgeschlossen, war dann bei der Kripo gewesen und nun selbständige Psychotherapeutin.

„Es lief wohl nicht so gut?"

„Die Repetitorien sind eine üble Abzocke!“, brach es aus Albert raus, „Da wird gezielt Prüfungsangst unter den Studenten geschürt, um Geld zu machen. Wer nicht ins „Rep“ geht, besteht die Prüfung nicht und so weiter. Würde mich nicht wundern, wenn die Dozenten an den Einkünften der Repetitoren irgendwie beteiligt sind. Die Unis verdienen durch die Raumvermietung an die Repetitorien sowieso mit. Und den ausländischen Studenten wird alles nachgeworfen, Bafög und Wohnheimplätze und ....“

„Ganz so einfach ist es meist nicht“, unterbrach Jana und wechselte das Thema. „Die Reps sind natürlich ein Problem. Übrigens eine interessante Gruppe, in der du da bist.“

Ja, da hatte sie Recht. Übers Internet hatte er Kontakt zu Lüders Ideenwelt und einfache Erklärungen dafür gefunden, warum die Welt ihn nicht an sich heran ließ.

„Seitdem weiß ich, was wirklich mit unserem Volk geschieht. Außerdem ist da noch wirkliche Kameradschaft, was in unserer Gesellschaft sonst fehlt.“

Tatsächlich hatte er in der Gruppe Nestwärme gesucht und gefunden, über die oft allzu platte Kameradschaft hinaus. Denn ihm war gelungen, was sich jeder Mann in der Gruppe erträumt hatte: Gabi zu gewinnen.

Das wiederum neideten ihm die anderen mehr oder weniger offen, nutzten seine Kenntnisse aber gern bei Mietstreitigkeiten oder ähnlichen juristischen Fragen. Ein unverkrampftes Verhältnis sah anders aus und zu privaten Treffen bei den jungen Kameraden war er jedenfalls nie eingeladen worden. Auch die Alten hielten privat Distanz zu ihm und wachten aus ihrem Rentnerdämmerschlaf nur auf, wenn es darum ging, wie toll es unter Adolf selig gewesen war. Oder wenn sie seinen Rat brauchten – natürlich kostenlos, denn Geld hatten sie gewöhnlich keines. Sagten Sie jedenfalls immer.

„Ist diese Blonde deine Freundin?“

Diese Frage war ihm sichtlich unangenehm. Seit einem Jahr war er mit Gabi zusammen, sie hatten sich verlobt, aber zu mehr als Händchenhalten bei Kameradschaftsabenden und Sonntagsspaziergängen in den Obstwiesen zwischen Gonsenheim und Mombach war es noch nicht gekommen. An ein Zusammenziehen vor der Ehe war nicht zu denken und sie blieb nie über Nacht. Als er sie einmal nach den Gründen dafür fragte, hatte sie mit „Mein Bruder ...“ begonnen und war dann plötzlich verstummt.

Eugen hatte eine umfangreiche Überwachungs-Elektronik in seinem Wohnzimmer, deren Funktion Albert nicht klar war. Falls er von ihm überwacht würde, wäre es sicherer, sich bei Jana zu treffen.

„Ach, nein, Gabi ist halt in der Gruppe“, antwortete Albert und dann, nach einer zu kurzen Kunstpause, “wann soll ich zu dir kommen?“

„Ach, heute ist es nicht gut, Waschtag. Ich komme zu dir.“

Albert überlegte. So einfach würde Eugen ihn nicht überwachen können und er könnte ja das Zimmer bis zu Janas Eintreffen auf Wanzen untersuchen.

„Äh, jetzt ist es noch ungünstig, vielleicht etwas später ...“

Kurz nach zehn bog ein grüner Twingo, von der Wallstreet kommend, in den Martin-Luther-King-Weg ein und parkte auf den Parkplätzen vor dem Bruchweg-Stadion. Jana stieg aus, ordnete ihre Haare und ging dann über den Gonsenheimer Spieß zur ESG. Alles war wie während ihres Studiums, nur dass Ronni Hermanns kleines Einmann-Zelt nicht auf der kurz geschnittenen Wiese stand. Der Lebenskünstler, der mit seinem steten Lächeln, dem rundlichen Gesicht, kahlen Kopf und kugeligen Bauch so sehr an einen leibhaftigen Buddha erinnerte, hatte oft vor der ESG und KHG, der Katholischen Hochschulgemeinde, gezeltet, weil er ausgesprochen ungern in geschlossenen Räumen schlief, besonders im tiefsten Winter nicht. Sicher war er bei dem seit Wochen warmen Wetter irgendwo in Rheinhessen unterwegs.

Jana war gespannt darauf, wie Albert heute wohnte. Als sie mit ihm in der Mensa gegessen hatte, hatte er von einem Kellerzimmer gesprochen und das schien sich nicht geändert zu haben. Eine grün gestrichene Betontreppe führte zu einer Aluminiumtür mit geriffeltem Glas, hinter der auf ihr Klingeln Licht aufflammte. Albert hatte sich in den Anzug geworfen, den er bereits bei der Verhandlung getragen hatte, die Weste zugeknöpft. Immerhin hatte er die Jacke weg gelassen. Die Haare glänzten nass, die Brille blinkte und über allem lag der Geruch eines billigen Deos. Das war nicht gerade der Duft der großen weiten Welt, dachte Jana spöttisch, als er ihr die Hand gab. Sein Verhalten entsprach nicht wirklich seinem überlegenen Dozieren über die Unzulänglichkeiten des deutschen Rechtssystems und seiner angedachten Führungsrolle, die sie im Waldrestaurant neugierig gemacht hatte.

„Kann ich herein kommen?“, fragte sie mit einem leicht spöttischen Unterton. Sofort drehte er sich um und ging vor.

Im Hintergrund, am Fenster, leuchtete eine kleine Leselampe auf den Schreibtisch, auf dem sich Bücher stapelten. Auch im Flur Bücher, Bücher und nochmals Bücher, ordentlich in Regalen bis zur Decke sortiert. Partituren, Programmhefte und noch einmal Partituren. Dann Abenteuer-Romane von A wie Karl May bis Z wie Konsalik.

„Spielst du ein Instrument, Albert?"

„Hmmh, die Partituren hat ein Nachbar weggeworfen. Die kann man sicher noch mal brauchen, die sind bestimmt wertvoll. Magst du eine haben?"

Jana lehnte dankend ab und ging weiter. Es folgten Bildbände und Geschichtliches, von den deutschen Heldensagen bis zu mitunter arg ramponierten, gebundenen Ausgaben in Sütterlin-Druckschrift, deren Titel zu lesen ihr Mühe machte. Wahllos griff sie „Seemacht Deutschland" heraus, eine etwa 200 Seiten umfassende Chronik der deutschen Kriegsaktivitäten zur See bis 1943, speziell des Norwegen-Feldzugs, mit vielen schwarz-weißen Bildern und blumiger Sprache.

„Das ist interessant, nicht?", kommentierte Albert mit Besitzerstolz.

Jana konnte sich der Wucht der alten Fotos nicht ganz entziehen. Geschichtliche Zusammenhänge hatten sie stets interessiert und in einer Seminararbeit hatte sie die psychologischen Hintergründe der Geschichtsschreibung behandelt. Was faszinierte so an offenkundigen Verbrechen? Was ließ Menschen Tod und Vernichtung glorifizieren? Sie war kontraphobisch, konfrontierte sich selbst immer wieder mit Dingen, vor denen sie eigentlich Angst hatte.

„Ich war nicht dabei ..."

„Deshalb sind diese Quellen so wichtig! Diese ganze Geschichtsschreibung ist an Einseitigkeit nicht zu überbieten. Die Sieger richten und berichten gleichermaßen. Aber nicht mehr lange!"

Da war sie wieder, diese Ablehnung alles von Außen kommenden, die in der Verhandlung so deutlich geworden war und hinter der sich Albert versteckte. Was wurde da alles bewusst zurück gehalten und umgedeutet? Sie hatte einmal den Versuch gemacht, ihre eigene Familiengeschichte zu verfolgen. Ihren Vater kannte sie natürlich, auch ihren Großvater, auch die anderen Großväter hatten ein Gesicht auf alten Bildern von Hochzeitsgesellschaften, nur Bruno nicht. Weder Mutter noch Vater, weder Oma noch Opa wussten angeblich etwas Genaues über diesen Urgroßvater , woher er gekommen und wie er in den Hunsrück gekommen war. Brunos Frau, Uroma Emma war von der Nahe gekommen und hatte dann in Sohren gelebt. Woher aber war Bruno? Einen Fingerzeig gab es: eine Großtante hatte Jana zum 18. Geburtstag eine kleine Halskette mit einem einfachen Kreuz geschenkt; von Bruno, hatte sie gesagt. Die Halskette war gerissen und unfachmännisch ergänzt worden, es fehlten etwa zehn Zentimeter. Bruno sei aus dem Süden gekommen, um an der Kanonenbahn zu bauen, hatte sie gesagt, war aber weiteren Nachfragen ausgewichen.

Aus dem Süden war er gekommen, vielleicht aus Bayern? Sie hatte im Internet nach dem Namen gesucht und fast 2000 gefunden, die meisten aus dem Süddeutschen Raum. Ein paar hatte sie auf gut Glück angerufen, aber natürlich ohne Erfolg. Das Mormonen-Archiv in Salt Lake City, der Olymp der Ahnenforschung, hatte nichts für sie Verwertbares hergegeben und auch die Nachforschungen in Deutschland waren im Sand verlaufen.

„Ach, was soll das mit der Geschichte“, sagte sie leichthin, „wolltest du nicht etwas anderes von mir?“

Albert überlegte nicht lange, zog Jana auf das Bett, was sie mit sich geschehen ließ, und legte sich auf sie. Seinem Versuch, sie zu küssen, wich sie aus, aber er hatte seine Hände längst auf ihren Brüsten und ließ sie dann zwischen ihre Schenkel wandern. Ihr Zögern war überwunden. Gierig knöpfte sie seine Weste auf und spürte schon kurz danach seine nackte Haut auf sich. Mit geübtem Griff zog sie ein Kondom aus ihrer Handtasche, zog es ihm über und schon drang er in sie ein, offensichtlich ausgehungert, wenn auch nicht so unerfahren wie Eugen.

Sie schloss die Augen, blendete die Umgebung aus und konzentrierte sich ganz auf seine Bewegungen. Er kam schnell, zu schnell und als sein Glied wieder weich wurde, verschwand er sofort ins Bad. Kurz danach hörte man die Dusche rauschen. Das war nicht befriedigend, aber Jana wusste sich zu helfen. Sie ließ ihre feingliedrigen Finger über ihre Scheide wandern und stellte sich vor, wie sie über dem Steinbruch neben dem Jagdschloss Platte stand, mit dem weiten Blick über die Wiesbadener Innenstadt bis zu den Hochhäusern auf dem Mainzer Lerchenberg. Wie sie von einem Unbekannten von hinten genommen wurde, geblendet von der rot untergehenden Sonne und eingetaucht in die warme, würzig riechende Luft der hohen Fichten im angrenzenden Wald. Die Vorstellung erregte sie stark und als sie gekommen war, genoss sie das Bild noch eine Weile ganz entspannt.

Doch dann öffnete sie die Augen wieder und die bedrückende Enge des bis zur Decke voll gestopften Zimmers legte sich wie eine Klammer um ihren Hals. Schnell sprang sie aus dem Bett, fand ihren Tanga nicht gleich und zog einfach direkt die Jeans an, nachdem sie mangels Slip eine Binde hinein geklebt hatte. Dann drängte sie sich an den Büchern im Flur vorbei nach draußen, während Albert weiter ausgiebig im Bad duschte. Leise schloss sie die Tür hinter sich und war wenig später auf dem Weg nach Hause. Albert aber war ziemlich überrascht, als er, fein nach Kernseife duftend, aus dem Bad kam und sein weitläufiges Apartment leer vorfand.

*

„Da isser ja."

Hauptkommissar Herbert Wülfing holte den Laborbericht aus dem Fax und breitete die zwei Seiten vor sich auf dem Schreibtisch aus. Er war wie sein Kollege Oberkommissar Hajo Hessinger erst zu Mittag im Polizeipräsidium erschienen und sie bastelten nun schon seit fast zwei Stunden am Bericht über den Bergwerksbesuch herum. Es musste sein, weil die obere Etage wissen wollte, wozu der Aufwand mit der Feuerwehr und dem ganzen technischen Brimborium nötig gewesen war. Sie taten sich schwer mit der Bergmannssprache und waren für die gewohnt sauber ausgefüllten Formblätter auf dem Schreibtisch dankbar.

„Und?"

Wülfing studierte die Zahlenkolonnen auf Seite 1, ohne sie zu verstehen, und las dann die Zusammenfassung auf Seite 2 vor.

„Aha, gute Übereinstimmung mit der Probe 0815."

„Die von den Stiefeln des Toten."

„Genau. Mangan im Kornfeld, ja was ist schon dabei, denn es ist Sommer ...", brummte ziemlich unmelodisch der Anfangssechziger vor sich hin.

„Lass mich mit deinen alten Schnulzen in Ruhe!"

„Die Bierflaschen?"

„Genanalyse dauert noch, aber die Fingerabdrücke von Krabig waren auf einer Flasche drauf. Also war er da drin! Auf der zweiten Flasche weitere Abdrücke, aber noch nicht zuzuordnen. "

„Radioaktivität?“

„Schwach, nimmt weiter ab. Würde zu Ronnis Erklärung passen, dass es das radioaktive Gas ist.“

„Komisch.“

Wülfing ordnete sorgfältig aus den auf seinem Tisch herum liegenden Berichten einen kleinen Stapel.

„Was ist komisch, in Rätseln sprechender Kollege von der anderen Seite des Schreibtischs?“

„Wir wissen, wer er war, woher unser Toter kam, woran er starb, wo er starb und wie er starb. Aber außer uns scheint das niemand zu interessieren.“

„Scheint so.“

Hessinger seufzte. Worauf wollte sein Kollege hinaus? Besonders in den Großstädten glitten immer wieder Kinder, von ihren Eltern allein gelassen, in den Drogensumpf ab; eine Szene, die an Brutalität und Menschenverachtung nicht zu überbieten war. Anfang Mai war ein 14-jähriges Mädchen in Berlin in einen Rollkoffer eingeschlossen und bei lebendigem Leib verbrannt worden. Dann der feige Mord in Heilbronn, wo eine junge Polizistin zunächst als Lockvogel im Drogenmilieu Dealer auffliegen ließ und kurze Zeit danach am selben Ort öffentlich Streife laufen musste. Sie war mit ihrem Kollegen auf offener Straße geradezu hingerichtet worden. Wie weltfremd oder besser unfähig mussten die Vorgesetzten sein, die die junge Frau für ein paar Gramm Haschisch diesem Risiko ausgesetzt hatten? Die aufgeflogenen Dealer hatten sicher milde Richter gefunden und waren nach ein paar Monaten wieder aus dem Knast; die angeheuerten Killer irgendwo in Osteuropa untergetaucht. Die Oberen waren als Beamte gegen jede Sanktion immun.

„Hajo, wer so lange wie Karl Krabig untertauchen kann, muss irgendwelche Unterstützung haben. Seinem Aussehen und seiner Vorgeschichte nach müsste das bei den Neonazis gewesen sein. Interessanterweise haben wir aber aus der Szene immer noch keine Rückmeldung bekommen, denn niemand vermisst ihn.“

„Vielleicht hat er irgend etwas ausgefressen und die sind froh, dass sie ihn los sind.“

„Wir sollten mehr Infos nach draußen geben – vielleicht kommt dann ja Bewegung in die Szene.“

Die Pressemitteilung war schnell erstellt, enthielt noch einmal alle wesentlichen Daten zum Toten und auch, dass der Mörder in der rechten Szene vermutet wird. Natürlich schloss der Bericht mit dem Satz „dass selbstverständlich in alle Richtungen ermittelt wird“, so wie die Lottozahlen „wie immer ohne Gewähr“ verkündet werden.

Außerdem hatte der alte Hauptkommissar noch eine Idee, die so gar nicht zu seiner Technik-Abneigung passte. Die Zeitung war ja nicht schlecht, um Otto Normalverbraucher zu erreichen, aber wenn man eine Reaktion in einer relativ abgeschlossenen Gruppe erzeugen wollte, musste man deren Kommunikationswege nutzen.

„Können wir was auf diese Neonazi-Ufo-Seite bringen, Hajo?“

„Ja, da gibt es ein Forum, in dem Gäste der Seite ihre Mitteilungen hinterlassen und diskutieren können. Da könnten wir was reinstellen.“

„Der Zeitpunkt ist günstig, weil Samstag das Konzert im Knast ist. Ich habe mal wieder beim Verfassungsschutz nachgefragt, aber mehr als allgemein Bekanntes haben die nicht rüberwachsen lassen. Die jüngere Neonazi-Fraktion nutzt gern Konzerte, um sich zu treffen, zu saufen und Randale zu machen. Da wird reger Betrieb auf der Seite sein, auswärtige Kameraden werden Unterkunft suchen und so weiter. Da dürfte sich das Forum guter Aufmerksamkeit erfreuen.“

„Schade, dass wir wahrscheinlich nichts dazu beitragen dürfen, sonst würde ich es glatt machen“, grinste Hessinger.

Es musste also Zufall sein, dass ein „Scharnhorst“ im Forum den Mord an seinem Freund beklagte, von dem er in der Zeitung gelesen hatte. Der Mörder solle sich vorsehen, bald würde Kamerad Karl Krabig gerächt.

*

„Buon giorno, Signor Sander.“

„Buon giorno, Signorina Fama.“

Maria-Anna Fama korrigiert mich mit einem gespielt vorwurfsvollen Blick und schaut zu ihrem Mann Giuseppe, der am Nebentisch mit einem Architekten über die Renovierung des gerade erworbenen Hauses diskutiert.

„Signora, Herr Sander, das wissen Sie doch. Mittagstisch, wie immer?“

„Gleich, ich erwarte noch jemanden.“

Es ist viertel nach eins und die mit Sonnenschirmen bestückte Terrasse vor der Pizzeria Pinocchio in Budenheim leert sich langsam. Die Stammgäste von Bericap und „dem Oetker“, den Chemischen Werken Budenheim, gehen in Grüppchen langsam zurück ins Büro. Über dem flachen Dach des Gerätehauses der freiwilligen Feuerwehr schräg gegenüber flimmert die Luft. Der Bronze-Feuerwehrmann auf der Mauer zieht einen in der Hitze schlaff von der Mauer hängenden Bronze-Schlauch hinter sich her und schaut mich an, die Augen mit der Hand vor der Sonne schützend. Vielleicht sollte er bei dem seit Wochen trockenen Wetter eher nach Regen als nach Rigatoni und Saltimbocca Ausschau halten? Punkt halb zwei biegt Jana in gewohnt flotter Manier mit ihrem grünen „Laubfrosch“ in die Rheinstraße ein und parkt direkt hinter der Telefonzelle im Schatten der Pappel.

Ich bin gespannt, was sie mir erzählen kann und will. Zwar macht sie gewöhnlich aus ihren kleinen Eskapaden keinen Hehl, aber ihr Auftauchen bei der Neonazi-Verhandlung in Trechtingshausen schien mir doch sehr merkwürdig. Mit wiegenden Schritten kommt sie auf mich zu, eine kurze Brise lässt ihr Top und ihre kurze Sommerhose flattern. Eine Sphinx, dieser Vergleich hatte ihr immer gefallen, unnahbar, geheimnisvoll, mit einer überbordenden Erotik unter scheinbar kühler Schale. Zur Begrüßung drücke ich sie und sie lässt mich ihre Brüste spüren, aber nur kurz, kontrolliert. Frau Fama eilt mit einem wissenden Lächeln herbei, um die Bestellung aufzunehmen. Zwei Pizza vegetaria, dazu Wasser und Apfelschorle, danach ein Marsala? Si, Signora.

„Du fragst dich sicher, was mich nach Trechtingshausen verschlagen hat. Eigentlich geht dich das ja nichts an. Bist du eifersüchtig?“

Das sitzt! Da ist sie wieder, die Sphinx. Eifersüchtig? Ich? Nieeee!

„Ich mache mir halt nur Sorgen, weil diese Kreise sind ...“

„Nichts für mich, willst du sagen“, sie lehnt sich zurück, so dass sich ihre Brustwarzen durch das Top abzeichnen. „Das musst du mir schon selbst überlassen.“

So kommen wir nicht weiter – ich benehme mich ja auch wie ein eifersüchtiger Aufpasser. Kein Wunder, dass sie blockiert. Da kommt schon die Pizza und während wir sie genüsslich verspeisen, überlege ich mir eine neue Strategie. Das Neonazi-Verfahren war lange in der Presse angekündigt worden, das konnte jeder erfahren. Aber was suchte sie da? Berufliches – die Dynamik in einer solchen Gruppe studieren? Oder war sie im Auftrag eines anderen da gewesen? Doch da war mehr zu spüren, etwas Persönliches. Immerhin war sie gekommen und wusste, was ich will. Bevormundung mag niemand leiden, aber vielleicht ...

„Kann ich dir helfen?“

Sie schaut überrascht zu mir auf.

„Hmmh, vielleicht.“

„Gibst du mir einen Tipp?“

„Du hast dich doch mal mit Ahnenforschung beschäftigt“, stellt sie fest. Ja, es war gleichermaßen spannend und zeitaufwändig gewesen, die Reisen meines Vater und meiner Mutter mit der Zündapp über die Alpen anhand von Fotoalben mit schwarz-weißen Fotos und mündlichen Schilderungen zu dokumentieren. Wenn man noch weiter in die Vergangenheit will, werden die Quellen immer spärlicher. Dann findet man vielleicht noch knappe Auszüge vom Standesamt, Sterberegister, noch davor nur Kirchenbücher.

„Ich komme in meiner Familiengeschichte beim Großvater nicht Recht weiter, es ist wie verhext. Das immerhin stammt von ihm.“

Sie reicht mir eine einfache Kette mit Kreuz, das Silber schwärzlich angelaufen. Auf der Rückseite ist etwas eingestanzt, aber es ist zu klein und zu stark angelaufen, um es lesen zu können.

„Soll ich das Kreuz mal reinigen? Dann könnten wir vielleicht etwas erkennen?“

„Nein, das gebe ich nicht aus der Hand“, meint sie und steckt es gleich wieder ein, „Aber du kannst mir sagen, wie man es am besten reinigt.“

Die beste Methode ist das Einschlagen in Alufolie und dann das Erhitzen in einfachem Wasser. Das will sie gern versuchen, doch sie hat noch einen Ansatzpunkt.

„Mein Urgroßvater Bruno stammte wohl aus Bayern und hatte möglicherweise an der Kanonenbahn gearbeitet. Er war wahrscheinlich etwa 1860 geboren worden. Sagt dir das was?“

Allerdings, das erinnert mich an meine Fortsetzungsgeschichte über die rheinhessischen Lokalbahnen. Die Kanonenbahn hatte ursprünglich zweigleisig die Nahe hoch geführt und war bei Staudernheim, nur etwa 15 km hinter Bad Kreuznach, in das Glantal Richtung Saarbrücken abgebogen. Aber wie sollte man an dieser über hundert Kilometer langen und vor 50 Jahren stillgelegten und demontierten Strecke familiäre Hinweise finden? Das erscheint mir doch sehr zweifelhaft. Unmöglich hingegen ist es auch nicht, wird doch bei Führungen im Mainzer Dom stolz das tausend Jahre alte Graffitto eines Bauarbeiters gezeigt.

„Ich helfe dir gern bei der Suche, aber was hat das mit dem Gerichtsverfahren zu tun?"

„Habe ich gesagt, dass es was damit zu tun hat?", lächelt sie spitzbübisch.

*

Gabi hatte sich von ihrer Lieblingskollegin die Haare waschen und schneiden lassen. Es gefiel ihr, selbst einmal auf dem Stuhl zu sitzen und sich verwöhnen zu lassen. Nach einer Stunde waren die vorher schulterlangen, straff nach hinten gebundenen, blonden Haare einer modischen, halblangen Pony-Frisur gewichen. Was sollte sie anziehen, um ihren Verlobten zu überraschen? Sie hatten Jahrestag. Vor einem Jahr hatten sie sich bei einem Kameradschaftsabend in Gonsenheim kennen gelernt, an einem verregneten Sommerabend. Sie hatten sich mit den anderen im Partyraum im Keller zusammen gedrängt und, nach Vorträgen über die aktuelle Weltlage, den echten Tönen von rechten Bands gelauscht. Nun waren sie schon so lange zusammen und Albert war ihr stets treu geblieben, obwohl sie ihm noch nicht das gegeben hatte, was er zu Beginn so drängend gewollt hatte. Inzwischen sprach er das Thema nicht mehr an und sie überlegte, ob sie nicht Gefahr lief, dass er sich anderweitig holte, was er brauchte. Wenn sie an die Erzählungen ihrer Kundinnen dachte, waren Männer durchaus nicht immer so harmlos wie es schien. Sie entschloss sich zu etwas Modischem.

Zweifellos in waren Neckholder-Kleider, dazu ein passender BH. Die Auswahl in den Mainzer Geschäften war riesig und sie entschied sich für ein weißes, dezent gemustertes Modell bei Charme&Anmut, C&A. Der farblich dazu passende BH in 75B war schnell gefunden. Die Verkäuferin bot ihr noch einen String-Tanga an, aber das war ihr dann doch zu viel. Nein, zu sehr reizen wollte sie ihn vor der Hochzeit nicht. Sie legte sich einen einfach geschnittenen Hüftslip zu.

Zu Hause probierte sie mit wachsender Lust ihre Sachen an und ertappte sich dabei, wie sie sich vor dem großen Spiegel im Flur hin- und herdrehte, mit den Einblicken spielte. Gegen sechs war sie zufrieden und ging los, um ihren Verlobten zu überraschen, nicht ohne vorher einen zur Feier des Tages erstandenen Piccolo Sekt zu leeren und einen zweiten in ihrer Handtasche mitzunehmen. Auf dem Weg durch das Münchfeld registrierte sie zufrieden die interessierten Blicke der Männerwelt. Als sie im Innenhof der ESG an einer Gruppe Studentinnen vorbei kam, verstummten deren Gespräche schlagartig und wichen taxierenden Blicken, die ihr bis zur Treppe ins Souterrain folgten. Sie fühlte sich gut, sehr gut. Albert war da, natürlich, denn er lernte ja Tag und Nacht fürs Examen. Als sie klopfte, hörte sie sein vertrautes „Einen Moment."

Er öffnete die Tür und machte große Augen.

„Komm herein, Gabi", stammelte er, ging zurück und setzte sich auf die Bücher, die sich auf seinem Bürostuhl stapelten. Sie lächelte ob ihrer durchschlagenden Wirkung und fand es süß, wie befangen er wirkte. Der Piccolo wirkte und sie ging zum Nahkampf über. Sie stellte sich vor ihn und barg seinen Kopf in ihren Brüsten, setzte sich dann auf seinen Schoß, was der Bürostuhl mit einem Ächzen kommentierte. Endlich wurde er aktiv, ergriff ihre Brüste und sie zögerte nur kurz, als er seine Hände in den Ausschnitt wandern ließ. Plötzlich ging ihr alles nicht schnell genug und sie löste den Träger im Nacken, zog den BH aus und warf ihn achtlos in die Ecke.

„Liebster, wann heiraten wir?", stöhnte sie, als er ihre Brüste fest in die Hände nahm und sie seine Erregung in der Anzughose spürte. Doch er antwortete nicht und griff ihr fest zwischen die Schenkel. Sie zuckte vor der ungewohnten Berührung zusammen und drehte sich ein Stück weg, aber er ließ nicht locker und wollte schon ihren Slip ausziehen. Das ging ihr dann doch zu schnell und sie löste sich mit einem Ruck von seinem Schoß und zog sich aufs Bett zurück.

„Was ist los?", fragte er, verblüfft vom plötzlichen Rückzug und setzte sich neben sie, aber sie wurde plötzlich genauso steif wie sein bestes Stück.

„Nein, wir müssen noch warten", entschied sie und war dankbar, dass es gerade jetzt an der Tür klopfte.

„Mach du auf, ich ziehe mich an."

Sie griff nach ihrem BH und verschwand im Bad, während er seine Haare glatt strich und die Tür öffnete. Es war ein Kommilitone, der sich ein

Buch ausleihen wollte, was Albert gern tat. Gabi war auf Flucht eingestellt; sie stopfte ihren BH achtlos in die Handtasche, band die Nackenträger wieder zusammen und drückte sich mit einem „Bis bald, mein Schatz" und einem auf die Wange gehauchten Kuss an ihm vorbei in den Gang hinaus. Ohne Umwege ging sie zurück in ihr Apartment, warf sich aufs Bett und weinte. Die Aufregung, das heiße Wetter und der Alkohol hatten sie ganz schön durcheinander gebracht - aber noch mehr der nach einer anderen Frau riechende String-Tanga, den sie zu Hause in ihrer Handtasche gefunden hatte.

Sie brauchte eine Weile, bis sie wieder einen klaren Gedanken fassen konnte. Von untreuen Kerlen hatte sie beim Haareschneiden schon genug gehört, aber ihr Albert? Nicht möglich, gar nicht vorstellbar. Sicher gab es eine Erklärung dafür, dass im Zimmer ihres Verlobten ein gebrauchter Slip gelegen hatte! Sie dachte lange nach, aber dann war es klar: Albert hatte sein Zimmer bestimmt einmal einem Studienkollegen zur Verfügung gestellt. Ja, so musste es gewesen sein, schließlich hörte man oft von der Wohnungsnot bei Studenten. Auch ihr Bruder Eugen würde sicher züchtig auf eine gute deutsche Frau warten. So ganz aber konnte sie ihre Zweifel nicht unterdrücken.

*

„Was sagst du? Bau der Kanonenbahn, etwa 1880? Mal sehen."

Felix Hillesheim lässt seine Finger über die Tasten seines Laptops fliegen und geht dann zielsicher an das große Regal in seinem Arbeitszimmer. Es ist schön, dass er so kurzfristig Zeit für mich gefunden und mich gleich in sein schönes Haus am Kuhberg in Bad Kreuznach eingeladen hat. Zunächst hat er mir einige seiner Fundstücke aus der Hindenburgbrücke gezeigt. Rostige Teile einer Bunkertür, einen Handgranaten-Verschluss und einen sehr dünnen und leichten Reichspfennig. Ich finde das nicht sehr beeindruckend, aber ihm geht es dabei wohl eher um den Spaß am Buddeln. Immerhin interessiert er sich sehr für die historischen Hintergründe und sein Fundus in dieser Richtung ist sauber geordnet auf seinem Rechner gespeichert.

„Ah, hier ist es."

Er zieht einen Sammelordner heraus und entnimmt ein Heft, das er auf dem Tisch ausbreitet. „Strategische Strecke, voll zweispurig ausgebaut, kürzeste Verbindung für den Truppen- und Materialtransport an die Westfront über Saarbrücken und Metz ...“

„ ... und Rücktransport der Toten und Kriegskrüppel ins Reich ...“

„ ... geheime Strecke, bis heute keine Planungsunterlagen erhältlich, keine Bilder aus der Betriebszeit. Zunächst linksrheinische Anbindung über Gau-Algesheim, rechtsrheinische erst nach Fertigstellung der Hindenburgbrücke, nach dem 1. Weltkrieg eine Anbindung über eine inzwischen abgerissene Nahebrücke nach Münster-Sarmsheim.“

„Halt, nicht zuviel der Bahnereien!“

„OK“, er seufzt, „also ein kleiner Zeitsprung. Seit 1962 stillgelegt. Heute Fahrradweg von Bad Münster bis Oberhausen an der Nahe ...“

„ ... kenne ich, eine wunderschöne Radstrecke ...“

„ ... und ab Staudernheim dann einspurig rückgebaut und Draisinenstrecke.“

„Übermorgen „recherchiere“ ich mit Freunden für meinen Bericht über die rheinhessischen Lokalbahnen, wir machen eine ganztägige Draisinentour. Aber was ist zwischen Oberhausen und der Draisinenstrecke?“

„Da ist nur der Kinnsfels-Tunnel, glaube ich. Schauen wir mal in die Karte.“

Viele interessante Punkte gibt es rund um Oberhausen: das Quecksilberbergwerk Schmittenstollen, das Weingut Schlossböckelheim, bunt markiert. Um Sobernheim gibt es den Barfußpfad und das Freilichtmuseum, in Staudernheim die eindrucksvolle Klosterruine Disibodenberg, in der Hildegard von Bingen viele Jahre lebte und wirkte. Aber dazwischen - fast nichts, nur eine gestrichelte, dünne, graue Linie verläuft rechts der Nahe, während sich der von Bad Kreuznach kommende Pendolino auf der anderen Naheseite Richtung Türkismühle schlängelt.

„Fast ein weißer Fleck, Ronni. Du bist doch gar kein „Bahner“, warum interessiert dich das so?“

„Als meine Eltern ihr altes Haus verkauften, mauerte mein Vater eine kleine Muttergottes-Statue in eine Mauer ein. Als Vermächtnis an die Nachwelt sozusagen.“

„Du hoffst also, Überbleibsel an der alten Strecke zu finden. Bist du doch ein Jäger und Sammler?“

„Vielleicht. Wo würdest du etwas verstecken, was du hinterlassen wolltest?“

„Bei dieser Suche hast du ganz schöne Konkurrenz. Jede Menge Leute wühlen ihre ganze Freizeit irgendwo herum. So“, er lächelt, “wie ich. In Bauwerken würde ich etwas verstecken. In Brücken ...“

„ ... wie der Hindenburg-Brücke?“

„Im Prinzip ja, aber nicht an Stellen mit viel Personenverkehr, weil es dann jemand zufällig finden könnte. Besser sind abgelegene Bauwerke, die während der Betriebszeit nicht betreten werden wie abgelegene Tunnel oder Brücken.“

Doch unsere Radtourenkarte enthält die Tunnel und Brücken der ehemaligen Kanonenbahn nicht, da hilft nur ein Besuch vor Ort. In jedem Fall reizt mich der weiße Fleck zwischen Oberhausen und Staudernheim am meisten, da, wo Gargelsberg und Heimsberg die Nahe einklemmen. Straßen gibt es laut Karte dort allerdings keine.

„Da werden wir einige Kilometer laufen müssen“, meine ich mit nachdenklichem Blick auf meinen Bauch, der sich seit dem 50. Lebensjahr allen sportlichen Abschmelzversuchen standhaft widersetzt. Felix ist ebenfalls nicht mehr so schlank wie ein Hering, grinst aber fröhlich.

„Nicht unbedingt.“

Ich folge ihm in die Garage und staune nicht schlecht über das große Gefährt, das da fein geputzt auf seinen Einsatz wartet. Schließlich hatte ich in meinen erzwungenen 15 Monaten als Vaterlandsverteidiger bei den Heeresfliegern in Mendig einen kleinen geländegängigen Munga-Jeep kennen gelernt. Das da aber ist ein LKW auf hohen Rädern, ein THW-blaues Feldmonster, breit, lang und so hoch, dass es in keine Tiefgarage passen dürfte. Ein Borgward B2000 Kabelwagen mit Allrad-Antrieb, erklärt mir Felix mit unverhohlenem Besitzerstolz, fast 40 Jahre alt, aus Bundeswehrbeständen und natürlich geländegängig. Damit, das ist klar, kommen wir bequem und mit großem Gepäck überall hin. Auch an den weißen Fleck an der Nahe, von dem es nicht allzu weit ist nach Sohren, wo Janas Urgroßmutter fast ihr ganzes Leben verbracht hatte; darunter die Zeit mit ihrem Mann Bruno, der aus dem Süden gekommen war, um an der Kanonenbahn zu arbeiten.

*

Nur noch wenige Stunden waren es bis zum Konzert im Knast, zum Kameraden-Treffen bei rockigen deutschen Texten, aber Eugens Vorfreude hielt sich in Grenzen. Jana hatte sich immer noch nicht gemeldet und er fragte sich, warum. Das Verfahren gegen Lüder Willmann war nicht wie erhofft verlaufen, auch wenn bis zur Berufungs-Verhandlung noch viel Zeit war. Die von Albert ausgearbeitete Verteidigungs-Strategie hatte jedenfalls nicht gefruchtet, was dieser einfach damit erklärt hatte, dass Richter Bastian das so gesehen habe und der nächste es wieder ganz anders sehen könne, ja müsse, denn die Beweiskette sei in sich völlig schlüssig. Was aber, wenn der nächste Richter das dann doch wieder so sehen würde wie der Richter in Trechtingshausen? Beim Treffen im „Hubertus" nach der Gerichtsverhandlung war Willmann für seine Verhältnisse schon ziemlich still gewesen und hatte sich seitdem nicht mehr gemeldet. Und dann war am Vortrag ein Beitrag im Forum der Internet-Seite eingestellt worden, in dem ein „Scharnhorst" Rache für den Mord an Karl Krabig ankündigte. Natürlich hatte der Schreiber nicht seine Identität Preis gegeben, aber es musste jemand aus der Szene sein, der sich zudem im Internet gut auskannte.

War „Scharnhorst" eine Anspielung auf Eugens Namen? War es jemand von außerhalb, der ihm ans Leder wollte? Eugen blieb unsicher. In der Nacht waren zwei Kameraden bei ihm eingetroffen, die bis Sonntag bleiben wollten; zwei verdiente Kameraden aus der Berliner Szene, erprobt in jährlichen Auseinandersetzungen mit den linken Punks in Kreuzberg. Sie hatten offensichtlich vom Tod des Kameraden gehört und die Mitteilung im Forum gelesen. Ihre Fragen beantwortete Eugen mit dem Hinweis, dass Karl Krabig ein Verräter gewesen sei und deshalb von den reichseigenen Ufos zur Strecke gebracht worden sei – als Warnung an alle anderen Verräter. Das leuchtete seinen Gästen letztendlich ein, aber Eugen war froh, als sie nach Mitternacht endlich ihre Schlafsäcke im Flur bezogen hatten und direkt nach dem Aufstehen gegen Mittag los gingen, um sich mit einem ordentlichen Quantum Bier auf das Konzert vorzubereiten.

Er rief Albert an, dann Willmann, doch beide behaupteten, den Beitrag nicht veröffentlicht zu haben. Sie sagten sogar, dass sie davon noch nicht gehört hätten, was Eugen nicht glauben mochte. Willmanns Notebook war zwar beschlagnahmt worden und Albert hatte keinen Internet-Anschluss in seinem Zimmer, aber es gab genug Möglichkeiten, in der Uni ins Netz zu kommen. Eugen überlegte, wem er noch trauen konnte und entschied sich kurzerhand dazu, seine Schwester zu besuchen. Er musste seinen Benz ein wenig abseits parken, denn die Zahl der Parkplätze in der Richard-Schirrmann-Straße war begrenzt. Vielleicht hing es mit der direkt gegenüber liegenden Landeszentralbank zusammen, über deren streng bewachte Zufahrt Geldtransporter das Bargeld von und zu den Banken und Einkaufszentren transportierten. Da hatte man wohl keinen unübersichtlichen Parkplatz direkt gegenüber gewollt.

Nach der brütenden Hitze der letzten Tage war es drückend schwül. Über dem Taunus bildeten sich erste Quellwolken; RPR und SWR hatten Hitzegewitter für den Abend angekündigt. Der Rasen vor den Wohnblocks der Richard-Schirrmann-Straße konnte etwas Wasser dringend gebrauchen. Seit der Hausmeister seinen neuen Aufsitz-Rasenmäher hatte, kurvte er bei jeder Gelegenheit damit herum und kürzte die Grashalme auf Stoppellänge, hatte ihm Gabi erzählt. Eugen ging über das schmucklose Treppenhaus in den ersten Stock. Die engen, dunklen Flure und die direkt aneinander klebenden Einzimmer-Apartments gefielen ihm nicht. Was für Leute darin mitunter wohnten! Leerstände hatten viele Wohnungseigentümer dazu bewegt, ihre Apartments an das Sozialamt zu vermieten. Vor einigen Wochen waren sogar Schüsse im Wohnblock zu hören gewesen, ohne dass man danach die Zusammenhänge erfahren hatte.

Gabis Nachbarin hatte regelmäßig nachts Männerbesuch und einer der Freier – anders konnte sie sich das nicht erklären – hatte vor zwei Tagen die Wohnungstür eingetreten, die seitdem mit ein paar gefüllten Aldi-Plastiktüten nur noch notdürftig in der Zarge verkeilt war. Eugen hatte Gabi schon mehrfach angesprochen, weg zu ziehen, aber kostengünstiger Wohnraum in Mainz war knapp.

„Ich bin´s, Eugen." Er klopfte an die dunkelbraune, Eichenholz-furnierte Tür.

„Einen Moment, ich komme gleich." Ihre Stimme klang beschäftigt und kurz danach hörte man die Toilettenspülung rauschen. Sie öffnete mit einem Lächeln die Tür, unsicher über seine Reaktion auf ihr neues Outfit.

„Wie läufst du denn rum? Zieht sich so eine deutsche Frau an?" Eugen war fassungslos, schloss die Tür hinter sich und setzte sich an den kleinen runden Tisch in der Zimmermitte.

„Ich bin erwachsen und kann anziehen, was ich will. Ich habe keine Lust, mit einem Kopftuch herum zu laufen!" Gabi wurde laut und Eugen stand ihr nicht nach.

„Ja, aber das ist ja etwas völlig Anderes!"

„Ich bin schon verlobt und wenn es meinem Verlobten gefällt, dann ist es in Ordnung!“

Aha, daher wehte der Wind. Albert hatte sie so schon gesehen. Wann denn und wie denn?

„Und trotzdem ...“

„Nichts trotzdem“, begehrte sie wieder auf, „schau mal, was andere Frauen alles anziehen!“

Sie griff in eine kleine Plastiktüte auf dem Tisch und zog triumphierend den Slip-Tanga heraus.

„Das habe ich in Alberts Zimmer gefunden! Hat bestimmt ein Studienkollege liegen gelassen, der da mit seiner Freundin zusammen war und ich bringe es ihm gleich zurück, wenn wir zusammen zum Fest gehen. Gell, so etwas hast du noch nicht gesehen!“

Eugen wurde blass und vergaß fast, weshalb er gekommen war.

„Ähm, soll ich ihm das nicht lieber bringen? So von Mann zu Mann ...“

„Brauchst du nicht, das mache ich schon. Aber weshalb bist du gekommen?“

„Da hat im Internet-Forum ein „Scharnhorst“ Rache für Karl Krabig angekündigt. Der ist tot im Kornfeld gefunden worden.“

„Ein Kamerad? Warum hast du mir das noch nicht gesagt? Er war zwar nur ganz selten da, aber wie ist er denn umgekommen?“

„Die Ufos waren es, sicher. Hat auch Lüder gesagt. Karl war ein Verräter, der nationalen Idee nicht verpflichtet.“

Gabi bekam Gänsehaut. Sie hatte Karl nur einmal kurz gesehen, er war aber wohl öfter mit ihrem Bruder zusammen gewesen. Eugen erhob sich, er spürte ihre Verunsicherung.

„Ich gehe dann mal wieder. Bis um acht im Knast.“

„Ähm, vielleicht kannst du doch Albert den Tanga geben, Eugen.“

„Aber gern doch, Schwesterherz“, grinste er, stopfte das Corpus delicti in die Plastiktüte und ging.

*

„It´s a bit backwood here, right?“

Phil´s Stimme, gefolgt von fröhlichem Gelächter, tönt durch den Bus von Staudernheim nach Lauterecken. Der Ire in Diensten eines großen Computerdienstleisters und überzeugte Bier-Selbstbrauer hat die Tour organisiert und freut sich über seinen Anklang bei der Damenwelt. Ja, recht hat er, die Region an Glan und oberer Nahe lag irgendwie immer abseits der Wirtschaftszentren und die rein militärische Kanonenbahn trug nach der Bauphase nicht nennenswert zum wirtschaftlichen Aufschwung bei. So ist viel unverfälschte Landschaft im „Kuseler Musikantenland“ zwischen Bad Kreuznach und Saarbrücken erhalten geblieben.

Der Mainzer English Round Table, ERT abgekürzt, ist auf Tour, genauer gesagt auf Draisinentour. Unsere Autos haben wir in Staudernheim bei der Draisinenstation geparkt und sind nun per Bus unterwegs zum Startpunkt Altenglan. Es ist ein frischer Morgen, die Wiesen glänzen noch feucht. Auf dem Weg vom Parkplatz zum Bahnhof lädt ein Fischzüchter gerade große Behälter mit Setzlingen um; Jungfischen, die auf Kosten des Angelvereins in der Nahe ausgesetzt werden. Das Wettrennen zwischen Kormoranen und Petrijüngern um die Beute kann bald beginnen.

Der Bus schaukelt uns gemütlich Richtung Altenglan, eine nette Einstimmung auf die „trolley car tour“. Es wird eine prima Gaudi für alle werden; mich treibt zusätzlich die Spurensuche in den Tunneln an – werde ich Hinweise finden?

Im alten Bahnhof Altenglan bemannen und befrauen wir vier Fahrrad-Draisinen, das Sprintmodell, bei dem zwei Fahrer treten und zwei Mit-Fahrer dazwischen auf einer Bank sitzen. Natürlich übernimmt Phil die Führung, präsidiert auf der Sitzbank, trinkt ein Bierchen und feuert Susan und Cäcilia an, die strampeln dürfen. Schnell haben wir unsere Gefährte in Schwung und rumpeln über die Gleise. Susanne, Rose, Ludwig und ich jagen auf der eingleisigen Strecke mit der letzten Draisine das Feld vor uns her.

Felder und Wiesen ziehen an uns vorbei, auf alten, rostigen Brücken kreuzen wir immer mal wieder den Glan und eine angenehme Leichtigkeit erfasst uns. Mitunter kreuzen wir Straßen, müssen Schranken öffnen und wieder schließen, dann wieder freie Strecke, die Welt zieht vorbei und die Stahlräder surren und quietschen. In Ulmet ein erster Tunnel, doch klein und unspektakulär; wir draisinieren weiter, selten in direkter Gleisnachbarschaft zu modernen Zügen, oft durch fast unberührte Natur.

Nach eineinhalb Stunden breitet sich Hunger aus und in Offenbach-Hundheim heben wir unsere Gefährte – hauruck – zum ersten Mal vom Gleis und ketten sie an. Ein malerisches Örtchen mit einem veritablen Pranger, an dem wir uns gegenseitig fotografieren. Wir kehren ein in die „Alte Abtei“, vernaschen vom Feldsalat bis zum Kaninchen, was die Gegend hergibt, und danach steuern wir gemütlich und völlig entspannt den Bahnhof Lauterecken an. Beim Selbstgebrauten aus der Mikro-Brauerei verlieren wir noch ein wenig mehr das Zeitgefühl und es ist der Kellner, der uns um vier darauf aufmerksam macht, dass wir zwar hier unsere Draisinen stehen lassen können – aber dass es Zeit wird, wenn wir noch bis Staudernheim wollen. Wir beratschlagen eine Weile, dann siegt der sportliche Ehrgeiz und wir düsen los. Diesmal haben wir die Spitze und ein paar Minuten Vorsprung vor den anderen.

Der Himmel hat sich weiter zugezogen. Es nieselt, aber das beeinträchtigt unsere gute Laune überhaupt nicht. Mit flottem Tempo nahe der Höchstgeschwindigkeit von 14 Stundenkilometern ziehen wir unsere Spur auf dem feucht schimmernden Gleis der mehr als hundert Jahre alten Strecke. Vor Meisenheim geht es leicht bergauf in einen Böschungseinschnitt, dann in einen längeren Tunnel. Die vorher nasse, frische Luft wird trockener, die Fahrgeräusche nehmen zu; das tiefe Rollen von Metall auf Metall, das kurze, hellere Klacken beim Schienenübergang. An den grauen Wänden sind weiße Farbmarkierungen, von Hand aufgetragen; 20, 21, 22, dazwischen Striche. Positionsmarken für die Eisenbahner, falls ein Zug im Tunnel Zuflucht vor Luftangriffen suchen musste.

Wir fahren langsamer und ich schaue mir die Wände genau an. Konnte man hier etwas hinterlassen? Die Wände sind grau, wohl Reste vom ehemaligen Dampfbetrieb. Falls man von einem Zug im Tunnel überrascht wurde, konnte man sich in flache Mauernischen flüchten. Nein, hier ist nichts zu sehen, wo man etwas längere Zeit unbemerkt hinterlassen könnte, der Tunnel ist zu nah am Ort und auch zu klein, um darin etwas zu verbergen. Wir rollen wieder hinaus ins Freie. Ob noch ein weiterer Tunnel kommt? Wir lassen wieder die Pedale fliegen, die Draisine muss um sechs in Staudernheim sein. Doch das war der letzte Tunnel und als wir den Disibodenberg umrunden und die Draisinenstation in Sicht kommt, wird mir klar, dass auf diesem Teil der Kanonenbahn wohl nichts über Janas Urgroßvater zu finden sein wird. Ob der Kinnsfels-Tunnel ergiebiger ist, scheint mir zweifelhaft, aber ich möchte nichts unversucht lassen.

Als wir die Draisinen in dem alten Eisenbahnwaggon zurück geben, bekommt der bodenständige Draisinen-Rückgabe-Entgegennehmer-und-Berater unsere Gespräche mit und meint in verschworenem Ton:

„Der Kinnsfels-Tunnel, des ist gefährlich, der ist ... verseucht! Sagt man."

„Weshalb sollte jemand einen Tunnel verseuchen?"

Darauf weiß er auch keine Antwort, nur:

„Die Leute erzählen von einem, der nach dem großen Krieg da herum lief, wenn man ihn sah, zitterte und zuckte er, rannte immer weg, wenn man sich ihm nähern wollte. Manchmal soll er auch ein Huhn geklaut haben. Der soll im Kinnsfels-Tunnel gelebt haben. Die Polizei soll mehrfach versucht haben, ihn zu kriegen, aber das hat wohl nicht geklappt."

„Sagt man", „Die Leute erzählen", „soll ... haben" sind mir doch recht vage Äußerungen, wenn auch manchmal ein wahrer Kern dahinter steckt. Bangemachen gilt sowieso nicht und außerdem will mir Felix ja unbedingt seinen Kübelwagen im Einsatz vorführen. Mein Appetit auf den Tunnel ist eher gesteigert worden. Kurz nach uns kommen die anderen Draisineure an, geschafft, aber glücklich. Zunächst Phil, bierselig auf der Bank sitzend, eingerahmt von seinen hübschen Begleiterinnen, dann Melanie mit Mark und Heide. Betty mit ihren überirdisch blauen Augen und den blonden Engelslocken und Stephan haben vor lauter Verliebtheit wahrscheinlich gar nicht bemerkt, wo wir da lang fuhren und würden vor lauter Übermut am liebsten gleich wieder zurück strampeln. Den Abschluss bildet Peter mit seinen beiden Jungs Marius und Adrian, die gemeinsam locker mit uns „Großen" mitgehalten haben. Die Tour schreit nach Wiederholung, das ist klar.

*

Konzert im Knast – Kik! Es war eine geniale Idee gewesen, geboren irgendwann im letzten Monat und irgendwo zwischen dem Probenkeller mit seinem leise säuselnden Luftentfeuchter und der Küche, in der eine gleichermaßen fürsorgliche wie vielbeschäftigte Mutter stets einen Vorrat an getrockneten Mettwürsten dekorativ an der Bügellampe aufhängte. In dieser kreativen Atmosphäre war es irgendwie über "Die Knackis" gekommen, endlich einmal selbst Geld mit ihrer Musik zu verdienen. Nicht, dass sie keinen Erfolg hatten; ganz im Gegenteil. Hans, Tom, Mike und

Toni hatten gerade „Dieter sucht den Bühnenstar" gewonnen, reichlich Auftritte vom Gig in Rom bis zur Frankfurter Brotfabrik, die Zuschauer waren begeistert und die Veranstalter machten Kasse. Aber die Band selbst bekam davon nicht viel ab, die Kröten krochen nur spärlich aufs Bandkonto, obwohl es doch die Eigenschaft dieser Wesen sein sollte, hohe Sprünge zu machen.

Also ward der Gedanke an ein selbst veranstaltetes Konzert in ungewöhnlicher Atmosphäre geboren, einen Gig mit eigener Kasse. Doch wo? Ein Freund der Familie hatte den ehemaligen Knast in der Diether-von-Isenburg-Straße ins Spiel gebracht, der nach seiner Schließung 2004 schon dem Staatstheater und einer Folge von „Ein Fall für Zwei" als Bühne gedient hatte. Bereits im September aber sollten die Planungen für den Umbau zu Büro- oder Hotelraum ausgeschrieben werden und bald danach würden die Bauarbeiten beginnen - die letzte Chance für einen bahnbrechenden Auftritt. Schnell war man sich mit den netten Knast-Verwaltern einig geworden und hatte die Innenhöfe angemietet, dann begann die Arbeit. Unterstützt von Freunden, Freundinnen und Groupies hatten die Bandmitglieder tagelang die Technik auf Vordermann gebracht, denn im ehemaligen Knast gab es schon lange keine Strom mehr und auch die Wasserversorgung war mit Insassen und Personal zu Weihnachten 2004 nach Rohrbach ausgewandert.

Wegen des wechselhaften Wetters wurde die Bühne im Durchgang vom Eingangshof zum Wirtschaftshof aufgebaut und ein Getränkewagen am Durchgang zum Männerhof. Ein im ehemaligen Frauenhof aufgestelltes Stromaggregat sollte die Bühnentechnik und die Hofbeleuchtung versorgen, einige Mobiltoiletten, darunter ein sternförmiges Urinal, die Stoffwechselendprodukte der Gäste entsorgen. Der Zugang zum Gebäudekomplex war nicht erlaubt, nur das Geschäftszimmer im Eingangstrakt diente der Band als Garderobe. Die Zeitungen waren informiert, hatten es schon vor Wochen in die Online-Ausgaben und den Internet-Veranstaltungskalender gesetzt und einige Titel aus der Erstlings-CD wie Germania erwähnt.

Schon am frühen Nachmittag waren alle Vorbereitungen beendet, die Türen zu den Gebäuden abgeschlossen und die Kasse mit den Freundinnen der Bandmitglieder besetzt. Es war vier Uhr, noch vier Stunden bis zum Konzert, Zeit für eine Einstimmung. Mit einem entschlossenen Druck auf die „Power"-Taste schaltete Toni eine Clash-CD auf die Verstärker und 120 Dezibel dröhnten durch den Innenhof. Die an Knastruhe gewohnten Tauben flogen schlagartig auf und versuchten hektisch flatternd durch das

Taubenschutznetz zu entkommen, fanden aber in der Panik die Löcher im Gestrick nicht mehr. Eine nach der anderen fiel entkräftet tot zu Boden und wurde vom Kassenpersonal fachgerecht in den grünen Müllcontainer im Vorhof entsorgt. Auch die Kakerlaken in der ehemaligen Küche wären sicher schnellstmöglich ausgewandert, wären sie nicht bereits binnen weniger Monate nach der Knastschließung an akuter Unterernährung verschieden. So hüpften nur ihre trockenen Chitinhüllen im Rhythmus der harten Beats auf dem gekachelten Küchenboden umher und man konnte fast den Eindruck gewinnen, dass sie plötzlich wieder erwacht wären.

Fünf Uhr – die Massen sollten langsam strömen, doch zunächst strömte nur der Regen in Form eines kurzen Wolkenbruchs und setzte den Männerhof mit seinem schmutzig-grünen Kunststoff-Belag unter Wasser. Dann kam die Sonne wieder heraus und verdampfte das Wasser. Die Dunstschwaden zogen an den endlosen Fensterreihen mit den aufgemalten Zellennummern vorbei nach oben.

Sechs Uhr – Kassenöffnung und endlich - die Besucher strömten. Zumindest strömte ein Studentenpärchen zielsicher auf den Eingang zu, entrichtete brav seinen Obulus mit Studentenermäßigung, legte sich gleich noch die Erstlings-CD zu und wanderte dann interessiert in den Innenhöfen herum. Das Kassenpersonal beglückwünschte sich – so konnte es weitergehen! Doch zunächst tat sich nicht viel, wenn man davon absah, dass immer mal wieder ein blau-weißer Polizeiwagen rund um den Block fuhr, obwohl es um diese Zeit sicher nichts zu bewachen gab.

Um viertel nach sieben war es dann so weit: Von allen Seiten strömten Konzertbesucher zur Pforte und der entstehende Stau lockte viele Jugendliche an, die eigentlich auf dem Weg zu den Beaches an der Rheinpromenade waren. Auch einige ausgeflippt angezogene Grufties, also über 30-jährige Frauen, waren darunter. Das Kassenpersonal drückte eifrig Stempel auf Handrücken und Unterarme, sah mit Freude die Kasse anschwellen, während der CD-Vorrat rapide abnahm. Der Wirtschaftshof vor der Bühne war schon voll, als um viertel vor acht ein Bus mit Berliner Kennzeichen um den Block kurvte und in der Ladezone direkt vor dem Knasteingang parkte, ein Überbleibsel aus der Zeit, als noch dauerhaft Leben in dem alten Gemäuer gewesen war. Zunächst stieg ein junger, schwarz gekleideter Mann mit kurzen Haaren aus, dann mehr als fünfzig Klone. Kurz vor acht begehrte noch eine merkwürdig gemischte Gruppe Einlass – ein älterer Herr mit schütterem, langem Haar in ausgebeulten Stoffhosen, ein junger Mann in einem altertümlichen Anzug und eine junge, blonde Frau in einem dunkel gemusterten Kleid.

Endlich, Punkt acht, kamen mit viel Lampenfieber "Die Knackis" auf die Bühne. Toni, ganz in Schwarz mit Arbeitskäppi schnappte sich das Mikro, Mike ließ seine Finger über die Sologitarre tanzen, Tom spielte einen kurzen Basslauf und Hans schlug kurz sein Schlagzeug an. Die Background-Musik verstummte und das Mischpult schaltete nach einer kleinen Rückkopplung zur Bühne durch.

Der getriebene Indie-Rock sprang sofort aufs Publikum über; den schwarzen Klonkriegern, die sich um den Bierwagen gesammelt hatten, zuckte es in den Beinen. Auch in der scheinbar verlassenen, stadteinwärts gelegenen, Seufzerbrücke rührte sich etwas, obwohl an einem Samstag und um diese Zeit niemand mehr im Gebäude sein sollte.

*

„Prost, Kameraden!"

„Prost! Auf den edlen Spender!"

Mit einem zufriedenen Lächeln hielt Eugen seinen Pappbecher mit dem Gerstensaft in die Höhe. Aus Sicherheitsgründen waren vom Ordnungsamt Glaskrüge nicht erlaubt worden, hatte der Bierwagen-Betreiber erklärt, ein kräftiger, großer Mann mit einem karierten Hemd und Hosenträgern. Die Stimmung war bestens, auch wenn sich am Himmel die Wolken in der untergehenden Sonne immer weiter zusammen zogen. Es war schwül, für die Nacht waren heftige Regenschauer und Hitzegewitter angekündigt worden.

Der Innenhof war eine einzige wogende Menschenmenge und die Kameraden um ihn herum wanderten ins Gedränge Richtung Bühne. Dort tanzte eine schlanke Frau mit knallgrünem Top völlig selbstvergessen mit hochgereckten Armen. Eugen durchzuckte es – das war Jana. Er war schon versucht, sich durch die Menge zu drängeln und sie zur Rede zur stellen, aber die Situation war ausgesprochen hinderlich. Dazu zeigte die Polizei vor dem Knast Präsenz. Als er gekommen war, war wiederholt ein blauweißer Streifenwagen um den Block gekreist. Ein Seitenblick zeigte, dass wohl auch Gabi und Albert Jana entdeckt hatten, denn ihre Blicke waren starr in Richtung Bühne gerichtet. Spätestens seit der Gerichtsverhandlung und dem nachfolgenden Treffen im „Hubertus" kannten sie die meisten Gruppenmitglieder. Mit Albert, dem Verlobten seiner Schwester, hatte sie gar geschlafen. Das wusste immerhin niemand außer ihm und Albert - und ihr. Und auch mit ihm hatte sie geschlafen, wurde ihm schmerzhaft bewusst - wie hatte er nur so dumm sein können? Der String-Tanga juckte ihm in der Tasche, aber er konnte Albert deswegen nicht zur Rede stellen, er hätte sich selbst verraten. Und über allem lag die Drohung wegen des Mordes an Karl Krabig, diesem Verräter.

Langsam stieg Hass in ihm auf, wie er in diese verzwickte Situation geraten konnte. Einmal war er nicht konsequent gewesen und schon lief mehr schief, als ihm lieb sein konnte. Jana wusste Dinge, die außer ihm niemand wissen sollte – und er konnte ihr nicht trauen.

Er musste reinen Tisch machen, Jana mundtot machen und diesen „Scharnhorst". Es musste einer von ihnen sein, vielleicht einer der Berliner, der den Besuch in Mainz nutzen wollte, um ihn, Eugen, auszubooten. Der Spinnenliebhaber wusste genau, wie schnell die Stimmung kippen konnte, wenn die Kameraden einen gebechert hatten. Die Berliner waren heute klar in der Mehrheit und es war deren Kamerad gewesen, der die Idee verraten und die Konsequenzen erfahren hatte. Mit denen darüber zu argumentieren war allerdings von vornherein sinnlos.

Welche Rolle spielte Jana in dem Spiel? Traf sie sich weiter mit Albert, diesem so bemüht geschniegelt daher kommenden Rechtsverdreher, dessen Rechtskünste beim Verfahren völlig ins Leere gelaufen waren? Eugen musste mehr wissen, drängte sich zum Ausgang und verließ den Knast, um zehn Minuten später zurück zu kommen. Er stellte sich nun direkt neben seine Schwester und registrierte, dass Willmann augenblicklich verstummte. Was ging hier vor? Willmann war schon seit der Verhandlung komisch geworden, hatte sich zurück gezogen. Und das Internet war seine zweite Heimat. Willmann musste „Scharnhorst" sein, zusammengebrochen wegen der billigen Aussicht auf Strafverschonung als Kronzeuge. Schon mehrere Kameraden waren so von den nicht existierenden Strafverfolgungsbehörden dieses nicht existierenden Staats geködert worden.

Schlagt Alarm! "Die Knackis" spielten ihren letzten Song vor der Pause und verabschiedeten sich, von frenetischem Beifall begleitet, in die Pause. Die meisten Besucher drängte es zum Bierwagen und an der Kasse signierten die umlagerten Bandmitglieder ihre CDs. Nur eine Frau in grünem Top verließ den Knast und fuhr bald danach mit ihrem Twingo los, vielleicht, weil große schwarze Wolken von Südwesten her über den Rhein zogen. An den Taunushängen hingen schon die schwarzen Vorhänge heftiger Niederschläge. Kurze Böen drückten in die Innenhöfe, irgendwo im Gebäude schlug eine Tür, die nicht richtig verschlossen war. Es konnte nicht mehr lange dauern, bis das Unwetter in Mainz ankommen würde und so rockten "Die Knackis" schon nach kurzer Pause wieder los.

Die Menge um den Bierwagen löste sich schnell wieder auf – bis auf die schwarze Fraktion, die einen fast perfekten Halbkreis bildete, in dessen Mitte sich zwei Männer gegenüber standen. Die Spannung war mit Händen zu greifen.

„Das mit dem Kameraden Karl war natürlich schon eine böse Sache", meinte Eugen und lehnte sich an die ausgeklappte Biertheke.

„Ja, die Ufos haben wieder zugeschlagen. Verräter haben es nicht anders verdient" entgegnete Willmann mit leicht zittriger Stimme, die in „Ein wirrer Kopf" von der Bühne fast unterging.

„Da gibt es doch keinen Zweifel?"

„Nein .... natürlich nicht."

Die Berliner verstummten und wurden hellhörig. Erst hörte man lange nichts vom Kameraden Karl, dann war er plötzlich tot und sollte ein Verräter gewesen sein? Es blitzte am Himmel und fast unmittelbar danach war ein heftiger Donnerschlag zu hören. Die „Knackis" stockten für einen Moment und spielte dann doch weiter.

„Sag mal, was hier los ist!", herrschte ein Berliner in barschem Ton Willmann an. „Was hatte unser Kamerad mit Ufos zu tun?"

„Ganz ruhig, Kameraden", meinte Eugen mit einem merkwürdigen Unterton, „Lüder weiß, wovon er redet, nicht wahr?"

„Ja, natürlich!", kam es mit einer kleinen Zeitverzögerung und einem Unterton, der die Umstehenden noch misstrauischer machte. Willmann fühlte sich plötzlich so hilflos. Welches Spiel wurde da mit ihm gespielt? Hilfesuchend schaute er in die Runde, doch da waren nur die dumpfen Gesichter der Schwarzhemden aus Berlin und der Umgebung, glasige Augen, die auf das Geschehen stierten. Sie waren so anders gewesen, als er ihnen über das Geheime Reichsgebiet Neuschwabenland und die von dort startenden Ufos vorgetragen hatte. Willig hatten sie seinen Worten gelauscht – auch sein Rechtsvertreter Albert. Doch der wich nun seinem Blick aus und studierte interessiert die eingeschweißte Preisliste. Export 2,50 €, Hefeweizen 3,50 €, Kristallweizen 3,50 € ...

„Und warum habt ihr uns nicht gesagt, dass er tot ist?"

„Hast du das nicht gemacht, Lüder?“ Eugen wandte sich scheinbar überrascht an seinen Kameraden. „Albert, du warst doch dabei, als ich es sagte.“

„Natürlich, Eugen!“, antwortete der im Brustton der Überzeugung.

„Was macht ihr mit mir?“, schrie Willmann. „Wollt ihr mich fertig machen?“

*

Dann war es soweit: Blitze tauchten das alte Gebäude in ihr bläuliches Licht, es knallte mehrfach heftig und Hagelkörner, groß wie Taubeneier, prasselten vom Himmel, gefolgt von einem Wolkenbruch, der die Zuschauer in kürzester Zeit durchnässte. Ein Tumult entstand, als die meisten versuchten, an der Kasse vorbei im Gebäude Schutz zu suchen. Willmann sah seine Chance und rannte zur nächst gelegenen Tür in der Ecke des Männerhofes, eine graue Metalltür, die direkt ins Treppenhaus führte. Abgelenkt vom Tumult bemerkte die Bierwagen-Gruppe Willmanns Verschwinden erst, als er schon die Tür geöffnet hatte. Mit Wutgeheul rannten die Schwarzhemden hinter ihm her, während Eugen kalt lächelnd mit Gabi und Albert am Klapptresen stehen blieb, gegen das Unwetter leidlich durch das leicht überstehende Zeltdach geschützt.

Willmann hatte einen nicht unbeträchtlichen Vorsprung und rannte instinktiv nach oben, weg von der ihn verfolgenden Meute. Die Tür zum Hof hatte kein Schloss, er konnte sie nicht verriegeln und so rannte er einen Stock nach oben und dann rechts in den Gang. Das war aber eine Sackgasse. Wie konnte er aus diesem verdammten Gebäude heraus? Als er wieder bei der Treppe anlangte, hörte er von unten bereits die Rufe und das schwere Stampfen der Stiefel auf dem mit Farbe gestrichenen Betonboden, dazu „Hopp, hopp, hopp“ Rufe, die ihm Angstschweiß auf die Stirn trieben. Er hastete weiter – im nächsten Stock rannte er wieder rechts herum und landete wieder in einer Sackgasse. Was war das für ein verdammter Knast? Er hatte Glück – die Horde hatte in der Etage unter ihm die leer stehenden Zellen entdeckt; das Schlagen der schweren Zellentüren hallte durch das ganze Gebäude. Das Rauschen des Wolkenbruchs auf der Glasabdeckung des Lichthofes wurde schwächer, aber das nutzte ihm nicht.

Vor Stress außer Atem, wandte sich Willmann in die Gegenrichtung und glaubte schon an Glück, denn der Gang führte an einer ganzen Zellenreihe entlang und entfernte sich von der Treppe, durch die er nach oben gelangt war. Er musste Zeit gewinnen, irgendwann musste ja die Polizei auftauchen und ihn vor seinen Kameraden retten. Die bitterböse Ironie schmeckte ihm gar nicht und – schon wieder rannte er in eine Sackgasse. Er ging ein paar Schritte zurück und fand eine kleine Glastür, dahinter noch ein Treppenhaus. Schnell wollte er die Stufen herunter, aber wieder hörte er dieses grässliche „Hopp, hopp, hopp, wir holen dich, du Schwein". Noch hatten sie ihn nicht entdeckt, wo konnte er sich verstecken? Tausend Zellen, aber in alle würden sie hinein schauen. In den Gängen – gefährlich, hier war von überall her alles zu sehen, nur ein Netz trennte die Stockwerke und erlaubte den Blick in alle Richtungen.

Noch ein Stock höher, vorbei am Netz, noch ein Treppenhaus, weiter, weiter. Willmann atmete heftig, sein Übergewicht machte ihm den Weg nach oben schwer. Immer noch die gellenden Rufe. Wir kriegen dich, wir kriegen dich.

Dann vierter Stock, Treppenende. Irgendwo musste es einen Aufgang geben – da, im Zimmer in der Gangecke führte eine enge Wendeltreppe nach oben. Der Lärm des im Gebäude ausgeschwärmten Jungvolks war beträchtlich und kam aus immer mehr Richtungen. Schnell ging Willmann in das Eckzimmer, aus dem man zwei Flure gleichzeitig überblicken konnte. Das war ein Fehler, wie augenblickliches Triumph-Geschrei zeigte, denn genauso wie man aus dem Zimmer heraus sehen konnte, konnte man in das Zimmer hinein sehen.

„Da ist der Verräter! Das Schwein!"

Wie versteinert stand Willmann da und sah zu, wie immer mehr kahlgeschorene Köpfe auf den Gang hinaus traten, in seine Richtung starrten und sofort zu laufen begannen. Hopp, hopp, hopp, hopp. Schon klangen die dumpfen Schritte durch das Treppenhaus, gleich würden sie hier sein. Seine Erstarrung löste sich, er griff nach dem Geländer der mit Taubenkot verdreckten eisernen Treppe, hastete nach oben und stieß gegen eine geschlossene Tür.

„Gleich haben wir dich, ho ho!"

Doch die Tür war offen, wie alle Türen in dem seit Jahren leer stehenden Gebäude und sofort umfing ihn die Dunkelheit des Dachbodens. Wohin? Da – ein winziger Lichtspalt, eine weitere Tür. Sie öffnete sich nicht, im

Dunkeln tastete er zum Schloss, spürte den Schlüssel. Schnell hatte er ihn umgedreht, dann abgezogen und war auf dem Dach im prasselnden Regen. Wenn er die Tür von außen abschließen konnte, wäre er gerettet. Das Blaulicht der Polizei zuckte bereits durch den Innenhof. Mit fiebrig zitternden Händen suchte er den Schlüssel ins Schloss zu bewegen, doch er fiel ihm herunter. Als er sich danach bückte, bollerten seine Verfolger bereits gegen die Tür. Gebannt sah er, wie sich der Türgriff nach unten bewegte und die Tür aufsprang.

Er sprang hoch und rannte los, weg von der Tür, aus der mit hämischer Freude seine Verfolger stürmten. Ho, ho, ho! Wo sollte er hin? Das zum Nachbargebäude ansteigende Dach war mit Stacheldrahtrollen abgesichert. Er hastete weiter, stolperte in vollem Lauf über den in das Bitumen der Dachdeckung eingebauten Blitzableiter und prallte gegen die Absturzsicherung. Dann waren sie zu viert über ihm, packten ihn und warfen ihn über das niedrige Geländer.

Einen kurzen Moment hielt Willmanns Hose am Stacheldraht fest und riss dann. Der Sturz aus dem fünften Stock war sofort tödlich. Das Blut aus Mund und Nase mischte sich mit dem strömenden Regen zu einer roten Spur, die sich vom schmutzig-grünen Belag des Männerhofs über das graue, glatt abgewetzte Basaltpflaster zum nächsten Gully zog.

*

Aus den steilen Wirtschaftswegen strömt vehement eine rote Masse, flutet breit die Straße und bringt den Straßengraben zum Überlaufen. An manchen Stellen ist die Strömung so stark, dass ich gegensteuern muss, damit mein betagter Golf nicht vom Asphalt gespült wird. Die Wassermassen des Wolkenbruchs reißen die offen liegende Erde in den Weinbergen mit auf ihrem Weg ins Tal. Sicher ist auch die Obergasse wieder teilweise überflutet, eine der am tiefsten liegenden Straßen in Appenheim.

Ich liebe es, wenn sich die Naturgewalten austoben, der Regen so niederprasselt, dass die Scheibenwischer des Autos das Wasser kaum wegschaffen können, wenn soviel Wasser und Schlamm auf der Straße ist, dass man fährt wie auf Schmierseife. Allerdings habe ich in weiser Voraussicht mein Haus an einer Stelle gebaut, wo bei solchen Witterungsverhältnissen keine Schäden entstehen sollten. So bin ich denn nach der Draisinentour wieder zu Hause, glücklich und geschafft. Es war eine eindrucksvolle Strecke, wir hatten viel Spaß, aber einen Beitrag zu Janas Familiengeschichte habe ich nicht gefunden. Ob wir morgen im und am Kinnsfels-Tunnel mehr Erfolg haben werden?

Am späten Abend ruft sie mich an und berichtet, dass sie nun das Kreuz ihres Urgroßvaters gereinigt hat, die Schrift aber nicht lesen kann, weil sie einfach zu klein ist. Ich habe ein Handmikroskop, damit sollte es funktionieren. Sie kommt sowieso morgen früh zunächst zu mir und wir wollen gemeinsam mit Felix zum Kinnsfels-Tunnel fahren.

*

Der Rest des Abends war in einem Chaos geendet, der der Mainzer und überregionalen Presse noch wochenlang exklusiven Stoff verschaffte. Willmanns Aufschlag auf dem Pflaster hatte im hinteren Bereich des prall gefüllten Innenhofs zu entsetzten Schreien geführt, die sich aber nicht bis zur Bühne fortgepflanzt hatten. In jedem Fall waren plötzlich mehr als 50 Polizisten in den Innenhof gedrungen und hatten alle Zugänge des Gebäudes besetzt – und das waren nicht wenige, denn der Knast hatte zwar zur Straße nur einen Ein- und Ausgang, im über hundert Jahre alten Komplex aber gab es zwischen den Gebäuden eine Vielzahl von Ein- , Aus- und Übergängen.

Die hübschen jungen Frauen am Eingang schalteten schnell und brachten die prall gefüllte Kasse unter der Schalttafel im Eingangszimmer in Sicherheit. Dann öffneten sie per Knopfdruck das Zugangstor, damit die Zuschauer schnell den Komplex verlassen konnten. Die aber dachten nicht daran, spielten "Die Knackis" doch weiter, gerade so wie die Band auf der Titanic, kurz vor dem Untergang. Nur keine Panik bitte! Kurz nach den Polizisten traf mit Blaulicht ein Johanniter-Notarztwagen ein und "Die Knackis" machten eine Pause. Dadurch entstand ein wirres Getümmel – einige Besucher drängten heraus, andere drängten herein, um zu sehen, was da los war.

Als der Notarzt bei Willmann war, konnte er nur noch den Tod feststellen. Die Schädelfrakturen waren zu schwerwiegend, so dass die Leiche gleich in die Gerichtsmedizin transportiert wurde. Der Einsatzleiter der Polizei sprang auf die Bühne, erklärte das Konzert für beendet und bat alle Besucher, sich am nächsten Tag einen Termin bei der Kripo zu holen. Die Band packte ihre Instrumente ein und die Zuschauer strömten auf die

Straße. Dann begann die eigentliche Arbeit für die Polizei, die das große Gebäude mit seinen tausend Ecken und Winkeln nach den Schwarzhemden durchsuchen musste.

Kurz nach Mitternacht fand sie den letzten, der seinen Rausch in einer Ecke des Dachstuhls in einem Haufen Taubenkot ausschlief. Zu dieser Zeit waren die Vernehmungen schon in vollem Gang und die Kripo machte Überstunden wie so oft. Je fünf Schwarzhemden wurden zeitgleich vernommen, Personalien fest- und lange Besucherlisten aufgestellt. Am frühen Morgen waren die meisten Skins mit dem Bus wieder auf dem Weg nach Berlin, einige aber wurden da behalten, weil sie auf dem Dach gewesen waren. Sie wurden noch am Sonntag dem Haftrichter vorgeführt, während Willmann im Kühlraum der Gerichtsmedizin auf seine Obduktion wartete.

*

Als Jana aus dem Auto steigt und ihre Haare mit einem Schwung in den Nacken wirft, huscht mir der Gedanke durch den Kopf, wie schön es wäre, wenn wir die Nacht zusammen erlebt hätten. Mir fehlt es, dieses aneinander Reiben, Riechen, dieses miteinander Verschmelzen, dieses ineinander Verschlingen. Die Lust auf Lust. Wenn wir nach dem Frühstück den Rest des Tages im Bett verbringen würden, mit aller Zeit der Welt den anderen erkunden und liebhaben könnten. Da ist er wieder, der Konjunktiv, der bei mir allzu leicht zur Bindehautentzündung entarten könnte, der Konjunktivitis. Hätte, wäre, wenn ...

Doch wir sind im Indikativ, sie hat das Kreuz dabei, sie begrüßt mich herzlich, sie kommt herein und wir schauen uns mit meinem Handmikroskop ihr Kreuz an. Es strahlt wie neu und ich drehe es so ins Licht, dass es nicht blendet und lese vor.

„Bruno, 1878."

„Meine Tante hatte es ja schon gesagt."

„Und darunter ... Mamma. Mit zwei M."

„Das ist mir nicht neu."

„Pardon: drei M."

„Drei? Quatsch!", eine kleine Pause, „Es sei denn, du meinst ..."

„Ja, das ist nicht bayrisch, sondern eher südbayrisch.“

Mamma mia – da bleibt eigentlich nur Italien. Gibt es in Italien den Namen „Haller“? Und wenn ja, dann wo? Schnell klemmen wir uns an meinen PC. Die Internet-Suchmaschine, gefüttert mit „cognomi italiani“, weiß schnell die Antwort: 102 Mal! Hier ein paar, da ein paar, keiner südlich von Rom. Fast hundert aber wohnen nördlich von Bolzano. Da ist das Nest!

„Deine Wurzeln liegen bei Bozen, Jana. Überrascht?“

Sie nickt stumm und ich spüre, wie es in ihr arbeitet. Das Geheimnis um ihren Urgroßvater – werden wir es vollständig lüften können? Warum wollte die Familie alles über ihn geheim halten? Weil er ein Ausländer war? Damals war der Überlebenskampf hart und nicht jeder konnte von seiner Arbeit leben, war auf Almosen angewiesen oder nahm, was er kriegen konnte. Reich verkehrte nicht gleichauf mit arm, arm bemühte sich, zu reich zu gehören. „Spiel nicht mit den Schmuddelkindern, sing nicht ihre Lieder“ hatte Franz Josef Degenhardt so schön getextet. Was hatte man da auch noch mit Ausländern zu tun? Die waren schlichtweg unerwünscht, gehörten nicht hier hin.

Wir machen uns auf den Weg und sind bald danach in Bad Kreuznach, wo Felix sein gutes Stück, gemeint ist der feinst gepflegte Kabelwagen, schon dekorativ vors Haus gestellt hat.

Felix weidet sich an Janas verblüfftem Gesicht. Ihr ist alles Militärische verhasst und sie hält automatisch Abstand zu dem Ungetüm. Immerhin bietet es reichlich Platz für unsere Utensilien, insbesondere für meine Kamera samt Stativ. Für mein fotografisches Tagebuch habe ich noch eine kleine Digitalkamera dabei. Die vordere Sitzbank ist breit genug für drei und so kommen wir auf der Strecke nach Oberhausen in den ungebremsten Genuss des Fahrtwindes, der uns so manche Fliege in die Augen treibt. Felix lässt die Kolben fliegen und treibt das Allradmobil mit ohrenbetäubendem Lärm auf nahezu achtzig Stundenkilometer.

Der Schotter knirscht unter den grobstolligen Reifen, als wir hinter dem Bahnhof Duchroth, der eigentlich Oberhausen heißen müsste und heute ein Campingplatz ist, auf die alte Bahntrasse einbiegen. Langsam rollen wir vorwärts, durch die Äste der Büsche und Bäume, die auf der verwilderten Strecke nach uns greifen und dann hinter uns zurück bleiben. Spuren fremder Anwesenheit sind nicht zu erkennen. Bergseitig stützen alte Mauern, mit Moosen und Flechten überzogen, den Hang; rechts verschwindet im dichten Grün der Abhang zur Nahe. Der Bewuchs wird dichter, der grüne

Hang zum Wald rückt immer näher und auch zur Nahe hin steigt nun das Gelände an. Dann schält sich aus dem dichten Grün der Tunneleingang. Dekorativ gemauerte Abschlusssteine, von oben und den Seiten strecken Äste ihr helles Grün in den freien Raum. Die Trasse führt geradewegs ins Dunkle. Ein Baum ist an der Bergseite umgestürzt und liegt quer über der Öffnung, gerade in Höhe des Fahrerhauses. An eine Säge haben wir leider nicht gedacht, wir müssen zu Fuß weiter. „Endstation, alles aussteigen!". Felix schaltet den Motor aus und zieht seine Stirnlampe über, Jana nimmt die beiden Taschenlampen und meine Fotoausrüstung an.

Die vorher durch die Blätter sanft gemilderte Sonne weicht am Tunneleingang einem fahlen Mischlicht, die Geräusche wirken gedämpft. Im Innern wird es immer dunkler und die Luft trocken und staubig. Grober Gleisschotter bedeckt vollständig den Tunnelboden. Ein Ausgang ist nicht zu sehen, der Tunnel macht eine Linkskurve. Auf der rechten Seite eine dunkle Mauernische wie im Meisenheimer Tunnel, doch sie diente nur zum Schutz bei Zugdurchfahrten und enthält nichts Interessantes. Jana hat eine Gänsehaut auf ihren nackten Armen und zieht sich eine Jacke über.

Auf der Wand tauchen handgemalte Zahlen auf, 18, 19, 20 und so weiter, Positionsmarkierungen für die Waggons, falls ein Zug hier Schutz suchte. Doch hier ist schon seit fünfzig Jahren kein Zug mehr gefahren. Das Gewölbe und die bergwärts gelegene Seite sind aus Ziegelsteinen gemauert, die Seite zum Tal ist grob verputzt, wahrscheinlich wegen der Kurvenradien der Waggons nachträglich erweitert, erklärt Felix. Langsam gehen wir weiter, gewöhnen unsere Augen an die zunehmende Dunkelheit, doch ohne unsere Taschenlampen müssten wir uns vorwärts tasten. Felix geht vor, dann Jana, der die Umgebung offensichtlich nicht behagt.

„Das ist ja ungewöhnlich!"

Felix leuchtet in die nächste Nische, wieder auf der rechten Seite. Sie ist tiefer als die erste, war mit roten Ziegelsteinen zugemauert und dann wieder aufgebrochen worden. Durch die Öffnung sieht man einen Haufen Steine, aus denen eine rostbraune Eisenleiter nach oben führt. Mit einem kräftigen Ruck testet Felix die Belastbarkeit, steigt auf die erste Stufe, dann die zweite und ist schließlich nach oben verschwunden. Dann schabende Geräusche und ein leichter Fluch.

Als ich an die Treppe trete und nach oben leuchte, erkenne ich Felix, der sich gegen den Fels abstützt.

„Hier geht ein Gang hoch – aber da kommen wir nicht weiter! Die auf das Gewölbe führende Leiter ist kaputt, die Steine sind zu glatt."

„Ein Gang – das ist ungewöhnlich für einen Tunnel. Wozu hat man den angelegt? Es muss jedenfalls in der Bauzeit gewesen sein."

„Als mein Urgroßvater daran arbeitete", konstatiert Jana, die so dicht bei mir steht, dass ich ihren beschleunigten Atem spüre.

„Wir sollten uns eine Leiter besorgen."

Felix kommt schnaufend die Leiter herunter, seine Wangen und Augen glänzen vor Jagdeifer.

„Vielleicht brauchen wir das gar nicht. Es zieht stark im Aufgang – da muss noch ein weiterer Zugang sein!"

Konzentriert gehen wir weiter, lassen unsere Taschenlampen durch den Tunnel wandern, neue Zahlen tauchen auf, neue Nischen, alle auf der Talseite, doch kein weiterer Eingang. Dann öffnet sich ein helles, grünes, halbrundes Fenster: Der Tunnelausgang Richtung Oberhausen. Wir haben den Scheitelpunkt des fast 300 Meter langen Tunnels erreicht und können, nahe der Wand, beide Ausgänge gleichzeitig sehen. Das herein streuende Gegenlicht zeichnet die Umrisse des groben Schotters genau nach. Den zweiten Zugang finden wir kurz vor dem Tunnelausgang Richtung Oberhausen in einer Nische auf der Bergseite.

„Das sieht gut aus!"

Kaum hat er ihn entdeckt, ist er schon auf der ersten Leiter und dann nach oben verschwunden. „Kommt nach!"

Mich packt jetzt das Jagdfieber und ich folge ihm schnell, nur Jana ist irgendwie in sich selbst versunken und trottet schweigend hinter mir her. Felix sitzt auf einem Vorsprung, seine Helmlampe leuchtet auf eine der Gewölberundung angepasste, rostgeschwächte Eisenleiter, die nach oben führt. Felix ist nicht mehr zu bremsen und klettert bereits weiter. Wenn die Leiter ihn aushält, dann sollte sie mich auch aushalten. Ich folge ihm ins Dunkle, hinter mir klettert das Leichtgewicht Jana behände über den Absatz und folgt mir. Die eisernen Halterungen sind schon lange aus der Wand ausgebrochen und die Leiter wackelt bedenklich, doch sie hält. Dann läuft sie eben auf Bruchsteinen aus und wir sind auf der Spitze des Tunnelgewölbes. Links ist eine größere Nische mit einem wilden Haufen aus Bruchsteinen, da muss ein Teil der Decke herunter gekommen sein.

Da sollten wir lieber nichts anrühren, vielleicht bricht dann noch mehr herunter. Rechts zieht die Luft in einen dunklen Gang.

„Interessant, interessant. Folgt mir."

Felixs Lampe wandert schon weiter. Der Gang ist teilweise in den gewachsenem Fels getrieben, meist aber bilden fein säuberlich aufgeschichtete Bruchsteine die Wände. An der Decke hängen kleine Stalaktiten, aber der Gang ist überwiegend trocken, der Boden eben. Zunächst noch über 1,80 Meter hoch, wird der Gang immer niedriger und nach mehr als hundert Metern sind es nur noch etwa ein Meter. Jana und ich bleiben stehen, während sich unser Anführer nicht aufhalten lässt und im Entengang die Engstelle passiert. Während sein Licht um die Gangbiegung im Dunkel verschwindet, legen wir unsere Taschenlampen auf den Boden und lehnen uns nebeneinander an die raue Wand.

Sie wirkt noch nervöser als im Tunnel und lässt es geschehen, dass ich meinen Arm um sie lege. Was hat sie?

„Beklemmt dich die Enge?"

„Nein, ich spüre etwas, etwas Ungutes."

„Die Braunhemden? Könnten sie uns gefolgt sein?"

In diesem engen Gang ist ein Entkommen ausgeschlossen, keine angenehme Vorstellung.

„Nein, wie sollten die uns finden? Die haben nur meine Email, keine Adresse und keine Telefonnummer. Ich weiß nicht, was es ist. Komm, drück mich."

Das lasse ich mir nicht zweimal sagen. Sie zittert zunächst stark und wird dann ruhiger, wiegt sich leise in meinen Armen. Schöne Erinnerungen flackern nur kurz in mir auf, denn wirkliche Hoffnungen auf ein erneutes Aufleben unserer Beziehung habe ich keine mehr. Da nähert sich ein Lichtschein durch den Gang. Felix ist auf dem Rückweg und berichtet, dass der Gang an dem nicht mehr begehbaren Aufgang endet. Gemeinsam wandern wir zurück und vermuten, dass der ungewöhnliche Gang entstand, als beim Tunnelbau zuviel gesprengt wurde. Tatsächlich ist der Fels über unseren Köpfen nur mit Rissen durchzogen, aber unmittelbar nach den Sprengungen hingen sicher lockere Brocken über den Bauarbeitern. So war das gemauerte Gewölbe notwendig geworden und damit der Hohlraum darüber entstanden.

„Hier könnte man einiges verstecken, aber gefunden haben wir bisher nichts."

Felix zieht trocken Bilanz.

„Keine Graffitti, keine Gürtelschnallen, keine Münzen, kein Brief und keine Zeitung. Oder hast du etwas entdeckt, Jana?"

Sie schüttelt den Kopf. Es war eigentlich von vornherein eine Schnapsidee, hier etwas zu suchen. Während Felix schon rückwärts auf die Eisenleiter zukriecht, lasse ich beim Warten in der Hocke meine Taschenlampe noch einmal über den herunter gebrochenen Steinhaufen wandern. Ein wildes Übereinander von grau-bräunlichen, massigen Steinen – doch da glitzert etwas! Eine Täuschung? Ich lasse den Lichtkegel noch einmal hin und her wandern und da ist es wieder. Sofort gehe ich näher, finde es aber aus dieser Position nicht mehr. Es muss ziemlich tief im Haufen stecken.

„Halt, Felix, kommt zurück, ich habe da was entdeckt!"

Er ist bereits auf dem Zwischenabsatz angelangt.

„Was denn?"

„Da glitzert etwas, ich brauche deine Hilfe, um es raus zu holen."

Das lässt sich der Jäger und Sammler nicht zweimal sagen und kurz danach steht er schnaufend vor mir und Jana. Es wird nicht leicht sein, das glitzernde Ding aus dem Steinhaufen zu ziehen, aber ein Zurück gibt es natürlich jetzt nicht mehr. Schnell sind die lockeren Steine vor dem Haufen zur Seite geräumt, aber dann klemmen die nächsten Steine, blockieren sich gegenseitig. Mit vorsichtigem Rütteln geht es da nicht weiter, aber wird bei bloßer Gewalt nicht Material nachstürzen und uns gefährden? Jana zieht sich schon einmal in den Abgang zurück und wir zwei Männer schaffen genügend Platz, um schnell zur Seite zu springen. Dann geht es los: Mit einem länglichen Stein hämmert Felix los, der erste Stein löst sich, dann der zweite, noch ist alles stabil.

Sorgfältig schichte ich die Steine an der Seite auf, dann nimmt mein Partner die nächsten heraus. Der Haufen knirscht. Nur noch ein paar Steine, dann müssten wir am Ziel sein. Die nächsten beiden Steine sind leicht, aber genau der letzte sitzt richtig fest. Felix hämmert los, während ich den Haufen im Blick behalte.

„Und jetzt!"

Er landet einen krachenden Schlag auf dem untersten Stein und der Haufen scheint es gehört zu haben, denn er kommt schlagartig in Bewegung.

„Weg!" schreit der Jäger und Sammler und springt in den Gang, ich zu Jana. Es kracht und poltert, eine Staubwolke hüllt uns ein und dann ist es totenstill.

„Alles ok, Felix?"

„Schei ... Staub" kommt es hustend aus dem Gang. Durch den starken Luftzug verzieht sich der Staub schnell und wir können unser Werk betrachten. Der ganze Steinhaufen ist in sich zusammen gekracht und hat sich teilweise in den Gang ausgebreitet, einzelne Steine sind in den Abgang gerollt. Felix putzt seine völlig verstaubte Brille am Hemdsärmel, was kurzfristig hilft und langfristig einen netten Mattier-Effekt erzeugt.

„Ihr Männer! Die Krone der Schöpfung!"

Jana ist völlig eingestaubt, bekommt einen Hustenanfall und schüttelt ihre plötzlich ergrauten Haare. Ich werde nicht besser aussehen. Aber aufgeben will auch sie nicht und hilft uns, die nun locker herum liegenden Steine sorgfältig an der Seite aufzuschichten. Die Taschenlampen werden langsam schwächer, aber mit den Ersatzakkus können wir weiter arbeiten. Unsere Gesichter sind verschwitzt, unsere Wangen glühen und längst haben wir das Zeitgefühl verloren. Dann die vorletzte Steinschicht, darunter muss das glitzernde Element sein – eine Münze vielleicht? Jana hat das Vorrecht, schließlich sind wir wegen ihr hier. Sie hebt den Stein an und hält triumphierend ein kleines Stück einer Kette hoch, das im Licht der Taschenlampen matt glitzert.

„Wenn das nicht zu meiner Kette passt!"

Sie zieht ihre Kette heraus, die sie vor der Kletterei in ihre Jeansjacke gesteckt hatte und hält beide nebeneinander. Neugierig gehe ich näher – tatsächlich, auf den ersten Blick sind die Glieder identisch und auch die Länge des nachträglich eingefügten Stücks stimmt weitgehend überein.

„Gratuliere! Dein Urgroßvater war hier!"

Jana nickt und bewegt nachdenklich das gefundene Kettenstück immer wieder durchs Licht. Der matte Schimmer wandert über das alte Edelmetall, immer wieder unterbrochen von den staubverkrusteten Stellen.

„Kommt, wir suchen weiter!"

Ihr Gesicht bekommt plötzlich einen entschlossenen Eindruck.

„Unsere Akkus werden noch etwa eine Stunde reichen", kommentiert Felix, „dann man los!"

Jede Gewerkschaft würde Zeter und Mordio ob unseres Arbeitstempos am Sonntag schreien, aber das interessiert uns natürlich überhaupt nicht. Zunächst kommen wir gut voran, der herunter gebrochene Haufen wird langsam kleiner und die neu aufgeschichtete Mauer immer höher. Dann sind die Steine wieder mehr ineinander verkeilt, die Gefahr, dass etwas nachstürzt, steigt. Felix zieht vorsichtig Stein für Stein zur Seite, doch dann bewegt sich nichts mehr, bis zur Decke sind alle miteinander verkeilt.

„Das könnte gefährlich werden."

Er tritt einen Schritt zurück und überblickt die Situation.

„Müssen wir wirklich aufgeben?"

Janas Enttäuschung ist spürbar.

„Wir haben nicht mehr viel Licht und sollten uns absichern."

Felix hat bei allem Jagdfieber ein gutes Gefühl für drohende Gefahren. „Wir können ja noch einmal wiederkommen."

„Lass mich nochmal suchen. Ich glaube, ich habe was gesehen."

Jana drückt sich an uns vorbei und leuchtet in die Lücken zwischen den Steinen.

„Da ist etwas! Etwas Weißes! Schaut her!"

Tatsächlich – ein Fetzen Papier, eingeklemmt. Wie sollten wir daran kommen? Unsere Akkus gehen langsam zur Neige, aber eine kleine Chance haben wir. Vielleicht geht es ja wieder gut, vielleicht hält die Gangdecke ja doch.

Mit viel Fingerspitzengefühl und kräftigen Steinschlägen geht Felix ans Werk und tatsächlich haben wir Glück. Vorsichtig löst er Stein für Stein und hält schon bald einen einfachen Briefumschlag mit verblasster Sütterlin-Handschrift in Händen. Den sollten wir uns in sicherer Umgebung einmal anschauen, denn die Stabilität der Gangdecke hat durch die letzte Aktion nicht unbedingt zugenommen. Zufrieden machen wir uns auf den Rückweg, vorbei an den weißen Zahlen auf den grauen, rauen Wänden. Als wir beim „Kübel" ankommen, umfängt uns feuchte, warme Luft wie ein schützender Mantel. Der Himmel erscheint uns blendend hell, obwohl die Sonne schon hinter den Bergen verschwunden ist.

Felix steuert sein Gefährt lackschonend durch das Gestrüpp neben der Trasse und ich hänge meinen Gedanken nach. Die Möglichkeit, dass die Kettenstücke zusammenpassen, ist auf den ersten Blick gar nicht so ungewöhnlich. So viele verschiedene Kettentypen dürfte es für ärmere Leute damals wohl nicht gegeben haben. Und ein herausgerissenes Stück dürfte nicht so selten gewesen sein in einer Zeit härtester körperlicher Arbeit, vor allem unter Tage.

Andererseits - der Teufel ist ein Eichhörnchen, hatte meine vor zwei Jahren gestorbene Tante immer gesagt, wenn sie erzählte, wie sie Bruder, Schwester und Eltern durch die Wirren des Kriegsendes geschleust hatte. Wie Gardinen zu Kleidern mutierten, die Stelle als Köchin mit entsprechender Kalorienabzweigung der ganzen Familie das Überleben gesichert hatte. Wie die Familie immer wieder zwischen Frankreich, Norwegen, Schlesien und Bayern zerrissen und nachher doch von ihr in Frankfurt zusammen geführt worden war. Wie gleichermaßen großmäulige wie großdeutsche Nazi-Funktionäre sie noch eine Woche vor Kriegsende mit der Verschickung in ein KZ bedroht hatten, um sich ein paar Wochen später mit einem Persilschein auf den von Parteigenossen wunderbar planierten Weg in die bundesdeutschen Gerichte zu machen.

Was wird der Brief verraten, den Jana an sich genommen hat? Er war genauso verschüttet wie das Stück der Kette, könnte, müsste also direkt damit zusammen hängen. Das könnte während der Bauzeit oder danach geschehen sein. Die Strecke wurde auch im Zweiten Weltkrieg intensiv genutzt. Ältere Leute können heute noch Sütterlin schreiben und lesen – darüber lässt sich die Zeit nicht wirklich eingrenzen.

Jana ist schweigsam, zieht den Brief aus der Jackentasche, versucht, ihn zu entziffern.

„Gert! Es heißt Gert!“, ruft sie plötzlich.

Ich weiche dem nächsten Ast aus, der von rechts ins Auto wischt, und drehe mich nach ihr um. Stolz hält sie mir den Umschlag entgegen und fährt mit den Fingern die Schrift nach. Tatsächlich – sie hat Recht!

„Aber dein Uropa hieß Bruno.“

„Ja. Vielleicht steht ja mehr im Brief?“

Die Umschlaglasche ist nur eingesteckt, im Innern ein kleines Blatt dünnes Papier. Es reißt gleich ein, als Jana versucht, es heraus zu ziehen. Um den Brief nicht zu zerstören, beschließen wir, der Neugier zu trotzen und den Brief ganz vorsichtig im Labor unseres gemeinsamen Freundes Mo zu öffnen. Er hat alle technischen Möglichkeiten, gerade wie die Kripo. Mit einem guten Gefühl verabschieden wir uns am Kuhberg von unserem Chauffeur und fahren mit meinem Erdgasmobil nach Hause. Nachdem Jana wieder nach Wiesbaden abgedüst ist, kommen Erich und Rita vorbei, meine Nachbarn. Erich fragt, ob es mit mir und Jana wieder klappt und erzählt so ganz nebenbei, dass nach unserer Abfahrt Richtung Kreuznach ein goldfarbener aufgemotzter Benz mehrfach vor dem Haus vorbei gefahren sei und dann eine Weile auf dem Wirtschaftsweg oberhalb geparkt habe. Er und seine Rita seien zufällig da spazieren gegangen und im Auto hätte ein junger Kerl mit kurzen Haaren gesessen, ganz in schwarz.

*

„Wochenend und Sonnenschein und dann mit dir im Büro allein ..."

„Lass mich in Ruhe mit deinen Gassenhauern! Scheiß Job!"

„Wenn du geregelte Arbeitszeiten willst, dann musst du dir was anderes suchen" grinste Wülfing seinen jungen Kollegen an, der noch so einige Jahre mehr als er im Beamtendienst vor sich hatte. Er hatte das Ausschlafen mit Elvira so richtig genossen, dann den Tibet-Terrier ausgeführt und war bei der Rückkehr mit einem Brunch verwöhnt worden. So war er gut gelaunt zur Arbeit erschienen, während Hajo allein im Doppelbett das Junggesellen-Dasein mal wieder so richtig verflucht hatte.

Ihr Schreibtisch war wie üblich mit viel Papier dekoriert. Die Ergebnisse der Spurensicherung umfassten einen ganzen Stapel Papier, denn Willmann hatte im Gegensatz zum untergetauchten Karl Krabig eine rege Korrespondenz mit allen möglichen Ämtern und Behörden, nicht nur als Schreiber für verfolgte Kameraden, sondern auch als HartzIV-Empfänger. Eins aber hatte er mit ihm gemein: auf seinem Notebook war dieselbe Handy-Nummer wie bei Karl Krabig vermerkt – natürlich wieder ohne weitere Angaben. Er und Krabig hatten also denselben Ansprechpartner - vielleicht einen Ober-Nazi? Die Kollegen hatten in den vergangenen Tagen öfter versucht, die Nummer zu erreichen, waren aber stets erfolglos geblieben. Neben der Personalakte lag eine mit „Vertraulich – Nur für den Dienstgebrauch" überschriebene Mappe des Verfassungsschutzes, dann ein Stapel mit Vernehmungsprotokollen.

Es war kurz nach zwei, das Wetter gut, die Stimmung nur bedingt. Oberkommissar Hajo Hessinger muffelte vor sich hin, wollte er doch lieber im Biergarten an der Spitze des Winterhafens seinen Marktwert beim weiblichen Geschlecht testen. Der prominente und bestens besuchte Platz wurde jede Saison an einen anderen Pächter vergeben. In diesem Jahr hatte das „Kleine Andechs“ den Zuschlag erhalten, gleich die Stuhlkapazitäten erweitert und alles ein wenig gefälliger gestaltet. Leider hatten dabei die Currywurst-Preise schwindelnde Höhen erreicht. Vier Euro fünfzig für eine Currywurst mit Pommes fand nicht nur Hajo reichlich übertrieben, obwohl an dem schönen Platz bei heißem Wetter immer eine frische Brise wehte.

In der Neustadt stand die Hitze unbeweglich und die Höhe des Papierstapels mit den Vernehmungsprotokollen nahm nicht merklich ab, obwohl der Oberkommissar und sein Kollege immer mal wieder ein paar Blätter vom Stapel nahmen.

„Fünfzig Protokolle! Warum treten die immer in Rudeln auf?“, fragte er und beantwortete die Frage gleich selbst. „Weil sie sich stärker fühlen und uns mehr Arbeit machen wollen. Sie werden sagen, dass sie zum Spaß durch den Knast gerannt sind, wetten? Ho, ho, ho.“

Auch Hessinger gellten die Rufe noch in den Ohren. Er hatte zusammen mit Wülfing und einigen Kollegen rechtzeitig vom braunen Vorhaben erfahren und das Konzert von der Seufzerbrücke und aus dem Übergangsbereich vom Vollzugstrakt in den Verwaltungstrakt aus beobachtet – ohne das Geschehen verhindern zu können. Jetzt hatten sie die Leiche und die Sonntagsarbeit obendrein.

„Vielleicht liegt die Lösung bei denen, die nicht in den Knast rannten“, warf Wülfing ein, „der Spindel war ja da, samt Schwester und dem Messer.“

„Und sie bleiben brav beim Bierstand, als plötzlich dieser Willmann losrennt und die Berliner hinterher. Bis ihnen ihr Altkamerad fast vor die Füße fällt.“

„Wenn der nach dem Verfahren in Trechtingshausen seine wohltemperierte Zelle bezogen hätte, wäre ihm nichts passiert.“

„Hätte, wäre, wenn. Der Verfassungsschutz meint jedenfalls, dass Willmann einer aus der Führungsriege war, dazu dieser Spindel, dann der Messer. Von wem die Schlapphüte die Infos haben, steht natürlich nicht drin.“

„Da gab es doch vor dem Konzert eine Mail von einem gewissen „Scharnhorst“ – ob die einen Machtkampf in Führungsebene ausgelöst hat? Oder irre ich mich, Kollege?“ Wülfing grinste vielsagend. „Wenn die nervös werden, kommt vielleicht was in der Sache Krabig heraus.“

„Die Leiche im Kornfeld mit dem ganzen Medienzirkus hat mir sowieso gereicht, jetzt noch die aus dem Knast. Morgen werden wieder alle fragen, wie das passieren konnte, warum wir da waren und es trotzdem dazu kommen konnte. Sch ... Job!“

„Amtsmüde, Hajo? Du fängst ja früh an, obwohl es für dich ja nur noch ... sagen wir mal 35 Jahre sind.“

„Wie bitte?“

„Bis du in Rente gehst, ist das Rentenalter sicher bei 70 oder mehr.“

Alles Lamentieren half nichts, die Arbeit musste getan werden. Die Vernehmungsprotokolle entpuppten sich als ziemlich unergiebig; eigentlich hatte keiner der Skins so recht angeben können, warum er im Knast herum gerannt war. Das Schlimme war, dass man es den tumben, alkoholisierten Gesellen in ihrem Herdentrieb teilweise sogar glauben konnte. Ergiebiger waren immerhin die herbeigefaxten Erkenntnisse des Verfassungsschutzes. Messer sollte erst vor etwa zwei Jahren zur Gruppe gestoßen sein, ein ewiger Student. Die Drahtzieher aber sollten Willmann und Spindel gewesen sein. Willmann war nun tot und Spindel sei zwar in der Szene aktiv, aber strafrechtlich sei er bisher nicht „... in Erscheinung getreten“. Sogar seine Wohnung in der Hochgesandstraße war vor zwei Jahren ergebnislos durchsucht worden, nachdem er wegen des Verbreitens rechtsradikaler Schriften und von CDs mit entsprechendem Inhalt anonym angezeigt worden war.

Allen gemein war, dass sie keinen Vollzeitberuf hatten. Hier eine kleine Rente immerhin, da ein Student mit Gelegenheitsarbeiten, der Spindel gar ein Multitalent, verkauft gelegentlich Autos und hat einen Saisonjob beim Grünamt auf 400 Euro-Basis zu Pflege wilder Wiesen in der Oberstadt. Allen gemein war aber auch, dass sie anscheinend nicht schlecht lebten. Insbesondere Spindel hatte offensichtlich genug Geld für seinen tollen Schlitten und was er sonst noch so hatte. Auch Willmann musste seinen PC und seine Internet-Kosten irgendwie bestritten haben.

„Vielleicht sollten wir mal da vorbei schauen. Irgendwo muss er die CDs ja lagern.“

„Die Lieder sind schnell aus dem Internet gezogen und für wenig Geld gebrannt. Der wird nicht so dumm sein, einen Stapel auf Vorrat zu produzieren. Einen Durchsuchungsbefehl werden wir außerdem wegen seiner bloßen Anwesenheit im ehemaligen Knast nicht bekommen."

„Ich weiß, aber wir können uns ja mal das Umfeld anschauen und vielleicht lässt er uns ja doch herein. Sagen wir morgen Nachmittag."

Um vier waren sie endlich mit dem Papierkram durch. Hajo ging auf die Pirsch und Herbert besuchte mit Elvira ein Konzert im Frankfurter Hof. Die lauen Sommernächte in Mainz haben etwas Magisches.

*

„Na ja, sieht doch gar nicht so schlecht aus. Zwar etwas verblasst, aber noch gut lesbar."

Dr. Moustafa zieht seine Brille etwas die Nase herunter und lugt über den oberen Rand auf den Umschlag. Unser Freund Mo hat ein Labor in diesem alten Bau am Welderweg 15, dessen Tage gezählt sind: In zwei Jahren soll der Altbau des ehemaligen chemischen Instituts abgerissen werden. Die Gänge in dem kantigen Bau mit der schön geschwungenen Treppe sind immer noch von einer penetranten Mischung aus dem Muff von tausend Jahren und Laborgerüchen geprägt. In seinem Labor riecht es besser, denn an sieben Tagen in der Woche analysiert er Fruchtsäfte und brutzelt ständig Früchte- und Kräutertees auf dem Labortisch. Auch am Sonntag ist er da und hat nur die sonst unvermeidliche Pfeife auf meine Bitte hin mit seinem Pfeifenbesteck gelöscht.

„Das Wort „Gert" habt ihr ja schon gelesen, das dürfte wohl dieses Wort hier sein. Ich kenne diese Schrift nicht. Mal sehen, ob noch mehr darauf steht" stellt er fest und legt den Brief in eine abgedunkelte UV-Box, wendet von der Vorder- auf die Rückseite. „Nein. Wie kommt es eigentlich, dass die Schrift noch so gut erhalten ist, obwohl das Papier schon so alt ist?"

„Es lag Jahrzehnte im Dunkeln, im Trockenen."

„Aha, gute Konservierung."

Die Schrift ist deutlicher als auf dem Umschlag, das blaue Licht verstärkt die Kontraste zusätzlich. Es sind nur ein paar Zeilen in Sütterlin, eine ungeübte Handschrift.

„Lieber Gert

Vergib mir, ich geh weg.

Emma“

Mehr steht nicht drauf, wir können das Papier drehen und wenden, wie wir wollen.

„Das ist ...“, beginnt Jana und bricht gleich wieder ab. Man sieht, wie es in ihr arbeitet.

„Was ist?“

„Meine Urgroßmutter hieß Emma ... aber wer ist dieser Gert?“

Der Name ihres Urgroßvaters war Bruno und nicht Gert – wieso schreibt Emma an einen Gert, dass sie weg geht? Und wie kommt der Brief an eine Stelle, an der wahrscheinlich zeitgleich Bruno war?

Vielleicht ist ja alles ein Hirngespinst und das im Kinnsfels-Tunnel gefundene Kettenstück passt gar nicht zu Janas Kette. Das würde bedeuten, dass es gar nicht Bruno war, der da ein Stück einer Kette verloren hatte. Wir schauen lange durch Mos Mikroskope, im Durchlicht und Auflicht, bei Tageslicht und UV-Licht – es gibt keinen Zweifel: Das von uns gefundene Kettenstück passt genau zu Janas Kette. Bruno war im Kinnsfels-Tunnel gewesen und in unmittelbarer Nähe hatte der Brief gelegen. Es erscheint nicht nur mir sehr unwahrscheinlich, dass Emma zu einem Treffen mit ihrem offensichtlichen Geliebten einen Brief an einen anderen bei sich gehabt hatte. Im düsteren Gang muss die Lösung dieses Rätsels noch auf uns warten.

Wir müssen noch einmal in den alten Tunnel, noch einmal in den Gang, noch einmal Steine beiseite räumen. Aber diesmal werden wir unsere Ausrüstung an diesen Zweck anpassen. Sinnvollerweise sollten wir die Kripo über unseren Verdacht informieren. Ich greife zum Telefon und rufe Herbert an, aber weder er noch Hajo sind im Büro. Ein Kollege meint, dass sie den Rest des Sonntags frei hätten. Ich solle es morgen erneut versuchen. So verabrede ich mich mit Jana für den folgenden Tag, Montag, wieder wie gehabt. Felix hat leider keine Zeit, montiert an irgendwelchen Antennen für den Katastrophenschutz herum und so werden wir zur Abwechselung mit Janas Laubfrosch der alten Bahnstrecke an der Nahe folgen.

*

So abgebrüht, wie er sich nach außen gab, war Eugen nicht unbedingt. Tatsächlich kam durch Willmanns Tod kurzfristig einiges an zusätzlicher Arbeit in sein Leben. Zwar hatte er mit dem Bauernopfer die Berliner Kameraden ruhig gestellt und auch der ominöse „Scharnhorst" hatte sich nicht mehr gemeldet. Aber die Internet-Aktivitäten des Ex-Lehrers musste Spindel jetzt selbst übernehmen, denn darüber fanden die meisten neuen Kameraden zur Gruppe. Offensichtlich war Willmann der ominöse „Scharnhorst" gewesen, seine Angst und seine Selbstzweifel hatten ihn verraten und das Volk hatte ihn gerichtet. Außerdem – so richtig geheuer war er ihm sowieso nie gewesen, hatte der doch den ehemaligen Lehrerstatus arrogant vor sich her getragen. Eugen hatte diese Distanz zu spüren bekommen, als er noch jünger gewesen war und sich insgeheim etwas väterliche Führung gewünscht hatte. Nun war er nicht mehr auf ihn angewiesen.

Er holte sein Ritterkreuz hervor und schaute lange das zugehörige schwarzweiße Bild mit der hehren Soldatengestalt an, den klaren, sicheren Blick, das Ritterkreuz am Band. Einer der wahren deutschen Ritterkreuz-Träger, ein Held aus klaren Tagen. Als das Nordische noch Leitkultur war und nicht das wirre Multikulti. Wie konnte man heute noch zum Helden werden? Die alten Kameraden ließen einen zwar publikumswirksam aufmarschieren, doch wenn es dann einen Wahlerfolg gab, verteilten sie die fett dotierten Mandate in den Parlamenten und Stadträten nach Gutsherren-Manier untereinander. Das war nicht anders als bei den so genannten bürgerlichen Parteien. Protzten mit feinst renovierten Autos aus der Reichszeit und jüngst sogar echten Gemälden vom Führer. Um das Fußvolk bei Laune zu halten, ließen die Oberen dann ab und an gönnerhaft mal was springen, Freibier für alle, anerkennendes Schulterklopfen für die Ordner. Prost Kameraden!

Nein, Eugen reichte seine Rolle schon lange nicht mehr. Die Verantwortung für die Sache war ihm wohl bewusst und erforderte eine klare Führung – auch, was seine Schwester betraf. Sie hatte Janas Slip von ihrem Verlobten mitgebracht, ohne es zunächst zu bemerken, was schon erstaunlich war. Dass Jana bei Albert ihren Slip liegen gelassen hatte, schien dagegen schon eindeutig: Sie hatte mit ihm geschlafen. Ihr Interesse an ihm war wohl nur geheuchelt gewesen, um ihn auszuhorchen. Sie hatte sich nach ihrer ersten Nacht nicht mehr gemeldet und beim Konzert im Knast keinen Kontakt zu ihm aufgenommen, obwohl sie wusste, dass er da war.

Er hätte sie nicht an die Gruppe und sich heran lassen sollen, nur auf die Bemerkung von Albert hin, dass er sie vom Studium her kenne. Wenn sie nicht sauber war, dann würde sie genauso behandelt wie alle Verräter, auch Karl, der da mit warmen Worten aus dem Osten gekommen war.

Eugen machte sich auf den Weg, die Fragen selbst zu beantworten. Der erste Weg war nicht weit, so dass er radelte und seinen goldenen Liebling schonte. Als er auf den Welderweg 15 zufuhr, kam Jana gerade aus dem Altbau und unterhielt sich lebhaft mit einem Mann, während sie auf ihren Wagen zuging. Es trieb ihn, direkt zu ihr zu fahren, sie zur Rede zu stellen, doch das wäre unklug gewesen. Es waren zu viele Menschen auf der Straße. Eugen beobachtete die Szene, von der Skulptur am Eingang der Phil-Fak verdeckt. Janas Begleiter war dieser Mann, der beim Verfahren in Trechtingshausen ständig fotografiert hatte, der Journalist, dessen Bericht er in der AZ gelesen und archiviert hatte.

Eugen beobachtete noch, wie die beiden weg fuhren. Er hatte es nicht eilig, denn er hatte beim „Konzert im Knast" ein Ortungsgerät, in Denglish „Tracker", an ihrem Auto befestigt. Das gab ihm stets an, wo sich Janas Wagen gerade befand, solange die Batterie funktionierte. Wieder zu Hause, las er „Ronni Sander" als Verfasser des Berichts über die Verhandlung, in der Ex-Kamerad Willmann verurteilt worden war. Dann schaute er nach, wo sich Jana gerade befand.

Soeben fuhr sie über die Schiersteiner Brücke, stellte er zufrieden fest. Die nächste Meldung kam aus der Nähe des Hauptbahnhofs. Bald würde er wissen, wo sie wohnte. Doch es kam keine neue Meldung mehr, denn nach 16.45 Uhr war das Signal plötzlich verschwunden.

*

Albert hatte schlecht geschlafen, war öfter aufgewacht und wieder weg gedöst. Auch nachdem ihn die Geräusche des Gemeindegottesdienstes um elf Uhr geweckt hatten, schlief er wieder ein und hatte einen Alptraum, aus dem er aufwachte, als er sich im Schlaf aufrichtete und mit dem Kopf an das Regalbrett über seinem Bett stieß. Das Bild des sterbenden Willmann wollte nicht aus seinem Kopf. Wie er mit einem Schrei vom Dach stürzte und dumpf aufschlug. Wie er verkrümmt da lag und sein Blut aus Mund und Nase über das Pflaster lief und sich zunehmend mit dem Regenwasser mischte. Gabi war geschockt gewesen und im Getümmel nach Hause verschwunden, hatte ihn, ihren Verlobten, einfach stehen gelassen. Nur Eugen war scheinbar unberührt von allem gewesen, hatte sein Bier ganz gemütlich ausgetrunken und den ergebnislosen Bemühungen der Sanitäter zugesehen.

Als der Jurastudent endlich um eins aufstand, hatte er einen schlechten Geschmack im Mund, der auch nach einer kräftigen Portion Mundwasser nicht weichen wollte. Er schwang sich auf das Fahrrad und radelte zu Gabi, aber sie öffnete nicht und meinte an der Sprechanlage, dass sie allein sein wolle. Allein sein – gerade das wollte er jetzt nicht!

Er war sich nicht sicher, ob Eugen den Tod des Altkameraden wirklich gewollt hatte, aber dagegen unternommen hatte er jedenfalls nichts. Eins aber war klar: auch wenn der Behördenapparat lange brauchte, um auf Touren zu kommen: bald würde die Kripo bei ihm anklopfen.

Albert entschloss sich zu einem kleinen Abstecher, fuhr am Hauptfriedhof vorbei und danach die Zahlbacher Steig hoch, vorbei am Fort Josef zur Hochgesand-Straße. Wieso konnte und wollte Eugen in dieser gutbürgerlichen Gegend mit ihren hohen Mieten wohnen? Von den Einnahmen aus seinen Automobilverkäufen konnte er das alles schwerlich finanzieren und verdingte sich wohl deshalb in der Landschaftspflege, insbesondere dem Rasenmähen an den schwer zugänglichen Wiesen des Grüngürtels, beispielsweise rund ums Fort Josef. Ein moderner Balkenmäher kam da nicht gut hin und Eugen war gewandt mit der Sense. Das hatte er in seinem Elternhaus erlernt, hatte er einmal erwähnt. Mehr aber war nicht über seine Jugend zu erfahren und selbst seine Gabi wollte Albert nichts darüber erzählen, wiegelte immer ab. „Reden wir doch von der Zukunft, mein Verlobter“ war die Standardfloskel, die Albert nicht recht durchschauen konnte.

Eugens Benz stand direkt vor der Haustür, seine Wohnung war dunkel. Nur im Keller nebenan brannte Licht und es waren regelmäßige schabende Geräusche zu hören. Sie verstummten, als er klingelte, doch niemand öffnete die Tür. Albert wartete noch zwei Minuten und ging dann ums Haus. Der Flieder duftete, die Vögel zwitscherten und nur die mit überhöhter Geschwindigkeit die Kurven des Linsenbergs hoch brausenden Autos störten die Idylle. Auf dem Boden vor ihm lag ein schon leicht dürrer Stengel mit Blättern, die ihm so merkwürdig bekannt vorkamen. Er war kein Botaniker, interessierte sich nicht für „Grünzeug“ und die sporadischen Blumengeschenke für seine Gabi stellte er stets nach Lust und Laune aus den öffentlichen Grünanlagen der Stadt Mainz zusammen. Aber diese Blätter hatte er auf den T-Shirts eines Häufchens linker Demonstranten gesehen, die die Freigabe von Haschisch gefordert hatten.

*

Jana ist pünktlich um neun bei mir. Das Armaturenbrett des Twingos mit dem zentral angeordneten Geschwindigkeitsanzeiger ist genauso aufgeräumt wie ihr ganzes Leben. Wer von ihrer sexuellen Freizügigkeit auf ein ungeordnetes Leben schließt, irrt. Für sie ordnet sich alles einem großen Lebensprinzip unter: Der Freiheit. Nie würde sie jemand vorsätzlich verletzen, nie einen Freund allein lassen, sich aber auch nie gefangen nehmen lassen. Unsere Beziehung war in dem Moment zu Ende gegangen, als ich angefangen hatte, vom Zusammenleben zu sprechen, Zukunftspläne zu schmieden. Sie hatte lange überlegt und mir dann mitgeteilt, dass ich mir eine neue Beziehung suchen solle, sie würde es auch tun. So waren wir beste Freunde geblieben, denn ihr lag an mir und mir an ihr. Eine wertvolle Beziehung, der halt nur die sexuelle Komponente fehlt – leider.

Sie steuert den kleinen Renault sicher die Nahe aufwärts, an Bad Münster vorbei, wo die ehemalige Kanonenbahn auf die andere Naheseite wechselte und die Trasse heute als Fahrradweg dient. Norheim mit der Staustufe, dann der Stausee bis Niederhausen, wo es einen kurzen Weg zum Quecksilberbergwerk Schmittenstollen gibt. Es ist ein ganz anderes Fahren als mit Felixs nato-olivem Ungetüm aus THW-Beständen, dessen harte Federung jede Bodenunebenheit mit schmerzhafter Deutlichkeit an die Passagiere weiter gibt. Kurz vor zehn sind wir am Bahnhof in Oberhausen, den seit mehr als 50 Jahren keine Züge mehr passiert haben.

Heute werden Jana und ich allein im Kinnsfels-Tunnel unterwegs sein, denn Herbert und Hajo hatten sich ziemlich desinteressiert an unserem Vorhaben gezeigt, als ich mit ihnen vor der Abfahrt telefoniert hatte. Eigentlich hatten sie recht, denn ein mehr als 100 Jahre alter Brief in einem abgelegenen Tunnel ist nicht unbedingt ein Ansatzpunkt für aufwändige Kripo-Ermittlungen, aber ein wenig mehr Interesse hatte ich schon erwartet. Sie hatten wahrscheinlich genug mit den am Valenciaplatz festgehaltenen Skins zu tun, die im normalen Prozedere heute zur Untersuchungshaft in die JVA Rohrbach überstellt werden müssten.

So viel angenehmer die Fahrt mit Janas Laubfrosch auch ist, wir müssen ihn am Campingplatz stehen lassen und zu Fuß den letzten Kilometer zum Tunneleingang zurück legen. Zwar habe ich heute nur eine kleine, leichte Digitalkamera für alle Fälle dabei, aber das Gewicht von Hacke, Vorschlaghammer, Meißel und Lampenakkus machen den Weg über den vom letzten Wolkenbruch sauber gewaschenen Schotter zur Marathonstrecke. Die Sonne steigt langsam in den Zenith und wir sind froh über den Schatten, den uns der dichte Bewuchs zu beiden Seiten der ehemaligen Bahnstrecke spendet.

Endlich sind wir da. Das Tunnelportal zieht uns magisch an und saugt uns in die trockene Dunkelheit, wo die Farben verblassen und das grüne Leben im Freien dem grauen, rauen, gebrochenen und in Form gebrannten Stein weicht. Die Nische mit dem Aufgang scheint unverändert, wir kennen den Weg. Das Leichtgewicht Jana klettert vor und dann stehen wir vor den bis zur Decke miteinander verkeilten Steinen. Zunächst räumen wir das lose Geröll weg, so dass wir Platz zum Ausweichen haben. Dann kommt der Vorschlaghammer und schließlich die Hacke zum Einsatz, deren langer Stiel Sicherheitsabstand und Hebelwirkung verbindet.

Wir kommen gut voran, wechseln uns ab und schichten die herausgezogenen Steine in der Nische auf. Ab und zu mache ich ein Foto, wobei wir vor dem blendenden Blitz die Augen schließen. Die Wand vor uns wird immer kleiner, die Steine lassen sich immer leichter heraus ziehen. Da - eine mattsilbrige Metallplakette klemmt zwischen zwei Steinen. Sie ist im Taschenlampenlicht schlecht zu entziffern und so stecke ich sie ein. Jana macht weiter, zieht mit der Hacke die nächsten Steine heraus. Die Tunneldecke bleibt erfreulicherweise stabil. Dann sind wir durch.

„Ein Hohlraum“ stellt Jana fest, „reich mir mal die Lampe.“

Neugierig schaut sie durch die Öffnung, tritt dann zurück und schüttelt den Kopf, auf ihren schlanken Armen hat sich in Sekunden eine Gänsehaut gebildet. Ich lasse den Schein meiner Taschenlampe durch den Hohlraum wandern. Er ist recht klein, ähnlich der Nische in meinem Rücken, läuft allerdings noch etwas in Richtung der Tunnelachse aus, parallel zum Gang. Decke und Wandungen sind nackter, rauer Fels, wie nicht anders zu erwarten. Auf dem Boden aber liegt derber Stoff, alt und staubig, aus dem der Lichtstrahl einen Menschen heraus schält – oder besser, was davon übrig ist! Die Haut spannt am Schädel, die Augenhöhlen sind eingefallen.

Ich mache ein paar schnelle Fotos mit der Digitalkamera. Nachdem sich die Augen von dem grellen Blitz erholt haben, sehe ich, wie Jana bleich an der Wand lehnt und bewusst langsam atmet. Ich lege die Kamera auf den Boden und nehme sie in die Arme, halte sie fest. Sie zittert, ihr Körper ist ganz verspannt und so klettern wir sofort zurück, die Leiter herunter und so schnell es geht, aus dem Tunnel heraus, wo von den Hängen herab die grünen Äste nach uns greifen. Es ist schon nach eins. Der Tunnel scheint eine richtige Zeitmaschine zu sein.

Ich rufe Herbert an, aber der ist mal wieder nicht im Büro und wir hinterlassen eine Nachricht für ihn. Der Weg zurück über die Bahntrasse zieht sich scheinbar endlos und ich habe das Gefühl, dass wir beobachtet werden. Es ist zu still, einige Stimmen fehlen im Vogelkonzert und Amsel und Eichelhäher lassen vereinzelt ihre Warnrufe ertönen.

„Wer mag die Leiche sein, Jana? Dein Großvater jedenfalls nicht."

„Urgroßvater!"

„Er muss aber in direkter Beziehung zu ihr stehen. Als er seine Kette verlor, muss die Leiche schon da gewesen sein. Unmöglich, sie zu übersehen."

„Und wenn der Brief von Emma nun schon beim Adressaten angekommen war?"

„Du meinst ..."

„Natürlich" verkündet Jana spitz. „Ihr Männer seht mal wieder das Wesentliche nicht. Wenn Emma ihre Liebe gefunden hat und einem anderen Lebewohl sagt, dürfte der sehr eifersüchtig reagieren. Männer sind schlechte Verlierer."

„Du meinst, der hat den Brief bekommen und ist auf Bruno losgegangen?"

„Scheint mir logisch. Hier ein kräftiger deutscher Hunsrück-Bauer, da ein relativ kleiner Ausländer, der ihm die Frau weg nehmen will."

„Man sollte meinen, der Ausgang sei klar."

„Da hatte sich dieser Gert geirrt, offensichtlich. Sonst gäbe es mich nicht!"

„Dann könnte die Leiche dieser Gert sein und dein Urgroßvater sein ..."

„Halt den Mund!"

Schweigend legen wir den Rest der Strecke zurück. Links windet sich der Pendolino durch die engen Kurven der Nahebahn, vor uns ertönen langsam die Geräusche des Campingplatzes am ehemaligen Bahnhof. Jana ist sehr in sich gekehrt und als sie aus dem schmalen Feldweg rangiert, stößt sie rückwärts gegen einen halbhohen Stein. Es knirscht vernehmlich, aber als wir an der Stoßstange nachschauen, können wir oberflächlich nichts erkennen. Sie will so schnell wie möglich zurück nach Wiesbaden, setzt mich kurz zu Hause ab und braust dann weiter. Ich dusche erst einmal, wasche den Dreck des Tunnels und symbolisch der Vergangenheit von mir ab.

Danach fühle ich mich besser und sinniere im Schwingsessel mit Blick auf den Garten über das Geschehene nach. Mein Blick fällt auf die frisch gepflanzte Fächerpalme, die ich bei Rehner in Bad Kreuznach erstanden habe. Eigentlich sind diese Gewächse hier nicht heimisch, weil sie harte

Winter nicht überstehen sollen, aber diese wurde mir von der netten Verkäuferin als weitgehend winterhart geschildert. Wenn man schwere Steine in einem nach Süden offenen Halbkreis um sie anordnet, sind sie gegen den kalten Ostwind geschützt und werden des nachts von den am Tag von der Sonne aufgeheizten Steinen gewärmt. So können sich südliche Gewächse in unseren Breiten wohl fühlen, meinte sie. Der nächste Winter wird zeigen, ob sie Recht hat.

Auch Janas Urgroßvater war aus dem Süden gekommen, hatte sich hier niedergelassen und Nachkommen in die Welt gesetzt, obwohl er nicht sicher sein konnte, dass sein Geheimnis doch irgendwann entdeckt worden wäre. Er war ein Risiko eingegangen, aus Liebe, südländisch unbeschwert und hatte Erfolg gehabt.

Doch die Geschichte von dem durch den Wald irrlichternden Mann passt nicht zu Janas Vorfahren, denn er hatte schlichtweg keinen Grund, wieder zum Tunnel zurück zu gehen – ganz im Gegenteil. Natürlich ist etwas dran, dass es den Täter zum Tatort zurück zieht, aber er hatte ein neues, in eine Gemeinschaft eingebettetes Leben begonnen und tagelanges Wegbleiben wäre da nicht möglich gewesen, von dem Risiko der relativen Nähe zu Gerts Heimatort Oberhausen ganz zu schweigen.

Vielleicht ist alles nur eine Mär in einer verwunschenen Gegend, in der auch heute noch viel Freiraum für ungewöhnliche Geschichten ist. Vielleicht aber ist sie direkt mit der Blechplakette verbunden, der „Hundemarke“. Nachdem ich mit Wasser den Dreck abgespült habe, steht da eingestanzt

Josef Streit
Seesbach
18.3.83
ERS.BATL.R.I.R 37.K.3485

Die Zeichen sind auf einer Seite eingestanzt und das Stanzeisen hat sich auf der anderen Seite teilweise etwas durchgedrückt. Sonst ist die Rückseite leer. Die Buchstaben sind mit deutscher Genauigkeit per Hand eingestanzt. Ein Soldat aus Seesbach, also nicht allzu weit weg. Er ist 1883 geboren, eine Generation nach Janas Urgroßvater. Eine direkte Beziehung zur Leiche und zu Janas Großvater scheint fraglich. Die Truppenbezeichnung kann ich mir nur teilweise zusammenreimen, aber da können mir Spezialisten weiterhelfen.

Zunächst untersuche ich mit meinem Taschenmikroskop die Erkennungsmarke genauer. Bei 30-facher Vergrößerung entsteht eine regelrechte Kraterlandschaft mit einer Vielzahl kleiner Körner, die sich in den Vertiefungen festgesetzt haben, Staub aus dem Tunnel. Weitere eingeritzte Zeichen kann ich nicht erkennen. Vielleicht geben meine Fotos ja einen weiteren Hinweis, denn im Taschenlampen-Licht übersieht man vieles. Doch so sehr ich meine Sachen durchsuche, die Kamera ist nicht da. Ich rufe Jana an, aber auch sie hat sie nicht. Sie muss also noch im Tunnel liegen.

Um halb drei ruft endlich Herbert an. Er will mich abholen, ich soll den Führer zum Tunnel machen, so dass ich gleich meine Kamera holen kann. Er kommt mit seinem neuen Dienstbenz vorbei, Hajo ist bereits mit der Spurensicherung vorgefahren. Auf dem Weg nach Oberhausen hört sich Herbert die Vorgeschichte unseres Fundes beiläufig an, hakt aber sofort nach, als ich davon erzähle, dass der goldfarbene Benz des Jungnazis in der Nähe meines Hauses geparkt hatte.

„Und mit welchem Auto seid ihr heute zum Tunnel gefahren?“

„Diesmal mit Janas Auto, wir wollten mal abwechseln, weil ...“

„Moment“, unterbricht er mich, fährt rechts ran und greift sofort zum Handy, ruft eine gespeicherte Nummer ab, wählt sie mehrfach, dann eine andere Nummer, wieder mehrfach.

„Mist, wo bist du, Jana?“

Seine Stimme klingt besorgt.

„Sie müsste eigentlich zu Hause sein ...“

„Hast du dir mal überlegt, warum der Benz bei dir zu Hause auftauchte?“

„Der wird mir nachgefahren sein, aber meine Nachbarn passen ja auf.“

„Und hast du gesehen, ob er dir gefolgt ist?“

„Nein.“

„Und wenn er dir nicht nachgefahren ist, wie hat er dann dein Haus gefunden? Hast du mal an GPS gedacht?“

„Damit kann man seine Position bestimmen, aber wie sollte der Spindel die Position bekommen?“

„Das solltest du eigentlich wissen. Es gibt Geräte, die ständig über GPS ihre Position ermitteln und die dann in festgelegten Zeitabständen an eine vorher einprogrammierte Nummer senden. Die werden bei Diebstahlsicherungen für teure Autos eingesetzt oder von Speditionen, die so ihren Fuhrpark überwachen und steuern."

„Ein Tracker also? Du meinst, der hätte ein solches System an meinem Auto angebracht?"

„Nein, eben nicht – sonst wäre er ja nicht bei dir zu Hause gewesen, als du mit deinem Auto zum Tunnel bist. Das Gerät hat er bei irgend einer Gelegenheit an Janas Auto angebracht, sicher nicht zur Verzierung. Und mit ihrem Auto seid ihr ja heute zum Tunnel gefahren."

„Dann weiß er also, wo wir waren. Und er kann Jana nach Hause folgen."

„Ist dir klar, wie gefährlich das ist? Und woher hat der überhaupt ein Gerät, das so klein ist, dass Jana es nicht bemerkt? Die gibt es, aber das ist nicht Standard und teuer. Streng genommen, darf nur die Polizei so etwas haben."

„Aber natürlich gibt es übers Internet alles, was man bezahlen kann."

Herbert fährt wieder los und versucht erneut erfolglos, Jana anzurufen. So hinterlässt er ihr eine Nachricht auf dem Anrufaufzeichner, warnt sie vor der Gefahr. Sie soll gleich ins Polizeipräsidium kommen und den Wagen filzen lassen. Dass Herbert mit seiner Sorge nicht übertreibt, wird mir kurz hinter Niederhausen klar, als uns der goldfarbene Benz schnell entgegen kommt. Durch die tiefschwarz getönten Scheiben ist aber niemand im Innern zu erkennen, als der schwere Wagen an uns vorbei huscht.

„Angenommen, er hat so ein Ding, dann ist Jana in Gefahr! Hinterher!"

„Langsam, Ronni, streng genommen haben wir nichts gegen ihn. Er hätte euch ja durch Zufall gefolgt sein können, die alten Plätze ziehen magisch allerlei merkwürdige Tagediebe an."

Herbert biegt auf die Luitpoldbrücke nach Oberhausen ein. Als ich im Vorjahr um diese Zeit eine Radtour zur Sternwarte über Schloss Daun machte, war die Nahe nach der langen Trockenheit zum Rinnsal degradiert gewesen. Neben den Brückenpfeilern hatten damals ein paar unentwegte Kanuten ihr Gefährt durch das an vielen Stellen nur knöcheltiefe Wasser geschleppt und getragen. In diesem Jahr führte die Nahe viel Wasser und aus Süddeutschland waren gerade Überschwemmungen gemeldet worden.

Recht hat er, aber was wäre das Leben ohne ein wenig Abenteuer? Ich beschließe, Jana so oft wie möglich anzurufen. Vielleicht hört sie ihre Sprachbox ja nicht sofort ab. Falls sie in einem Funkloch ist, funktioniert zwar das Handy nicht, aber erfreulicherweise das Überwachungsgerät auch nicht, das ja seine Position über Handy weitermeldet. Falls sie denn wirklich ein solches Gerät am Auto haben sollte. Falls, falls, falls ...

Herbert schmeckt der lange Fußweg über die Bahntrasse nicht. Ohne großes Interesse an der schönen Natur stapft er über den Schotter, bis wir endlich in den Tunnel eintauchen und unsere Taschenlampen einschalten. Vor der Aufgangsnische steht ein geländegängiger Mercedes-Geländewagen, den sich die Spurensicherer vom Bundesgrenzschutz ausgeborgt haben.

Wir müssen mit unserem Aufstieg etwas warten, denn gerade klettern noch zwei Spurensicherer die Treppe herunter und befördern einen Sack aus schwarzem Kunststoff mit sich. Der Leichensack ist offensichtlich nicht sehr schwer. Der menschliche Körper besteht zu 80 Prozent aus Wasser und nach so langer Zeit ist das weitgehend weg. Haut, Sehnen und Knochen sind noch da. Nach dem Tod sieht ein Mensch halt nicht mehr sehr lange appetitlich aus, daran ändern die Balsamierungskünste von Cheops bis Lenin nichts. Als tröstliche Erklärung gibt es von den meisten Religionen den Leib-Seele-Dualismus. Interessanterweise gibt es zum Thema sogar in der Physik Überlegungen, die mit der Quantenmechanik zu tun haben.

Ob sie meine Kamera gefunden haben? Nein, da habe nichts gelegen, kommt die definitive Auskunft, jemand gesehen habe man auch nicht. Kollege Hessinger sei noch oben. Die beiden legen den Sack in den Kofferraum, reichen uns ihre Helme und packen ihre Geräte zusammen. Wir können nun nach oben klettern. Ob die verrostete Eisenleiter Herberts Gewicht tragen wird, ist eine überflüssige Sorge, denn eine neue, stabile Strickleiter ist auf das Gewölbe gelegt. Licht streut von oben über das gemauerte Gewölbe und lässt die Fugen zwischen den blanken Ziegeln deutlich hervortreten.

„Da seid ihr ja endlich, habt ihr noch einen Kaffee getrunken?“

Hajo ist nicht so gut drauf, hat mitten auf seinem blanken Schädel eine Schramme, über die er mitunter reibt. Er hat auf einen Helm verzichtet, will aber den Fehler nicht zugeben.

„Wir mussten laufen, der Herr ist wohl gefahren worden ...“

„Tja, wer kann, der kann ...“, schmunzelt Hajo schadenfroh, „wir sind hier übrigens soweit fertig. Die Leiche dürfte wohl eher etwas für die Vor- und Frühgeschichtler sein.“

„Hast du eine kleine Digitalkamera gesehen?“

„Nein, wo soll sie denn gelegen haben?“

Ich zeige auf die Nische, aus der ich die letzten Fotos gemacht hatte, aber Hajo schüttelt den Kopf. Herbert schaut sich interessiert um, geht ein paar Schritte in den Gang und kehrt wieder um.

„Ist ja erstaunlich, wo du dich mit Jana überall herum treibst.“

„Alles im Dienste der Wissenschaft und des Fortschritts. Hast du jemand hier gesehen, als du kamst?“

„Gesehen habe ich niemand.“

Vor dem Aufgang starten die Spurensicherer ihren Benz und das Dieselnageln wird von den Wänden ohrenbetäubend reflektiert und verstärkt. Wenn dieser Eugen vor der Polizei hier gewesen war, hat er das Kommen der Polizei sicher gehört, die Kamera eingesteckt und ist gegangen. Um dem Fahrzeug nicht zu begegnen, wird er naheaufwärts aus dem Tunnel gegangen sein und dann vielleicht an der Nahe entlang zurück. Wir sollten da mal schauen und ich überzeuge Herbert und Hajo, mich zu begleiten.

Ohne etwas Ungewöhnliches zu finden, folgen wir dem Trampelpfad an der zur Nahe hin abfallenden Hangseite. Von hier ist die Bahntrasse bestens zu übersehen, ohne dass man selbst gesehen wird. Endlich sind wir wieder beim Wagen und fahren zurück. Etwas krabbelt an meinem Bein hoch, ich habe eine Zecke aufgenommen. Schnell halten wir an und suchen unsere Beine und Arme nach den lästigen Parasiten ab und tatsächlich findet sich noch eine zweite an meinem rechten Unterarm, die kurz danach in die ewigen Jagdgründe für Blutsauger eingeht. Herbert und Hajo haben nichts gefangen und spotten über meine rechtzeitig unterbrochene Bereitschaft zur Blutspende.

Herbert kurvt gemütlich die Nahestrecke entlang, biegt aber in Bad Kreuznach erstaunlicherweise in die Badeallee ein. Hajo und ich sind verblüfft.

„Willst du ins Bäderhaus? Ist dir nicht warm genug?“

Hajo kennt die schöne Saunalandschaft aus eigenem Erleben.

„Nein. Ich vergaß, dass ich heute meinen ersten Bridge-Abend mit Elvira habe, hier im Kurhaus. Sie spielt jeden Montag von sechs bis zehn und heute ist für mich Premiere."

Herbert hält vor der Einfahrt zum Parkplatz und steigt dann aus.

„Wir sehen uns morgen, Hajo. Um neun im Büro."

So, so, dann will der altgediente Hauptkommissar sich mit den Damen in Gehirnakrobatik messen. Ich spiele lieber entspannt Doppelkopf mit Freunden, ohne Neuner, mit Hochzeit, Schweinchen, Karlchen und den vielen anderen Sonderwertungen, die das Spiel so interessant machen. Hajo übernimmt das Steuer. Als ich aussteige, um auf den Beifahrersitz zu wechseln, fällt mein Blick auf den Parkplatz, an dem umfangreiche Bauarbeiten stattfinden. Das Eckhaus direkt gegenüber dem Bäderhaus wird gerade abgerissen; ein großer Bagger schneidet mit einer überdimensionalen Kneifzange Balken und Eisenträger durch und schichtet sie auf einen großen Haufen.

Direkt angrenzend steht ein Bohrgerät auf der teilweise abgetragenen Decke des großen Luftschutzbunkers, der einer Tiefgarage weichen soll. Die 3,60 Meter dicke Stahlbetondecke ist bereits größtenteils mit vielen kleinen 20kg-Sprengungen zertrümmert und vom Bagger beseitigt worden.

Ich scheine indes nicht der Einzige zu sein, der sich dafür interessiert: der Goldbenz parkt auf dem Parkplatz, direkt vor dem Haus des Gastes. Neugierig gehe ich näher und schaue durch die dunklen Scheiben, doch der Wagen ist leer. Wo mag er sein? Der einzige Eingang zum Bunker sei während der Bauarbeiten nicht zugänglich, hatten mir Vertreter der Stadt erklärt, die anderen Zugänge, beispielsweise vom Kurhaus her, gebe es schon lange nicht mehr.

Eine Gruppe älterer Kreuznacher ist da anderer Meinung. Während sie zusehen, wie der Bagger sich durch das Haus frisst, schildern sie detailliert, wie sie im Bunker gewesen sind, erst vor einigen Jahren. Der Verbindungsstollen zum Kurhaus soll noch intakt sein, wenn er auch wie der ganze Bunker fast das ganze Jahr mehr oder weniger hoch unter Wasser stehe.

Hajo ruft schon – wir müssen los. Zu Hause setzt er mich ab und ich recherchiere in Sachen Bunker weiter. Es ist ein Monstrum mit über hundert Meter Gesamtlänge in L-Form und einer Breite von zwanzig Metern, gebaut 1940. Tatsächlich war er wegen des Wasserproblems nie genutzt worden. Zunnächst hatte man ihn noch mit Pumpen trocken gelegt, aber später die horrenden Kosten für die fast ständig laufenden, stromfressenden

Aggregate gespart. Und so war der Bunker konsequenterweise in jeder Beziehung überflüssig, diente halt nur als Fundament des Hauses des Gastes, und auch die Rheumaklinik wurde teilweise auf dem Betonklotz errichtet..

Endlich, gegen acht, ruft Jana an. Sie war den Nachmittag unterwegs gewesen, hatte das Auto in der Tiefgarage des Liliencarrees geparkt und das Handy darin liegen gelassen. Die Betonmauern hatten die Handy-Strahlung wirkungsvoll abgeschirmt und so war keine Verbindung möglich gewesen. Damit konnte auch das Ortungsgerät keine Verbindung bekommen, was ungemein beruhigt. Am nächsten Tag, Dienstag, will sie das Auto beim Landeskriminalamt in Mainz untersuchen lassen.

*

Aha, da war Jana wieder, lachend zur Kamera winkend. Ein unbekannter Mann mit Bart am Steuer eines blauen Borgward-LKWs, wie sie bei der Bundeswehr in den sechziger Jahren im Einsatz waren. Ein Haus am Hang, Ansichten von den Steilwänden an der Nahe bei Bad Münster, die teilweise zugewachsene Bahntrasse zum Kinnsfels-Tunnel mit einer lachenden Jana, die sich zum Fotografen umdreht. Er wollte es sich gegenüber nicht zugeben, aber es tat ihm weh, sie so lachen zu sehen. Die zum Gang führende Eisenleiter, die Leiche aus verschiedenen Blickwinkeln, vom Blitz hart und weiß beleuchtet, dann kam kein weiteres Bild mehr. Eugen betrachtete nachdenklich die Kamera in seinen Händen. Es war ein großer Vorteil, dass man bei Digitalkameras die Bilder direkt ansehen konnte.

Vom Tal klang gedämpft das Rumpeln des großen Abbruchbaggers zum Teetempel hinauf. Nachdem er sein Auto auf dem Parkplatz abgestellt und die Zugänglichkeit des Bunkers kurz taxiert hatte, war Eugen über die kleine Nahebrücke an der Kauzenburg vorbei zu dem prominenten Aussichtspunkt aufgestiegen, um die Bilder in Ruhe zu betrachten. Ihm war klar, dass er immer vorsichtiger werden musste, denn die Kripo hatte einige Berliner Kameraden festgenommen und er war sich nicht sicher, was die erzählen würden, nachdem die trunkene Kameradschaftsatmosphäre dem tristen Knastalltag, unterbrochen von stundenlangen Verhören, gewichen war. Seine Schwester Gabi würde nichts sagen, aber wie würde sich Albert verhalten?

Er selbst hatte am Morgen noch keine Vorladung im Briefkasten gefunden, obwohl ihn die Kripo sicher in ihrer Kartei erfasst hatte. Wahrscheinlich hatten sie mit den festgenommenen Kameraden erst einmal genug zu tun, aber es war nur eine Frage der Zeit, bis sie bei ihm vor der Tür stehen würden. Gut, dass er vorgebaut hatte, sie würden ihn nie finden. Nur sein Schmuckstück musste er gut unterstellen. Es war zu auffällig und ein Verkauf kam nicht in Frage.

Wieder rumpelte und krachte es von dem Schuttberg, der einmal ein Haus gewesen war. Der gelbe Bagger fraß sich unaufhaltsam durch das morsche Mauerwerk, während nebenan meist ältere Kurgäste im Thermalbad plantschten oder neben der kleinen Saline die salzhaltige Luft einatmeten. Sein Auto war aus der Ferne gut zu erkennen. Gerade gingen mehrere Personen um es herum. Eugen erkannte mit dem Fernglas diesen Journalisten, der schon beim Gerichtsverfahren gegen den Kameraden Willmann dabei gewesen war - und den Glatzkopf, der bei der Gefängnis-Aktion auf Polizeiseite tätig geworden war. Die beiden machten also gemeinsame Sache. Der Presse war nicht zu trauen und Jana schon gar nicht, denn sie war zusammen mit diesem Journalisten im Tunnel gewesen. Das Flittchen hatte ihn nur ausspionieren, ihn gegen Albert ausspielen wollen. Sein Hass wuchs, die Verräterin gehörte bestraft. Wo wohnte sie? Das Signal ihres Autos war nun schon eine ganze Weile verschwunden. Entweder war der Tracker defekt oder abgeschirmt. Wenn sie wieder auf einer normalen Straße fuhr, würde es wieder erscheinen.

Er wartete, bis der Journalist und der Polizist vom Parkplatz fuhren, und ging dann über die Kauzenburg hinunter zur Nahe und setzte sich vor dem Zugang zum Radon-Stollen auf eine Bank. Die Hinweistafel erklärte, dass in dem alten Stollen das radioaktive Edelgas Radon zu Therapiezwecken genutzt wurde, aber das interessierte ihn nur wenig. Die Bilder der Kamera gingen ihm nicht aus dem Kopf. Jana war sein nächstes Ziel, doch er musste vorsichtig sein. Die Kripo war ihm schon bedenklich nahe.

Erst als es dunkel war, ging er zu seinem Auto, fluchte über die hohen Parkgebühren und fuhr dann nach Mainz. Um seine Wohnung machte er einen großen Bogen und fuhr zunächst seinen Wagen vor ein großes Tor, dessen grüne Grundfarbe fast vollständig mit einer Vielzahl schlechter Graffiti überdeckt war. Es war seit Jahren nicht mehr geöffnet worden, aber nach handfestem Zureden drehte es sich widerwillig quietschend nach außen und öffnete den Zugang in eine große Tunnelröhre. Er fuhr den Benz in die Dunkelheit, stellte ihn ab und nahm einige elektronische Geräte und ein kleines, gutbestücktes Werkzeugetui aus schwarzem Kunstleder heraus.

Eine Viertelstunde später hatte er ein neues Auto, einen alten weißen Mercedes der Typklasse 123 mit völlig zugestaubter Frontscheibe und Anhängerkupplung. Das neben den Tennisplätzen und Bootshaus am Winterhafen geparkte Gefährt war offensichtlich schon einige Tage nicht mehr bewegt worden. Auf der Hutablage eine gehäkelte Mütze für die unzweifelhaft darunter befindliche Klopapierrolle, ein Regenschirm auf der Rücksitzbank, ansonsten war der Innenraum leer und sauber gewesen. Willig hatte sich das Türschloss geöffnet, und das Kurzschließen war eine Sache weniger Sekunden gewesen. Der Tank war voll, wie es sich für ein sorgsames Rentnerpaar gehört, das seinen Wagen nur noch selten brauchte.

Eugen fütterte sein Navigationssystem mit den letzten Daten von Janas Position und fuhr los. Theodor-Heuss-Brücke, Wiesbadener Landstraße, dann rechts in die Biebricher Allee. Kurz hinter der Kreuzung mit dem zweiten Ring hatte er die Koordinaten erreicht – aber keine Spur von Janas Wagen. Langsam fuhr er weiter und entging so der fest installierten Radaranlage hinunter zum Bahnhof. Wahrscheinlich war der Laubfrosch in der Tiefgarage des neuen Liliencarrées, so dass keine Signale nach draußen dringen konnten. Über den neu gestalteten Bahnhofsvorplatz marschierten zwei resolut aussehende Politessen im Gleichschritt in seine Richtung, so dass er sich schweren Herzens entschloss, selbst in die Tiefgarage zu fahren, um in Ruhe suchen zu können. Er hatte gerade das Ticket gezogen und war durch die Schranke gefahren, als er sah, wie recht er gehabt hatte: Jana fuhr gerade aus dem fast leeren Parkhaus und verschwand nach draußen, ohne ihn zu bemerken.

Fluchend kurvte Eugen ins Parkhaus hinein und musste am Kassenautomaten machtlos einem älteren Ehepaar zusehen, das mit einer ausgeprägten Gemütsruhe die Parkkarte mal in diesen und dann in jenen – falschen – Schlitz stopfte. Endlich hatten sie den richtigen getroffen, der Automat spuckte das Ausfahrtsticket aus und die beiden zogen ab, laut über die Tücken der Technik schimpfend. Keine Minute später war Eugen an der Ausfahrt, die Schranke öffnete sich und er war draußen. Auf dem Bordstein hielt er an, wartete auf das nächste Signal, aber es kam nicht. Nicht nach fünf Minuten, nicht nach zehn Minuten. War Janas Wagen wieder in einer Tiefgarage? Er parkte auf dem Seitenstreifen der Friedrich-Ebert-Allee und versuchte, den grünen Twingo ausfindig zu machen, blieb aber erfolglos.

So fuhr er gegen Mitternacht zurück zu seiner Wohnung, fand nicht gleich einen Parkplatz und kurvte so erst einmal um den Block. Ein auffällig unauffälliger Wagen stand direkt gegenüber seinem Hauseingang unter der Straßenlaterne. Man konnte in der Dunkelheit nicht ins Innere des grauen

Opel Astra Caravan sehen, aber die Fenster auf der Fahrer- und Beifahrerseite waren einen deutlichen Spalt geöffnet. Wegen der Diebstahlsgefahr würde niemand sein Auto hier so abstellen, ohne darin zu sitzen.

Solche Wagen waren typisch für die Kripo, die wollten zu ihm. Also kurvte er weiter, scheinbar nach einem Parkplatz suchend und überlegte. Wahrscheinlich hatte einer der Berliner Hohlköppe geplaudert. Eine starke Bewegung brauchte nützliche Idioten, aber allzu oft waren sie den wahren Zielen nicht wirklich verpflichtet und diese Schwäche konnte kritische Situationen schaffen. Die Kripo hatte die Chance in Bad Kreuznach verpasst. Dort hätten sie am Auto einfach auf ihn warten können. Offensichtlich

hatten sie die notwendige Information erst später bekommen und so ihre Chance verpasst. Nun wusste er Bescheid und war am Drücker.

Er musste erst einmal die Lage sondieren und fuhr über die Pariser Straße Richtung Alzey. Am Mainzer Kreuz fuhr er auf die A60 Richtung Bingen und griff am Mainzer Dreieck nach seinem Handy. Die Autobahn war frei, links die hohen Bäume des Waldrandes nach Finthen hin, auf der rechten Seite glitzerten die Lichter von Eltville und Kiedrich aus dem Rheingau herüber. Als er seine Schwester anrief, war sie trotz der späten Zeit sofort am Telefon. Sie konnte nicht schlafen und erzählte ihm aufgeregt von einem Besuch der Kripo am Nachmittag. Natürlich habe sie nichts gesagt und darauf hin eine Vorladung für morgen, Dienstag, bekommen. Albert habe ihr geraten, sich auf ihr Aussageverweigerungsrecht zu berufen und sei ansonsten kurz angebunden gewesen.

Eugen sagte, dass sie denen nichts zu sagen brauche und dass er wegen einer kurzfristigen Auslandsreise auf dem Weg zum Flughafen Hahn sei, aber bald zurück kehre. Der Benz schnurrte weiter durch die Nacht, vorbei an Heidesheim und dem beleuchteten Bismarckturm über Ingelheim, wo die Tigerzucht gerade Zuwachs bekommen hatte, wie die Zeitung berichtet hatte. Albert war sofort am Telefon, als er ihn anrief, wirkte aber erstaunlich ruhig. Das machte Eugen stutzig, erst recht, als der ihm riet, sich der Polizei zu stellen.

Er beendete das Gespräch, nahm den Akku aus dem Handy, fuhr bei Bingen-Gaulsheim ab und dann nach Mainz zurück, auf der schnurgeraden L419 an der Rheinwelle vorbei. In seiner Wohnung waren noch verschiedene Dinge, die er holen wollte. Als er eine Stunde später zu seiner Wohnung kam, nutzte er seinen besonderen Zugang, denn der Wagen vor seiner Haustür war immer noch da. Das Licht der Straßenlaternen reichte aus, so dass er kein Licht machen musste. Es fehlte nichts und seine

Spinnen waren noch mit dem Verdauen der letzten Mahlzeit beschäftigt. Sie würden noch eine ganze Zeit ohne neue Nahrung auskommen. Die Mäuse erhielten noch einen kleinen Futter- und Wasservorrat, dann verließ er die dunkle Wohnung wieder mit allem, was er die nächste Zeit brauchen würde.

Dass die Passagierkontrolle am Flughafen Frankfurt-Hahn nichts brachte, hatte Hauptkommissar Herbert Wülfing schon deshalb erwartet, weil dort nach Mitternacht außer ein paar Frachtmaschinen einfach keine Flugzeuge mehr abgingen. Die Handy-Ortung war auf der A60 vor Bingen abgerissen. So war er davon ausgegangen, dass dieser Eugen von der Überwachung Wind bekommen hatte oder es zumindest vermutete und so die Kripo auf eine falsche Fährte locken wollte. Wenn dem aber so war, würde er vielleicht doch wieder in seine Wohnung zurück kommen, in genauer Gegenrichtung der von ihm gelegten Fährte? So warteten die Kollegen die ganze Nacht in der Hochgesand-Straße – ergebnislos.

Wülfing und Hessinger überlegten, ob da nicht ein Maulwurf in ihren Reihen war, der den Neonazi vor ihren nächsten Schritten warnte. Aber vielleicht war Eugen einfach nur schlau oder gar beides.

*

Es roch nach Öl in der komplett gekachelten Werkstatt des Polizeipräsidiums, diesem Geruch, den Schrauberfreaks so lieben. Es war kurz nach elf und Jana hoffte, endlich das Gerät zu finden, mit dem dieser Eugen ihren Aufenthaltsort ausfindig machen konnte. Auf Janas Bitte hin war Hajo Hessinger dazu gekommen und schaute interessiert der Untersuchung zu. Nachdem im Innenraum und unter der Motorhaube kein Tracker zu finden war, hatte Werkstattleiter Bremser im blauen, frischgewaschenen Overall den grünen Twingo auf die Hebebühne geschoben. Jana schaute dabei ganz automatisch nach Rost und Ölflecken, kontrollierte Bremsbelagdicke und Radlagerspiel. Ihre Schrauberkenntnisse stammten noch aus der Studentenzeit, als sie ihre alten Kisten immer selbst repariert hatte.

Wo würde man ein Ortungsgerät einbauen? Speditionen bestückten ihren LKW-Fuhrpark damit, optimierten so Wege und erfuhren ganz nebenbei, wo sich ihr Fahrer herumtrieb. Diese Geräte waren etwa so groß wie ein kleines Handy und irgendwo mit dem 12V-Bordnetz, also der Batterie, verbunden. Ein solches Gerät konnte es nicht sein, das hätten sie sofort entdeckt. Es musste kleiner, batteriebetrieben und versteckt eingebaut sein, so wie die Diebstahlsicherungen in teuren Wagen oder Geldtransportern, die nicht einfach gefunden und ausgeschaltet werden sollten.

Steckte es in den Radkästen? Nein. Wo sollten sie noch suchen? War alles nur Einbildung? Aber wie sollte ihr der Neonazi sonst zu Ronni und dem Kinnsfels-Tunnel gefolgt sein?

„Dann müssen wir doch meinen Laubfrosch verwüsten“, meinte Jana seufzend, denn eine genaue Inspektion des Innenraums ging selten ohne bleibende Beschädigungen der Polster und Verkleidungen ab, wie sie von Wagendurchsuchungen nach Rauschmitteln wusste.

„Moment, eine Chance haben wir noch.“

Ein paar gezielte Griffe später lag die vordere Stoßstange vor ihnen – wieder nichts. Die Demontage des Stoßfängers am Heck war nicht so einfach, denn die Halterung auf der Beifahrerseite war von dem Rempler beim Losfahren am Kinnsfels-Tunnel leicht verbogen. Ein langer Schraubenzieher als Hebel löste das Problem und die Stoßstange gleichermaßen. Dabei fiel ein Gegenstand herunter. Beide bückten sich gleichzeitig nach dem schwarzen Kästchen, so dass Bremser einen tiefen Blick in den Ausschnitt seiner Ex-Kollegin erhaschen konnte und seine Gedanken kurz abschweifen ließ. Dann griff er das Kästchen mit einem „Samtess“ Kosmetiktuch und legte es auf die Werkbank.

Es war etwa so groß wie eine Streichholzschachtel und leicht deformiert. Der Kunststoff war durchgängig gerissen, und bei vorsichtigem Biegen klaffte ein Spalt auf, durch den man elektronische Bauteile im Innern sehen konnte. Auf dem Gehäuse selbst war keine Beschriftung bis auf ein direkt im Kunststoff eingeprägtes TÜV/GS-Zeichen mit einer Prüfnummer.

„Danke, Herr Bremser. Das muss ins Labor“, entschied Hessinger, verpackte alles in eine durchsichtige Kunststofftüte und lud Jana in die Kantine ein. Auf dem Weg ins Erdgeschoss gaben sie das defekte Gerät im Labor ab. Obwohl das Essen in der Kantine nicht schlecht war, störte sich Jana immer noch an der angestrengt wirkenden Atmosphäre im Kreise der ehemaligen Kollegen, die auch beim Essen nicht einfach so die Fälle abschütteln konnten, mit denen sie zu tun hatten. Sie war froh, vor ein paar Jahren von der Kripo weg und in die Psychologie gegangen zu sein. Nicht, dass der neue Job nicht ebenfalls anstrengend war und auch mit dem Negativen unserer Gesellschaft zu tun hatte, aber freier war sie schon. So konnte sie den Kontakt mit ihren Kollegen, vor allem mit ihrem väterlichen Freund Herbert Wülfing pflegen, ohne sich mit dem ganzen Drumherum zu belasten. Es erschreckte sie, wie sie beim kurzfristigen Rückfall in den alten Job plötzlich ausgekundschaftet und zur Zielscheibe geworden war. Das flotte Leben aus der Jugend und der Studienzeit passte nicht zum Kripo-Job.

„Da haben wir also das Corpus delicti gefunden", stellte sie sachlich fest und stocherte in ihrem Salatteller mit Putenbruststreifen herum. Ihr Hunger hielt sich in Grenzen.

„Ja – das Ding ist wirklich interessant."

Hessinger schaufelte ein paar Bratkartoffeln auf seinen Teller.

„Ich habe mich vor kurzem damit beschäftigt. Eigentlich dürften nur Sicherheitsorgane solche Geräte haben."

„Weil es so klein ist? Und die normalen Geräte wesentlich größer?"

„Auch, aber nicht nur. Selbst wenn solche Spionageartikel im normalen Verkauf nicht erhältlich sind, im Internet bestimmt. Vor allem die Israelis beliefern die ganze Welt mit ihrem Spionagezeug, Handy-Abhöreinrichtungen, Fenstermikrofone und so ein Kram."

„Daher stammt das also."

„Eben nicht."

„Und wieso nicht?"

Jana war verblüfft.

„Weil die Geräte aus dem Internet hier nicht betrieben werden dürfen. Und deshalb brauchen sie kein teures TÜV/GS-Zeichen. Genau das aber war drauf."

„Wurde das vielleicht geklaut?"

„Ausschließen kann man das nicht, aber das Gerät muss ja auf eine bestimmte Empfangsnummer programmiert werden. Warten wir auf die Kriminaltechniker."

Hessinger schnitt so fest durch seine Bratwurst, dass das Fett seitlich ein wenig spritzte. Er war gespannt, wer sich da an Janas Fersen geheftet hatte. Die Kollegen in der Kriminaltechnik würden schon herausfinden, an welche Handy-Nummer die SMS mit den Ortungsdaten geschickt worden waren, auch wenn das Gerät offensichtlich mechanisch beschädigt worden war.

„Haben die nun meine private Adresse?"

„Ganz ausschließen kann ich es nicht. Zwar ist das Gerät jetzt defekt, aber hast du dein Auto in den letzten Tager vor der Haustür geparkt?"

„Nein, ich ... war abends oft länger aus und habe es über Nacht in der Tiefgarage des Liliencarrées gelassen. Ich habe allerdings zwischendrin vor der Haustür geparkt." Jana fischte zwischen den Salatblättern ein paar Sonnenblumenkerne heraus und verspeiste sie.

„Und wo hast du die Schramme an der Stoßstange her?"

„Hmmh, am Kinnsfels-Tunnel hat es mal ein wenig geknirscht, vorgestern."

„Das war ein glücklicher Zufall gewesen, denn das Ortungsgerät hing per Magnet an der Stoßstangen-Halterung und so hast du es gleich außer Betrieb gesetzt. Seitdem hat er keine Daten mehr bekommen. Es ist unwahrscheinlich, dass er deine Adresse kennt. Seit gestern ist er übrigens verschwunden und auch sein Auto ist nicht mehr gesehen worden."

„Der hat Lunte gerochen. Habt ihr denn was Handfestes gegen ihn in der Hand?"

„Gleich zwei seiner Kameraden haben gesungen."

„Der Albert?"

„Aha, der Albert."

Hessinger grinste anzüglich.

„Nein, der Messer nicht. Noch nicht, er überlegte jedenfalls bei einigen Fragen ganz schön lang. Wenn wir den in die Zange nehmen, singt der, alle Wette. Die Plaudertaschen waren zwei von den Skins aus Berlin. Aber Messer sollte wissen, wo der Spindel steckt. Seine Schwester jedenfalls sagt gar nix, muss sie ja nicht als direkte Verwandte. Ist außerdem mit dem Messer verlobt."

„Sagt sie."

„Nein. Sagt er. Sie hat es allerdings auf Nachfrage nicht bestätigt."

„Ob der sich das nur einbildet? Oder glaubt, dass er damit die Aussage verweigern kann? Oder es gibt Stress in der Gruppe?"

„Könnte sein." Hessingers Diensthandy klingelte. Er legte die Gabel aus der Hand und nahm das Gespräch an. Es war das Labor, das bereits die vom Ortungsgerät angewählte Nummer heraus bekommen und seinen Kollegen benachrichtigt hatte. Wie eigentlich erwartet, waren die Positionsmeldungen an Spindels Handy-Nummer geschickt worden. Das sollte nun reichen, seine Wohnung zu durchsuchen; Herbert würde sicher bereits einen Antrag gestellt haben. Als auch Jana das restliche Grünfutter auf ihrem Teller vertilgt hatte, schauten die beiden im Labor vorbei.

„Ihr wollt sicher wissen, wieso ich das so schnell heraus gefunden habe", begrüßte sie der Techniker. „Ganz einfach: der Gehäusebruch hatte die Spannungsversorgung unterbrochen – eine neue Batterie angeschlossen und schon lief das Gerät wieder. Ist halt deutsche Wertarbeit und die Software hatte ich schon."

„Die Software?"

„Mit der das Ding programmiert wird – ich muss ja eingeben können, welche Handy-Nummer angerufen werden soll. Da ist ein richtiger kleiner Computer drin, der alles steuert. Deutsche Wertarbeit von einem Großunternehmen der Elektrik- und Elektronikbranche, bekannt als Bank mit der größten Entwicklungsabteilung. Genau dieses Ding wird von den Kollegen von Verfassungsschutz und BKA eingesetzt und auch von uns, wenn es denn teuer werden darf. Wie gesagt: Die Software hatte ich schon."

„So eins habe ich bei uns noch gar nicht gesehen."

„Gibt es bei gleichem Innenleben mit verschiedenen Gehäusen – möglichst klein, möglichst wasserdicht, möglichst große Reichweite oder möglichst stoßfest beispielsweise ... übrigens" er schaute Jana an und ein spöttisches Grinsen huschte über sein Gesicht, „wer hat denn dieses Wunderwerk der Technik so grob misshandelt?"

Sie kannte diesen dümmlichen Spott aus ihrer aktiven Zeit bei der Kripo noch gut. Was manche Männer sich auf ihre Fahr- und Technikkenntnisse einbildeten, war mit dem Wort Hybris treffend zu beschreiben und so war es schon rein sprachlich nicht verwunderlich, dass das Hybrid-Auto nun ein großes Thema bei Stammtischen und falsch beratenen Politikern war. Jana war froh über den Abstand, den sie nun dazu hatte. Sie war nicht mehr im Dienst und da musste schon viel kommen, um sie davon abzuhalten, den schönen Nachmittag mit ihren Freundinnen zu verbringen, dachte sie.

Sie dachte falsch, denn tatsächlich brauchte es dazu nicht einmal drei Gramm, genauer gesagt, ein Blatt Papier. Denn gerade als sie sich von Herbert in dessen Büro verabschieden wollte, spuckte das Fax den Durchsuchungsbeschluss für die Wohnung von Eugen Spindel aus und natürlich waren ihre Ortskenntnisse da gefragt. Die antelefonierten übernächtigten Kollegen waren über die Ablösung froh und wussten Interessantes zu berichten: Der Albert Messer sei am Vormittag mit seinem Rad da gewesen, um das Haus geschlichen und habe bei Spindel geklingelt. Als nicht aufgemacht worden war, sei er wieder weg gefahren. Um die Mittagszeit sei dann Gabi Spindel mit dem Rad gekommen, habe geklingelt und anschließend ebenfalls unverrichteter Dinge entschwunden. Ob sie jetzt die Überwachung beenden könnten? Sie konnten. Ein Schlüsseldienst zur Öffnung von Spindels Wohnungstür war schnell bestellt.

„Mmmh, dann wissen die also nicht, dass Spindel nicht zu Hause ist. Aber Spindel weiß sehr wohl, dass er gesucht wird", konstatierte Wülfing, „er hat die anderen also nicht informiert, obwohl er ein Handy hat und weiß, wie man seine Ortung verhindern kann. So lange er die Batterie draußen hat, kann er freilich auch nicht angerufen werden."

„Schnappen wir ihn uns in seinem Reich."

„Gemach, gemach."

„OK, dann schauen wir mal in seine Gemächer."

*

„Was is Gabiiiii? Schläfst du?"

Die quäkende, hohe Stimme ihrer Chefin riss Gabi aus ihren Gedanken. Die Vernehmung am frühen Morgen hatte sie so durcheinander gebracht, dass ihr schon am Vormittag beim Haarwaschen das Wasser mal zu kalt und dann zu warm geraten war. Es war schon schwer genug gewesen, den verspäteten Arbeitsantritt als wichtigen Behördengang zu verkaufen, ohne die Kripo zu erwähnen. Dann war ihr Bruder in der Mittagspause nicht zu Hause und auf dem Handy nicht erreichbar gewesen. Kaum, dass sie zurück war, floss ihr nun bei der ersten Nachmittagskundin, einer alten Dame mit schütterem weißen Haar, Shampoo über die Stirn in die Augen. Als diese dagegen mit einem „Aber junge Dame!" protestierte, war das ihrer Chefin nicht entgangen.

Gabi entschuldigte sich und zwang sich zur Ruhe, konnte aber die Gedanken an ihren Bruder nicht aus ihrem Kopf verdrängen. Offensichtlich wurde er von der Polizei gesucht und eigentlich sollte sie beruhigt sein, hatte er das doch öfter bei Kameradschaftsabenden angesprochen. „Sollen die doch ruhig kommen“, hatte er unter dem Gegröhle der Kameraden doziert, „die werden schon sehen, was sie davon haben“. Und Lüder Willmann hatte diese Vorlage für seine nächsten Erläuterungen über die Ufos genutzt. Vielleicht hatten die elektronischen Geräte in Eugens Wohnung damit zu tun. Wenn sie danach gefragt hatte, hatte er immer nur geantwortet, dass er sie für „die Sache“ brauche und das war ihr genug gewesen.

An den Ufos war eigentlich kein Zweifel zu hegen, denn der Kamerad Karl Krabig war umgebracht und auf unerfindliche Art in einen Kornkreis gelegt worden. Mehr als eine Woche war es nun her, dass seine Leiche gefunden worden war, und immer noch schrieben die Zeitungen davon, immer noch tappte offensichtlich die Kripo im Dunkeln.

„Seien Sie doch vorsichtig!“

Gabi hatte wieder nicht aufgepasst und wieder das Wasser-Shampoo-Gemisch über die Augen der alten Dame laufen gelassen. Ihre Chefin hatte genug, rief eine neue Kollegin herbei und schickte Gabi nach Hause. Sie sei heute wohl nicht bei der Sache und solle sich das mit der Ausbildung gut überlegen. Was bedeutete das? Im mindesten Falle war die Chefin eine ganze Weile nicht gut auf sie zu sprechen, im ungünstigsten Falle – daran wagte die angehende Friseurin nicht zu denken.

Als sie ihr Rad aufschloss, musste sie zunächst einmal weinen. Sie fühlte sich so allein ohne ihren Bruder und wusste nicht, wie es weiter gehen würde. Sie beschloss, ihren Verlobten um Rat zu fragen, war aber denkbar unkonzentriert. Auf dem Bahnhofsvorplatz zwang sie aus Unachtsamkeit einen Bus zur Vollbremsung und radelte dann wie in Trance weiter, den Berg hinauf Richtung Uni. Albert öffnete sichtlich überrascht die Tür, wusste erst gar nicht, was er sagen sollte und bat sie dann herein, nur ein flüchtiger Kuss auf die Wange, sonst nichts. Sie setzte sich aufs Bett, schlug die Hände vor das Gesicht und heulte. Er saß ihr erst stumm gegenüber, setzte sich dann neben sie und legte dann den Arm um sie. Das tat ihr gut, doch dann ließ er seine Finger über ihre Brust wandern, erst scheinbar unabsichtlich, dann ganz gezielt. Sie stieß ihn weg. Erschreckt setzte er sich ihr gegenüber auf den Bürostuhl, verschränkte die Arme vor der Brust.

„Was denkst du, warum ich hier bin? Die sind bestimmt hinter Eugen her!“

„Hmmm, ja, ich wurde auch schon vernommen.“

„Und was hast du gesagt?“

„Nichts, ich hätte es halt gar nicht mitbekommen, was da wie passiert sei.“

Das klang scheinbar normal, aber gar nicht überzeugend. Er hatte ihren Bruder, seinen künftigen Schwager, nicht wirklich verteidigt. Unwillkürlich rutschte Gabi auf dem Bett noch ein wenig zurück, stieß mit dem Rücken gegen die Bücher. Er beugte sich, mit einem aufgesetzten Lächeln, vom Stuhl zu ihr und wollte ihre Hand greifen.

„Lass mich in Ruhe!“

Sie sprang auf und verließ fluchtartig das enge Zimmer, radelte, so schnell sie konnte, in ihr Apartment, warf sich völlig verschwitzt auf ihr Bett und weinte immer noch, als der Hausmeister trotz der drohenden Wolken am Himmel pünktlich um fünf seinen Rasentraktor startete. Albert Messer aber gab sich wieder seinem Studium hin, vergraben in Bücher, Bücher und Bücher.

*

„Keine schlechte Wohnlage, bis auf die fehlenden Parkplätze.“

Oberkommissar Hessinger kurbelte schon das dritte Mal um den Block. Doch auch Jana und Herbert konnten selbst im absoluten Halteverbot keinen Platz erspähen. Ein rotes Audi TT-Cabrio, das Herbert schon bei früherer Gelegenheit als Dauerparker aufgefallen war, versperrte sogar fast die Einfahrt in den ebenfalls zugeparkten Römerwall.

Schließlich stellte Hessinger den Wagen entnervt direkt vor die nächstgelegene Einfahrt in der Straße „Am Römerlager“. Die in diesem Bereich offensichtlich untätigen Politessen vom ruhenden Verkehr der Stadt Mainz würden ihm schon keinen Strafzettel verpassen, obwohl er einen der zivilen Wagen aus dem Kripo-Fundus genommen hatte, einen älteren, weißen Omega aus Rüsselsheimer Produktion. Ein Zettel hinter der Windschutzscheibe mit Handy-Nummer sollte genügen. Gegenüber war der Eingang zum Fort Josef, in dem das Garnisonsmuseum untergebracht worden war, bevor Wolfgang Balzer das Museum in die Zitadelle umlagerte und so seine Exponate vor der unkontrollierbaren Feuchtigkeit rettete. Seitdem stand das ehemalige Fort Josef leer, auf dem Dach eine steinerne Kanone, die zu einem in den dreißiger Jahren nachträglich angebrachten Denkmal gehörte. Ansonsten war das Dach bewachsen, interessanterweise mit Bambus, nicht dem sonst üblichen Gras.

„Wir hätten die Kollegen noch bis zu unserer Ankunft überwachen lassen sollen. Dann hätten wir einen Parkplatz gehabt", murrte Hessinger, als sie ausstiegen, was ihm einen tadelnden Blick von Kollege Wülfing einbrachte.

„Die haben beide Familie – und dann so ein Mist, sinnlos warten über Nacht. Willst du das nächste Mal übernehmen?"

„Ist schon gut, Herbert, war nicht so gemeint."

Jana ging vor und wunderte sich über die Ungeduld von Hessinger. War es wieder das Wetter? Gewitter waren für den Abend angekündigt, eine Spannung lag in der Luft, die sich auch auf die Menschen übertrug. Sie gingen ein paar Stufen in das Souterrain und standen vor Spindels Wohnungstür. Der Schlüsseldienst war noch nicht da und so schauten sie sich etwas um. Der Wohnungstür gegenüber liegend war eine graue Stahltür mit Schwenkriegeln, hinter der es fünf Stufen herab in den Keller ging. Es roch staubig und leicht modrig, obwohl der Boden absolut trocken und sauber gefegt war. Die Wände bestanden aus weiß getünchten, unverputzten Ziegelsteinen, vereinzelte Glühlampen mit Schutzglas liefen die Wände entlang und gaben ein mattes Licht, das einige Ecken im Halbdunkel ließ. Hajo stieß sich beim betonierten Abgang in den Keller den Kopf leicht an, genau an der bereits im Kinnsfelstunnel verletzten Stelle und ging fortan gebückt. An den Ganseiten verliefen offen in Kabelschellen verlegte elektrische Leitungen, die Drehschalter stammten noch aus der Bakelit-Zeit vor dem Zweiten Weltkrieg. Direkt rechts ein Fahrradkeller, dahinter ein Waschkeller und dann eine ganze Reihe einfacher Lattenverschläge, Keller der Hausbewohner, mit mehr oder weniger Inhalt, meist Autoreifen, Skigepäckträger, Kartons von Staubsaugern und Fernsehern oder Omas alte Kommode. Namen waren keine dran, denn die Hausbewohner kannten sich sicher untereinander.

„Der Schlüsseldienst ist da! Hallo, ist da jemand? Hallo?"

Im Flur wartete ein älterer Mann im blauen Overall mit einem kleinen Werkzeugkoffer auf die drei von der Kripo und ließ sich von ihnen den Durchsuchungsbefehl zeigen. „Sie wissen, man kann nicht vorsichtig genug sein."

„Völlig richtig", bestätigte Wülfing, der endlich in die Wohnung wollte, von der Jana schon erzählt hatte. Von riesigen Spinnen und Überwachungsmonitoren hatte sie berichtet, von geheimnisvollen Geräten in einem Elektronik-Labor. Nicht berichtet hatte sie, wieso sie dort hinein gekommen und warum sie bis zum Morgen geblieben war. Das sei ihre

Privatsphäre, hatte sie gesagt und damit war das Thema für sie erledigt, weiteren Fragen wich sie aus.

Die Tür zu Spindels Wohnung erwies sich als widerspenstig, war einbruchsicher mit einem starken Querriegel und zwei Sicherheitsschlössern versehen. Der Mann vom Fach fluchte und fingerte in seinem Werkzeugkasten, probierte dies und das aus. Schließlich erreichte er mit viel Erfahrung und einem in Einbrecherkreisen beliebten „Sputnik“ sein Ziel. Dieser Universal-Nachschlüssel ersetzte die Barten eines Sicherheitsschlüssels durch ausfahrende Stifte, die wie kleine Antennen aussahen und dem Einbruchswerkzeug den Namen gegeben hatten. Eine Bande aus dem Osten hatte im Vorjahr eine ganze Reihe von Einbrüchen in der Mainzer Innenstadt verübt und die Versicherungen der Bestohlenen hatten sich geweigert, den Schaden zu bezahlen, weil zunächst keine Einbruchsspuren nachzuweisen waren. Schließlich hatte aber das Kriminallabor des LKA ein Verfahren entwickelt, um die Benutzung dieses Werkzeugs eindeutig nachzuweisen und die Versicherungen hatten zähneknirschend die gestohlenen Dinge zahlen müssen – sofern Belege vorlagen. Beim Einkassieren der Versicherungsprämien waren sie da in aller Regel schneller bei der Sache.

Die Tür zu Spindels Wohnung schwang auf. Jana schaltete das Licht an und ging vor in den halbdunklen Flur. Wülfing ließ noch den Schlüsseldienst ein Schloss austauschen und durch ein neues ersetzen, dessen Schlüssel er an sich nahm. Dann folgte er Jana und seinem Kollegen.

„Hier ist das Wohnzimmer, in diesem Raum war ich nicht, hier“, sie hielt bewusst Abstand von der weißen Zimmertür, „ist das Spinnenzimmer.“

„Na, dann fangen wir doch mal im Wohnzimmer an, damit du nicht gleich wegrennst“, spottete Wülfing und schaute sich um. Auch hier war es recht dunkel, denn die Fenster ließen nicht sehr viel Licht durch und draußen zogen sich die Wolken am Himmel immer weiter zusammen. In der Wohnung sah es aus wie von Jana beschrieben, allerdings fehlte ein Teil der Bücher - genau der, für den sich die Kripo interessierte. Entweder hatte sich Jana geirrt, oder ...

„Da hat jemand Wind bekommen“, knurrte Wülfing und zog den Vorhang am Fenster zur Seite. „Immerhin ist die Überwachungsanlage noch da.“

„Eine Türsprechanlage mit Kamera und Funkübertragung. Baumarkt-Standard“, stellte Hessinger fest, „Hattest du nicht von zusätzlichen Leuchten gesprochen, Jana?“

„Ja, da war noch ein Kästchen mit noch mehr bunten Leuchten und Knöpfen. Die sind jetzt nicht mehr da."

Hessinger schaute sie zunächst zweifelnd an und untersuchte dann den Bereich genauer. Auf den ersten Blick fehlte nichts, aber als er mit den Fingern über die weiß gestrichene Wand strich, spürte er Klebstoffreste. Vielleicht war hier tatsächlich ein elektronisches Gerät angeklebt gewesen - wozu hatte es gedient?

Sie gingen weiter. Der Raum, den Jana noch nicht kannte, entpuppte sich als kleine Küche mit einer klappbaren Tischplatte unter dem Fenster und einem Stuhl. Eine Abzugshaube führte direkt nach außen, sonst gab es keine besonderen Einrichtungen, ebenso im Bad, alles wirkte nicht nur aufgeräumt, sondern eher leer geräumt. Ohne besondere Überzeugung, sondern mehr aus Gewohnheit strich Wülfing an der Unterkante der Arbeitsplatte entlang und spürte einen angeklebten Papierstreifen,

Er entpuppte sich als Einkaufszettel mit einer hastig darauf gekritzelten Handy-Nummer. Stolz zeigte er sie seinem Kollegen und der nickte. Es war die Nummer, die sie schon bei Krabig und Willmann gefunden hatten. Also drei hatten also den selben Ansprechpartner. Mehr gab es in der Küche nicht zu finden, der Kühlschrank war leer geräumt.

„Dann schauen wir mal nach den netten Tierchen", meinte Hessinger und ging vor in den Flur.

„Und wenn er sie frei gelassen hat?" Jana stellte sich so in den Flur, dass sie schnell zur Wohnungstür flüchten konnte.

Hessinger zuckte die Schultern und öffnete die Tür ganz langsam. Es kam keine Spinne heraus und auch Mäuse waren auf dem Boden nicht zu sehen. Lediglich der Geruch nach Mäuse-Urin kroch aus dem Zimmer und reizte Jana zum Niesen. Als er das Licht eingeschaltet hatte, raschelte es, als die Nager sich unter die Holzwolle in den Käfigen wühlten. Die Vogelspinnenkäfige waren besetzt, scheinbar fehlte kein Tier.

„Du kannst reinkommen, alles ist hinter Gittern." Hessinger winkte Jana herbei.

„Wo war dieser Elektronik-Arbeitsplatz?"

Jana zeigte auf die linke Seite und sah gleich, dass das Regal ebenso leer geräumt war wie der Tisch davor, „Da war es."

„Das stinkt gewaltig danach, dass uns da einer in die Suppe spuckt", meinte Wülfing grimmig, „mal eben so ein Toter im Kornkreis, der irgendwie ein ganzes Jahr einfach von der Bildfläche verschwinden und scheinbar ganz ohne Einkommen leben kann. Dann wird einer aus der Gruppe zu Tode gehetzt und der Anstifter dazu weiß, dass wir kommen, bevor wir es selbst wissen."

„Und schafft natürlich alles beiseite, was ihn belasten könnte", ergänzte Hessinger.

„Aber Moment mal – die Wohnung wurde ja gleich überwacht, als er vermuten konnte, dass wir ihn suchen würden. Und das Wegschaffen seiner Dinge hat sicher ein wenig Zeit gekostet. Wo sollte er es auch hinschaffen? Entweder er hört das Gras früher wachsen als andere ..."

„Oder er konnte in die Wohnung, ohne dass unsere Überwacher es merkten."

„Vielleicht von der Seite zum Innenhof durch ein Fenster? Lass mal sehen."

Das Fenster im Spinnenraum war geschlossen, es war ein ganz normales Modell aus dem Baumarkt, auch im Wohnzimmer und in der Toilette war nichts Ungewöhnliches an den Fenstern zu entdecken. Das Fenster in der kleinen Küche war gar fest verschlossen, der Griff abmontiert.

„Merkwürdig", murmelte Jana, „gerade in der Küche muss man öfter mal das Fenster öffnen. Warum ist der Griff abmontiert? Irgendwie muss man es doch öffnen können."

Ein kleiner Sauger lag auf der Fensterbank, daneben ein schwarzer runder Magnet. Sie setzte den Sauger auf das Fenster und zog, doch nichts rührte sich. Was hatte es mit dem Magneten zu tun? Plötzlich fiel es ihr ein: In jedem Bekleidungsgeschäft wurden mit Magneten die Sicherungsstreifen an den Kleidungsstücken entfernt. In der Altenpflege werden solche Systeme eingesetzt, um Patienten zu fixieren, also anzuschnallen. Sie bekommen einen Gürtel mit einem Magnetschloss umgelegt, dessen Verriegelung nur mit einem anderen Magneten zu öffnen ist. Warum sollte dieser Technik-Bastler Eugen so etwas nicht auf ein Fenster umfunktionieren können?

Mit einem triumphierenden Lächeln hielt sie den Magneten an verschiedene Stellen der Fensterfassung und tatsächlich machte es kurz „Klick" - und das Fenster ließ sich leicht öffnen. Sie nahm den Magneten, ging gleich nach draußen in den Innenhof, an einem kleinen Gewächshaus vorbei, und probierte es noch einmal. Auch das funktionierte. Damit war also geklärt, wie Eugen ungesehen in seine Wohnung kommen konnte, während ein Beobachtungswagen vor der Tür stand. Immer noch ungeklärt war allerdings nicht nur, woher er wusste, dass er beschattet wurde, sondern auch, wo er sein Material hingeschafft hatte. Nach Janas Schilderungen war es nicht gerade wenig gewesen.

Sie fragten im Haus nach dem zur Souterrain-Wohnung gehörigen Keller, und die zierliche ältere Dame aus dem 1. Stock führte sie hin. Dabei erzählte sie viel von dem netten jungen Mann, dem mit dem schönen Auto. Manche hätten es ja ein wenig protzig gefunden, aber sie habe es an die Zeit mit ihrem Erwin erinnert, wie er als Prokurist so viel herum gefahren sei und sie gemeinsam auf Sylt Urlaub gemacht hatten, sie kicherte, und wie sie damals in dem Auto, sie wissen vielleicht nicht, dass es ja schon Liegesitze hatte, wieder kicherte sie und ...

Wülfing überließ die Dame samt Redeschwall der fachkundigen Betreuung durch Jana und untersuchte den zur Spindel-Wohnung gehörigen Kellerverschlag genauer. Ein paar superbreite Reifen, wahrscheinlich für den Benz – richtig, der war ja inzwischen wie vom Erdboden verschluckt – und ein Balkenmäher. Der gehörte wohl zu dem Job fürs Grünamt – war er auch für das Fort Josef zuständig? Das würde wegen der räumlichen Nähe gut passen, und ein Anruf beim Grünamt bestätigte das.

Ja, Spindel wäre zuständig für die schlecht zugänglichen Grünflächen wie das Dach des Fort Josef und den steil abfallenden Hang nach Zahlbach, zur inzwischen entkernten Gewürzmühle herunter. Doch, man sei mit ihm zufrieden. Er habe sogar auf eigene Kosten an verschiedenen Stellen Bambus gepflanzt und mit seiner Gartenhacke den Boden dazu aufbereitet, habe als Entlohnung für diese Zusatzarbeit nur das Abernten des Bambus gewollt, was man ihm gern genehmigt habe. Die Kinder würden das gut finden und die Vögel gern zwischen den schnell wachsenden Stengeln brüten. Warum denn die Kripo danach frage? Gebe es ein Problem?

Nein, beschied Wülfing, es gebe kein Problem, nur eine Nachfrage. Mehr war aktuell nicht in Sachen Spindel heraus zu bekommen. Sie mussten versuchen, ihn irgendwie zu erwischen. Aber wie? Jana schlug vor, einen Meldekontakt am Küchenfenster anzubringen. Falls Spindel ungesehen in die Wohnung kommen wollte, müsste er zwangsläufig durchs Fenster hinein und schon hätten sie ihn. Erfreulich schnell kam ein Wach- und Schließdienst vorbei und installierte den Fensterkontakt, so dass sie an diesem Tag pünktlich Feierabend machen konnten, nicht ohne noch einmal die schöne Bambus-Bepflanzung auf dem Dach des Fort Josef bewundert zu haben, durch die das Rohr der steinernen Kanone wie aus einem Dickicht hervor Richtung Stadt lugte.

Die Bambusrohre waren bestimmt schon drei Meter hoch und schwankten grazil in den kurzen Böen, die nächste Gewitter ankündigten. Es war ein warmer Sommer mit Schönwetter-Perioden, aber auch ausgesprochen wechselhaftem Wetter. Als sie in ihren Wagen stiegen, war es bereits pechschwarz über dem Taunus und ein gelber SAR-Hubschrauber flog gerade den erst vor ein paar Tagen eingeweihten Hubschrauber-Landeplatz auf dem Dach des Pathologischen Instituts an. Sein Rotor knatterte immer lauter, als er, von der tief stehenden Sonne grell angestrahlt, rasch näher kam. Als sie losfuhren, hatten sie das Gefühl, Spindel auf der Spur zu sein. Wenn sie ihn hätten, würden sie sowohl beim Mord an Willmann als auch beim Toten im Kornkreis weiter kommen. Wenn sie ihn denn hätten. Und wenn er reden würde.

Wülfing und Hessinger konnten schon berufsbedingt nicht glauben, dass Leute einfach so verschwanden und ein Jahr später tot irgendwo abgelegt wurden – freilich aber erst kurz zuvor gestorben waren. Von irgend etwas mussten die Leute in der Zwischenzeit gelebt haben. Spindel hatte zwar offiziell zwei Jobs, die aber nicht sehr viel eintrugen, und es war unwahrscheinlich, dass er einen Kameraden einfach so finanzieren würde. Als sie im Polizeipräsidium waren, lag ein Fax der Uniklinik auf dem Tisch.

Darin stand, dass sie einen Anruf bekommen hätten von der Notaufnahmestation der Pathologie der Universitätsklinik Mainz. Einer der Piloten habe bei seinem ersten Anflug auf den neuen Landeplatz auf dem Dach des Fort Josef eine Anpflanzung entdeckt, die ihn an seine Studentenzeit erinnert habe. Es seien prächtige, mehrere Meter hohe Pflanzen, die erntereif seien. Die gelben Hanfblüten seien schon deutlich sichtbar gewesen.

Außerdem wolle man bei dieser Gelegenheit melden, dass vor einigen Wochen einige chemische Substanzen aus dem Keller verschwunden seien, obwohl nur ein begrenzter, genau überwachter Personenkreis Zugang zu dem Raum habe und die Zugangstür mit einer Videoanlage überwacht werde. Man habe bisher nicht feststellen können, wer die Stoffe entfernt habe. Ein materieller Schaden sei nicht entstanden, weil die entwendeten Substanzen Aceton und Äther nicht mehr verwendet worden seien. Dennoch sei man besorgt, da die Stoffe nicht ungefährlich seien. Man möge dies doch an die passende Stelle weiterleiten.

*

Als Kind, in der Jugend und selbst noch als Student hatte es mir besonderen Spaß gemacht, bei Wolkenbrüchen mit dem Rad unterwegs zu sein. Zu spüren, wie die plumpen Tropfen des strömenden Regens auf meiner Haut zerplatzen und die Fasern der Kleidung durchtränken. Die Spannung zu fühlen, mit der die nasse Kleidung an den Beinen anliegt, und wie die Muskeln der Oberschenkel sich unter dem Stoff spannen und das Rad vorwärts treiben. Zu hören, wie die Atmung regelmäßig die feuchte Luft einsaugt und wieder ausstößt und wie bei jedem Pedaltritt ein wenig Wasser aus den Schuhen gepresst wird. Zu erleben, wie das kurzfristige Verschwimmen der Umgebung mit dem nächsten Wimpernschlag wieder einem klaren, frischen Bild weicht. Im Fernsehen wurde bei den Wetteraussichten so schön formuliert: „Der Regen wird wärmer."

Es ist Dienstag Abend und ich fahre an den Kies- und Sandgruben auf dem Laurenziberg vorbei nach Appenheim. Schnell füllen sich die Pfützen vor mir, immer schneller strömt mir Wasser über die Betonplatten des Feldwegs entgegen und unter den Gummireifen zur Seite. Die Wege sind zwar alle für Laster über 5,5 Tonnen gesperrt, aber von 40-Tonnern kaputt gefahren, neue Schotterwege ohne Genehmigung angelegt. Hier wird ein ökologischer Wahnsinn mit hanebüchenen Argumenten aus immer wieder verlängerten Uralt-Genehmigungen gezimmert.

Minderwertiger Sand und Kies soll über 20 Jahre mit über hundert Lastern pro Tag abgefahren werden und dann soll der aus dem wunderschönen Naherholungsgebiet entstandene Schandfleck viele weitere Jahre auch noch gewinnbringend mit Bauschutt zugemüllt werden. Den Unternehmer interessiert der Protest der ortsansässigen Bürger („Für uns den Laster, für XXX den Zaster!") nicht, sondern nur „... dass der Kies billig bleibt!"

Genüsslich spielt er die angrenzenden Gemeinden gegeneinander aus. So hat eine Gemeinde die Nutzung der eigenen Wege erlaubt – mit der Auflage, nicht durch eigene Gemeinde zu fahren, sondern durch die Nachbargemeinden! Da paart sich Bauernschläue auf profitable Art mit dem Floriansprinzip. Heiliger Florian, verschon mein´ Ort, fahr andere an!

Es sind noch etwa fünf Kilometer nach Hause, etwa zehn Minuten, der größte Teil davon eben oder bergab. Am ehemaligen Bundeswehr-Depot am Hörnchen fehlen inzwischen etliche Hallen, die von Bauern der Umgebung abgebaut und auf ihrem Grund wieder aufgebaut wurden. Wieder so ein Bereich, an dem man direkt vorbei läuft und doch nicht recht weiß, was sich hinter dem Zaun tut. Auf der Abfahrt nach Appenheim wälzt sich rötlicher Schlamm von den steilen Wirtschaftswegen auf die Straße.

Ich muss langsam fahren, um nicht zu stürzen. Nass bis auf die Knochen bin ich bald danach zu Hause und nach einer heißen Dusche wieder arbeitsbereit. Mein Puls pocht zufrieden von der Anstrengung, die Dreck und Staub von Haut und Seele gespült hat.

Es ist Zeit, wieder etwas zu schreiben, etwas für die Leser, für die Welt und für mein Konto. Die Ufo-Geschichte hat sich für mich und die seriöse Presse tot gelaufen und ist nun in die eher dafür zuständige Boulevard-Presse abgewandert. Der nächste Lokalbahnen-Bericht für den „Mainzer" hat noch zwei Wochen Zeit. Da kann ich den Kinnsfels-Tunnel natürlich bestens einbauen. Über die Amalienhöhe in Bingen kann ich wegen meiner Einbindung in die Ermittlungen noch nicht viel schreiben, über das Konzert im Knast aber auch nicht. Da war ich ja auf Draisinentour gewesen. Allerdings kannte ich den Toten ja vom Gerichtsverfahren in Trechtingshausen und so fließen mir dann doch noch ein paar Zeilen aus der Feder oder vielmehr von der Tastatur über den Monitor in den Rechner.

Tatsächlich sind es Spekulationen, mehr nicht, aber die meisten Leser interessieren sich sehr dafür, erlauben sie doch das Mit-Spekulieren, fordern geradezu zur Mutmaßung auf. Das Gegenteil sind amtliche Mitteilungen, dröge Verlautbarungen in verholztem Bürokratisch, das einen Wahrheitsgehalt vortäuschen soll, der gar nicht vorhanden ist. Kein Wunder, dass sich niemand dafür interessiert. Dennoch: Irgendwann müssen bei mir wieder harte Fakten auf den Tisch, es muss weiter gehen in Sachen Kornkreis. Ich darf noch nichts über die Amalienhöhe schreiben, Herbert erzählt mir nichts über den Knastvorfall, was hält mich eigentlich davon ab, einmal direkt mit einem Betroffenen zu sprechen?

Genau genommen bleibt da ja nur Albert Messer, der Name war in der Verhandlung mehrfach von Willmann genannt worden. Eine angenehme Überraschung: Er steht im Telefonbuch, Am Gonsenheimer Spieß 1. Das ist die ESG. Mal sehen, ob er mit mir sprechen will. Zwar ist er kein Rechtsanwalt, gibt sich aber offensichtlich gern so. Beim Verfahren in Trechtingshausen war er um seinen großen Auftritt gekommen, weil der Richter dies gemäß Strafprozessordnung nicht zuließ. Nun war sein „Mandant" tot, also könnte er ohne Rücksicht auf irgendwelche Interessen seine Meinung kundtun. Die meisten lockt die Aussicht auf einen Pressebericht, am liebsten mit Bild.

„Messer."

Er ist binnen einer Sekunde nach dem ersten Klingeln dran.

„Hier Sander, freier Journalist. Ich möchte sie gern ein paar Dinge über Herrn Willmann fragen."

„Frei? Für wen schreiben Sie denn? Wie kommen Sie auf mich?"

Der kennt die Branche, will wissen, für wen ich schreibe. Denn ein Journalist, dessen Berichte niemand druckt, ist wertlos.

„Die Allgemeine Zeitung Mainz. Ich habe über die Verhandlung in Trechtingshausen berichtet."

Eine Pause. Man spürt, wie es in ihm arbeitet. Sicher hat er meine Berichte über die Verhandlung gelesen, in denen er nur am Rande auftauchte. „Der vom Angeklagten benannte Rechtsvertreter wurde vom Gericht nicht zugelassen" hatte ich geschrieben, ohne Namensnennung. Das kann ihm nicht gefallen haben.

„Und was wollen Sie wissen?"

„Ganz allgemein Ihre Meinung zu dem Verfahren, wie Sie den Tod von Herrn Willmann erlebt haben und so weiter. Ich würde Sie gern zum Abendessen einladen und dann können wir in Ruhe über alles plaudern. Wie wäre es mit dem „Gonsenheimer Hof"? Sagen wir um neun heute Abend?"

Wieder eine Pause, dann schließlich ein „OK. Ich werde kommen."

Messer hält Wort, schließt schon fünf vor neun sein Rad am Baum auf dem Parkplatz an und zieht die Fahrradklammern von der Anzughose. Ich war noch ein wenig früher und habe meine Fragen aufnotiert. Der ewige Student hat sich die Haare gegelt, den Anzug kenne ich von der Verhandlung, die konservativ mit roten Kreisen gemusterte Krawatte kannte wohl schon seine Oma - und dürfte inzwischen schon wieder modern sein. Die Begrüßung fällt recht kühl aus, er vertieft sich zunächst in die Speisekarte und ordert ein komplettes Menü mit Vorspeise und dazu einen guten Chardonnay aus Jeruzalem in Slowenien, ich schließe mich an. Ob ich da meinen Finanzen nicht zu viel zumute? Aber mit Speck fängt man bekanntlich Mäuse.

Der Chardonnay kommt in großen, stilvollen Gläsern und Messer schnell zur Sache. Wir stoßen an, er leert das Glas auf einen Zug und bestellt gleich das nächste. Dann packt er die sorgfältig gefaltete AZ mit dem Bericht über die Verhandlung aus und legt ihn mir vor.

„Ihr Bericht ist ziemlich, sagen wir mal, skeptisch formuliert. Sie haben nicht erwähnt, dass die Bundesrepublik gar nicht existiert und an Ufos glauben Sie auch nicht?"

Eigentlich wollte ich die Fragen stellen, aber der Abend ist ja noch lang.

„Nicht so unbedingt – auch wenn was dran sein könnte. Und Sie?"

„Wissen Sie, ich bin ja schon von Berufs wegen neutral, aber die Fakten sprechen für sich. Man kann natürlich nicht erwarten, dass alle dieses einzigartig Urdeutsche verstehen. Nicht nur der großen Dichter und Denker von Vorzeiten her, sondern auch der technischen Genies. "

Hoffentlich fängt er jetzt nicht noch von diesem langweiligen Brimborium um nordische Runen an, mit denen die unsägliche SS ihre Abzeichen typisierte. Doch er schwenkt zum Kulturellen.

„Das sieht man vielleicht am besten in der Kultur. Sehen Sie zum Beispiel die reine Lehre arischer Kunst und dann die Ausstellung des polnischen Malers an diesem Wochenende. Kann der die Umwelt überhaupt wahrnehmen, verstehen, worum es wirklich geht? So wie der malt? Seien sie ehrlich!"

Richtig: Die Mainzer Bibliotheksgesellschaft hat zur jüdischen Geschichte in Mainz eine Lesung mit Ausstellung organisiert. Ich soll über die Vernissage am Samstag im großen Lesesaal der Stadtbibliothek berichten, bei der verschiedene Mainzer Autoren aus Tagebuchberichten der Dreißiger Jahre und dem „Siebten Kreuz" lesen. Den Maler Lachur kannte ich noch nicht, hatte aber auf der Internet-Seite Lachur.de recherchiert. Schon die gepixelten Bilder lassen erahnen, dass es ein ganz Großer ist, und ich bin gespannt wie ein Flitzebogen auf die Originale. Am Freitag um 16 Uhr, also in knapp drei Tagen, wird die Ausstellung von einem engen Freund des Künstlers eröffnet. Lachur lebt in Warschau, ist alt und krank und kann selbst nicht kommen. Wieso interessiert sich jemand aus der rechten Szene für die Ausstellung?

„Was meinen Sie damit? Seine frühe Schaffensperioden über Alkohol und Prostitution, Pferde ...."

„Nicht nur", unterbricht er mich, „aber auch. Kann jemand, der so gegen die Natur malt, ein gesundes kulturelles Empfinden haben? Ich muss, wie gesagt, von Berufs wegen neutral sein. Aber diese Bilder über das Warschauer Ghetto, die zerfaserten Formen und Farben - sagen Sie doch selbst: Sehen Sie da eine klare Linie?"

Aha, da geht es um „entartete“ Kunst – „entkunstete“ Kunst sozusagen, die dazu noch die Gräuel im Zweiten Weltkrieg thematisiert. Es ist erstaunlich, wie gern immer wieder der Anspruch darauf erhoben wird, „wahre“ und „entartete“ Kunst zu definieren. Gerade hat ein deutscher Kardinal sich entsprechend geäußert. Diese Anmaßungen sollte sich jeder Künstler verbitten, denn Kunst besteht zuerst um ihrer selbst Willen. Spindels Spielchen mit Suggestivfragen spiele ich gern mit. Mal sehen, was dabei herauskommt.

„Sie meinen, dass man wie bei den Ufos nicht so recht sieht, was dahinter steckt? Sie meinen, dass vielleicht Herr Krabig ...“

„Genau! Oder haben Sie eine Erklärung dafür, wie denn der Kreis entstanden ist, wenn nicht durch Ufos? Es ist doch offensichtlich, man muss nur zwei und zwei zusammen zählen.“

Wenn das in meiner Jugend mal nicht dreikommaneunneunneun gab! Doch die heute in der Schule eingesetzten Taschenrechner haben diese liebenswerte und lehrreiche Ungenauigkeit der ersten Mikroprozessoren längst getilgt. Die Vorspeise erlöst mich zunächst von der Diskussion. Die Suppe schmeckt prima und Messer macht sich über eine große Vorspeisenplatte her. Wie definierte einer meiner Freunde einen Studenten? Das ist einer, der im vollsatten Zustand noch jederzeit ein Jägerschnitzel mit Pommes verdrücken kann. Insofern ist Messer ein vollwertiger Student, lässt nichts auf der Platte zurück, spült mit dem fein prickelnden Wein nach und ordert das nächste Glas.

„Wo waren wir stehen geblieben?“, nehme ich das Gespräch wieder auf, „diese ungeklärten Todesfälle durch Ufos ... gibt es da einen Zusammenhang mit dem Tod Ihres ... äh, Mandanten?“

„Warum fragen Sie?“

„Nun, er scheint wohl ein Ufo-Spezialist gewesen zu sein, wenn ich ins Internet sehe. Er sollte eigentlich gewusst haben, was es damit auf sich hat.“

„Ja, er kannte sich gut aus. Vielleicht war es einfach nur ein Zufall, dass es ihn traf, mal ganz neutral von außen gesehen. Ich habe nichts gesehen, bis er halt tot da lag. Ein tragischer Fall.“

„Ja, sicher nur ein Zufall, aber die Kripo ermittelt, soweit ich gehört habe. Vielleicht hat er ja irgend etwas falsch gemacht?“

Seine Miene wird abweisender, und er lehnt sich in seinem Stuhl zurück. Es ist gut, dass nun der Hauptgang serviert wird. Messer leert zunächst das nächste Glas und bestellt nach. Dann lächelt er überheblich.

„Ach, wissen Sie, es kann jeden treffen. Ganz neutral sage ich das, denn ich bin ...“

„... schon rein beruflich ...“

„... zur Neutralität verpflichtet. Aber es passieren wirklich immer wieder merkwürdige Dinge, wenn große Ideen verraten werden. Glauben Sie mir.“

Aha, deshalb musste Willmann daran glauben und vielleicht auch Krabig. Wer wird der nächste sein? Er fährt fort:

„Schauen Sie die heutige Jugend an, nichts als Alkohol und Drogen und der ganze Multikulti-Kram. Als Jurist mache ich mir da schon Sorgen, wegen der Kriminalität, die damit zusammen hängt.“

Seine Augen fangen an zu glänzen, er fängt an mit den Händen zu reden und ich lenke ihn auf den für mich wichtigen Punkt.

„Was denken Sie, wird die Kripo herausfinden?“

„Die werden gar nichts heraus finden. Mein Mandant Spindel hat sich nichts vorzuwerfen.“

„Meinen Sie, ich könnte einmal mit ihm sprechen?“

„Natürlich ...“, er stockt, „wenn er denn einen Termin frei hat.“

„Vielleicht nächste Woche?“

„Ich werde mich bemühen und lasse es Sie wissen.“

Seine Miene verfinstert sich und seine Gesprächigkeit hat ein abruptes Ende gefunden. Er wartet noch nicht einmal die Nachspeise ab und verabschiedet sich. Nachdem ich gezahlt habe, fahre ich Richtung Innenstadt und überhole ihn am Bahnübergang.

Der Name Spindel ist nur zweimal im Mainzer Telefonbuch vertreten – einmal ohne Vornamen in der Richard-Schirrmann-Straße, wohl eine Frau, und einmal mit Vornamen Eugen in der Hochgesand-Straße. Am kommenden Morgen geht niemand an den Anschluss in der Richard-Schirrmann-Straße und auch in der Hochgesand-Straße kann ich nur eine Nachricht mit der Bitte um Rückruf auf einem Anrufaufzeichner hinterlassen, so dass ich mich, neugierig geworden, auf den Weg zur Uniklinik mache.

Am Fort Josef finde ich einen Parkplatz und sehe das Auto von Herbert und Hajo. Ich kann die beiden nicht entdecken und beschließe, auf sie zu warten. Weit weg können sie nicht sein.

*

„Man reiche mir die Machete!"

Hauptkommissar Herbert Wülfing wischte sich den Schweiß von der Stirn und drängte sich durch das Bambusrohr, gefolgt vom Kollegen Hessinger. Die beiden hatten am Morgen zunächst beim Rauschgift-Dezernat wegen des Diebstahls der Lösungsmittel aus der Uniklinik und der Hasch-Pflanzung nachgefragt, aber dann beschlossen, die Ermittlungen selbst zu führen. Jana war mit ihrem entwanzten Auto längst wieder zu Hause.

Im Internet war einiges über das Fort Josef zu finden gewesen, bis vor einigen Jahren Sitz des Garnisons-Museums. So offensichtlich der räumliche Zusammenhang von Spindels Wohnung mit dem alten Fort und dem Institut für Pathologie der Uni-Klinik auch war, der sachliche Zusammenhang musste sich erst noch erweisen. Der Bambus bog sich, aber brach nicht, und schloss sich wieder hinter ihnen. Dann war Wülfing durch – und stand in mannshohen Cannabis-Pflanzen.

„So, so, prächtige Pflanzen. Der Pilot hatte recht!"

Wülfing war mehr amüsiert als besorgt. „Da hat jemand einen guten grünen Daumen."

„Gut getarnt ist die Plantage jedenfalls – durch den Bambus von außen nicht zu sehen. Ohne die Verlegung des Hubschrauber-Landeplatzes wäre das Alternativ-Kraut kaum gefunden worden. Geerntet wurde jedenfalls, bei etlichen Pflanzen fehlen die Blüten. Und gegossen wurde jedenfalls."

Hessinger zeigte auf einen im Boden eingelassenen Eimer, um den herum eine Kunststoff-Plane so angeordnet war, dass Regenwasser in den Eimer geleitet wurde.

„Doch wie ist der Plantagenbesitzer in sein Feld gekommen? Durch den Bambus sicher nicht." Beide folgten einem schmalen Trampelpfad, der zu einer kleinen Grasfläche führte und dort endete, dahinter wieder Cannabis und abschließend Bambus. Sollte sich der Plantagenbetreiber in Luft aufgelöst oder mit einem Ufo abgesetzt haben? Die beiden von der Kripo konnten es nicht glauben, schon von Berufs wegen und suchten intensiv die Grasfläche ab. Hessinger fiel zunächst ein braunes, rundliches metallisches Stück auf und als er daran zog, rührte es sich wider Erwarten nicht. Nachdem er es von anhaftender Erde befreit hatte, entpuppte es sich als veritabler Griff und er zog mit Macht daran. Wieder rührte sich nichts und ihm kam ein nahe liegender Verdacht.

„Bitte gehe mal ein paar Schritte zur Seite!"

Nachdem Wülfing zurück gegangen war, zog der Oberkommissar wieder am Griff und tatsächlich öffnete sich sofort eine kreisförmige, metallische Abdeckplatte, die mit einer dünnen Grasschicht überwachsen war.

Darunter öffnete sich ein senkrecht verlaufender Schacht mit einer Steigleiter, die in die Dunkelheit des darunter liegenden Fort Josef führte. Die beiden stiegen ein, Taschenlampen gehörten schließlich zur Standardausrüstung. Modrige, feuchte Luft kroch langsam an ihnen vorbei nach oben, und die rostigen Eisensprossen färbten die Handflächen braun. Nach etwa fünf Metern standen sie wieder auf festem Boden, dem für Mainzer Festungsbauten typischen roten Sandstein.

Die Luft war nun noch modriger und abgestandener. Im Schein der Taschenlampen eine breite, noch eine Etage tiefer führende Sandsteintreppe. Auf dem Boden graue Steckdosen als hervorragende Stolperfallen, sicher Überbleibsel aus der Zeit als Museum, bevor Wolfgang Balzer und seine Kameraden mit den historischen Ausstellungsstücken vor der Feuchtigkeit geflohen waren.

Da hatte also Spindel seine eigene Cannabis-Plantage betrieben, denn es war schwer vorstellbar, dass jemand anders auf dem von ihm zu pflegenden Bereich etwas angepflanzt haben sollte. Wo er jetzt war, diese Frage beantwortete der neue Fund aber nicht.

Unter der Treppe war mit einfachen Spanplatten ein kleiner Abstellraum abgetrennt. Ein paar Putzutensilien, ausgehärtete Spachtelmasse, Verpackungskartons, nichts wirklich Interessantes, wenn man von der Weinflasche einer Reservistenbruderschaft mit völlig überlagertem Riesling des Jahrgangs 1995 absah. Gegenüberliegend führte die nächste Treppe hinauf und endete vor einer verschlossenen Stahltür, dem Ausgang. An der Wand Bilder und Zeichnungen des Forts, die Zeichnungen leidlich gut erhalten, die Fotos aufgequollen und von der Feuchtigkeit zerfressen – und ein Sicherungskasten. Ein paar Klicks später war der Innenraum von den wenigen noch funktionierenden Lampen der von der Decke hängenden Lichtleisten matt beleuchtet, nur ein Bogen an der Seite zur Uniklinik noch nicht. Hessinger leuchtete mit seiner Taschenlampe hinein: Dahinter begann ein gewundener Gang. Ob sich hier eine Spur von Spindel finden ließ?

„Hinein ins Vergnügen!"

„Wenn es denn der Wahrheitsfindung dient ..." Wülfing folgte seinem Kollegen, nicht sehr begeistert von der Aussicht auf die nächsten Rückenschmerzen, aber zunächst musste er sich nicht bücken, als sie dem aus Kalksteinen gemauerten Gewölbegang um mehrere Ecken und Winkel folgten. Rechts eine Sackgasse, mit weißen Porenbeton-Steinen abgetrennt. Wülfing bückte sich, hob etwas auf und zeigte es seinem Kollegen, der nickte: Eine Hanfblüte mit Schimmelansatz. Sie waren auf der richtigen Spur.

Dann nahm die Ganghöhe deutlich ab. Hessinger ging allein gebückt weiter und kehrte kurz danach zurück: Eine Sackgasse, keine Spur von Spindel. Ein paar Meter zurück ein Abzweig, weitere Ecken und Winkel, dann wichen die Kalksteinwände plötzlich Betonwänden und das gemauerte Gewölbe einer profanen Betondecke mit rostigen Querträgern. Immer weiter führte der Gang, eine betonierte Treppe hinauf, noch um eine Ecke und schließlich war am oberen Ende einer weiteren Treppe eine einfache Stahltür mit Sicherheitsschloss.

„Natürlich zu", knurrte Wülfing, der die Klinke herunter gedrückt und an der Tür gerüttelt hatte. „Wo sind wir eigentlich?"

Hessinger zuckte die Schultern. Er hatte keine genaue Orientierung. Immerhin waren überirdisch die Häuser am Fort Josef, Linsenberg, Langenbeckstraße und die Uniklinik direkt benachbart. In wessen Keller führte diese Tür? Ohne große Überzeugung klopften sie an die Tür und waren überrascht, als sie zunächst ein leises „Hallo, wer ist da?" hörten und sich Schritte von der anderen Seite näherten. Eine misstrauische Stimme fragte, wer sie denn seien und versprach, als er von Kripo hörte, die Tür zu öffnen. Ein schabendes Geräusch, ein gläsernes Klirren und einen Fluch später öffnete sich die Tür nach innen in einen blendend hell mit Neonlampen erleuchteten, weißen Kellerraum. Es roch nach Alkohol und vor ihnen lagen Glasscherben auf dem Boden. Daneben stand breitbeinig ein kompakter Mann mittleren Alters in blauer Arbeitsmontur.

„Dann kumme se ma rein in die gut Stubb, die Herre. Un di Ausweis bidde."

Er stützte sich demonstrativ auf einen stabilen Besen.

„Sie sinn ja datsäschlisch von de Kripo, hätt ich nich jedacht" meinte er, nachdem er einen Blick auf die Dienstausweise geworfen hatte, und ein breites Lächeln zog über sein Gesicht. „Ich hann nit gedenkt, dat sie vun da kumme, weil da ist schon immer zu und ich hann de einzige Schlüssel."

Tatsächlich hatte der Hausmeister die einzigen Schlüssel zu diesem selten genutzten Kellerraum, in dem „wichtische un jefährliche Sachen" lagerten. Der Raum sei der sicherste in der Pathologie und alle würden ihre wertvollen Sachen hier zwischenlagern. Vor einer Woche seien so über 50 Bilder für eine Ausstellung in der Stadtbibliothek angekommen, weil der Herr Professor mit dem Sammler befreundet sei und der Lesesaal für die Ausstellung wohl erst hergerichtet werden müsse. Beim Stapeln hätte er gesehen, dass da ein paar Flaschen Lösungsmittel fehlten, Aceton und Äther eben. Aber nicht alle seien weg gekommen, einige seien noch da, eine sei gerade herunter gefallen.

„Wisse se, ich hamm mir so wat jedacht. Dat mit demm Äder un der Dür."

„Wieso und was?"

„Wenn do was weg kummt, dann is dat jefährlich. Denn de Äder kann exblodiere, hann ich gehört un man liest ja suviel von de Bombe jez. Hier im Keller hatt niemand wat verlore, den ich nit kenn. Dat wat weg gekomme is, muss dorch de Dür gewannert sei. Aba ich hann die einzige Schlüssel, ganz bestimmt!"

„Und wieso ist da überhaupt eine Tür im Keller?"

„Ei, dat war ja su, dat die eischentlich im Kriech de Gang gemacht ham, damit die och bei Bombe operieren kunnte. Die ham dann die Leut rüwer gefahre, dat war so e Bunker, so e Art. Un nach dem große Kriech ham se die Dür abgeschlosse und zugestelld. Weil immer wieder Leute zum Organisiere vun auße in die Keller gekumm sinn. Sie verstehe, zum Mitnemme von Sache!"

Wülfing und Hessinger nickten. Im Krieg hatten die untereinander verbundenen Keller bei Luftangriffen vielen das Leben gerettet. Nach dem Krieg hatten Banden diese Zugänge für ihre Diebestouren genutzt, so dass die meisten die Zugänge zugemauert oder zumindest mit starken Türen verschlossen worden waren.

„Und dann hat mein Vorgänger den Schlüssel verlescht, weil, den hatt ja uch niemand gebraucht. Un ich hann danach gesucht, nachdem die Sache weg gekumme sin, wat ich mir nit erkläre kunn. Un ich hann ihn grad gefunne, bin gleich zum Probiere runner un dann seid ihr gekumme."

Der Hausmeister hatte recht: Die Wahrscheinlichkeit, dass der Dieb den Weg durch das Institut gewählt hatte, war sicher kleiner als der ungesehene Zugang über die alte Kellertür. Das Schloss in den Gang wiederum war nicht beschädigt oder ausgetauscht worden. Da lag eine Lösung nahe: Ein Sputnik war zum Einsatz gekommen. Spindel hatte sicher alle Kenntnisse und Beziehungen, sich ein solches Werkzeug zu beschaffen, aber nachweisen konnte man ihm das jetzt natürlich nicht. Im Osten bekam man alles – von der Knarre bis zum Einbruchswerkzeug. Kurz hinter der Grenze, mitten im Straßenstrich mit minderjährigen Zwangsprostituierten gab es alle Kontakte. Aber man musste nicht unbedingt ins Ausland, auch in der Bundesrepublik gab es völlig legal vielseitig nutzbares Material.

Gerade wanderte durch die Presse, wie ausgemusterte Spezialhelme von Sondereinsatzkommandos in großem Stil von rechten Leitfiguren billig aufgekauft und im Kameradenkreis meistbietend verhökert wurden. Die Werbung, dass „ ... ein solcher Helm in keinem nationalen Haushalt fehlen sollte" sprach eine deutliche Sprache. Damit war allerdings nicht gemeint, dass sie gelocht als Salatsieb taugen würden, wie so viele Wehrmachtshelme in der bitterarmen Nachkriegszeit.

Die verkrustete Bürokratie hatte auch in diesem Bereich des Staates schon lange jeden Kontakt zur Wirklichkeit verloren. Vom Beamten zum Biedermann war es nur ein winziger Schritt, unmessbar klein, genauso vom Extremisten zum Brandstifter. So lange liegt die Zeit nicht zurück, in der Biedermänner selbst zum Brandstifter werden durften und allzu viele die Gelegenheit genutzt hatten.

Wülfing seufzte. Er hatte als Kind noch das Ende des Zweiten Weltkriegs und die Notjahre danach miterlebt. Da war nichts Schönes, nichts tausendjährig Währendes gewesen. Sondern Not, Elend, Dreck und Kälte. Blockwarte, die ihre Nachbarn ausspionierten, schikanierten und ans Messer lieferten. Mütter, die sich prostituierten, um ihre Kinder durchzubringen. Kinder, die klauten, was und wo sie konnten, um zu überleben. Jungen, die mit zehn schon den Vater ersetzen mussten und dann die Probleme, wenn dann doch Jahre später der Vater zurück kam und seinen Platz besetzt vorfand. Die vielen Kriegsversehrten mit amputierten Armen oder Beinen, das entsprechende Hosenbein oder die Ärmeljacke fein säuberlich gefaltet und mit einer Sicherheitsnadel fixiert. Aber auch in dieser Zeit war es einer Gruppe plötzlich wieder gut gegangen, über Nacht waren die Brandstifter wieder schnell zu Biedermännern geworden. Hatten einträgliche Stellen im wieder auferstandenen Verwaltungsapparat, Politik und Gerichten besetzt und sich gegenseitig davor geschützt, zur Verantwortung gezogen zu werden. Eine Aufarbeitung kam erst jetzt zögerlich in Gang, nachdem die Täter wegen Verjährung nicht mehr greifbar oder gestorben waren. Und so gab es heute wieder eine rechte Szene, eine junge Brut mit einer von Älteren gesteuerten selektiven Geschichtswahrnehmung, die sich immer mehr in den jungen Köpfen verselbständigte. Eine Pseudo-Ideologie, die problemlos den Spagat von nordischen Runen zum Internet bewältigte, vom scheinbar hehren Ehrenkodex bis zum Totschlag auf offener Straße.

Spindel war – davon musste man ausgehen – der Hanf-Anbauer und Einbrecher und hatte gute technische Kenntnisse. Zweifellos konnte er eine Bombe bauen oder ein wenig Nachschub für den Rauschgiftmarkt produzieren und wahrscheinlich war er auch noch hinter Jana her. Sie mussten ihn kriegen, so schnell wie möglich.

Als sie den nüchternen Kellerraum verließen, schob der Hausmeister ein schweres Regal mit Putzmitteln vor die sorgfältig verschlossene Tür. Auf einen Austausch des Schlosses verzichtete er vorerst, weil es sowieso nichts gebracht hätte, wenn der ungebetene Gast ein Einbruchswerkzeug hatte. Außerdem war ja klar, dass „... die Herren von der Kripo den ja bald hätten, oder?“

Dem wollten die beiden nicht widersprechen und als sie – diesmal über den offiziellen Weg über den Gebäudeeingang – die Uniklinik verließen, läutete das Handy. Ein Kollege von der Spurensicherung informierte sie kurz darüber, dass Spindels Fingerabdrücke aus der Wohnung mit denen auf der zweiten Bierflasche aus dem Bergwerk überein stimmten. Ob dann eine teure Genanalyse noch nötig sei?

Nein, entschied Wülfing. Spindel war also im Bergwerk gewesen und Krabig dort zu Tode gekommen. Die Verdachtsmomente gegen Spindel waren so erdrückend, dass er bereits per Handy eine Fahndung nach ihm einleitete, wegen dringenden Verdachts auf Diebstahl und Verstoß gegen das Betäubungsmittelgesetz, Bruch und BTM hieß das im Jargon. Außerdem war er natürlich als Zeugen im Mordfall Krabig gesucht. Sie wollten nichts unversucht lassen, aber die Chancen waren nicht gut.

Denn wenn sich ein Gesuchter in einer Stadt verbirgt, ist er kaum zu finden, wenn er nicht in die Öffentlichkeit kommt – und selbst dann ist es schwer genug. Mainz hat eine dafür absolut ausreichende Größe. Karl Krabig, der Tote aus dem Kornkreis, war ein Jahr praktisch verschwunden gewesen, und dass er in dieser Zeit von Aliens durchs Universum gebeamt worden war, glaubten weder Wülfing noch Hessinger. Nein, die einzig wirklich heiße Spur war, Spindel dahin zu folgen, wo er sich offensichtlich gut auskannte: In die Mainzer Unterwelt. Das Problem war nur, dass die Tausende von Ecken, Winkeln, Räumen und Gängen mit einer Vielzahl von Zugängen umfasste, die teilweise gar nicht bekannt oder in Vergessenheit geraten waren. Ein Experte fürs Unterirdische musste her – und da bot sich der ehemalige „Hausherr" des Fort Josef doch geradezu an. Es traf sich gut, dass Wolfgang Balzer gerade sowieso mit dem Umbau des neuen Museums in der Zitadelle beschäftigt und damit in der Nähe war.

*

Es ist zwar nicht so brechend voll wie an Fassenacht, aber auch heute ist die Eisgrub-Bräu gut besucht. Nachdem Herbert und Hajo endlich wieder zu ihrem Auto gekommen waren, haben wir uns kurzerhand zu einem gemeinsamen Mittagsimbiss zwischen Sudbottichen und Braukesseln in den urigen Gewölben entschlossen. Kurz nach eins kommt Wolfgang Balzer direkt aus der Zitadelle dazu, in den Haaren und auf der Brille noch ein wenig Staub von den Bauarbeiten in seinem neuen Reich. Er hatte bei den Stadtwerken den Untergrund „unter sich gehabt" und sich nach der Pensionierung noch weiter in die Mainzer Geschichte vertieft. Als er davon hört, dass sich ein Unbekannter in den alten Festungsgängen des von 1710 bis 1730 gebauten Fort Josef herum treibt, glitzern seine Augen vor Unternehmungslust.

„So weit kann der sich nicht bewegen. Das Gangsystem erstreckt sich zwar praktisch unter der ganzen Oberstadt, die Verbindungsgänge sind aber nach dem Krieg fast alle zugemauert worden. Das Vermessungsamt hat eine Karte, in der die bekannten Gänge unter der Stadt erfasst sind. Den Teil an der Uniklinik habe ich übrigens im unteren Bereich des Forts – da können wir ja zunächst mal reinschauen."

„Dann waren wir also im oberen Teil", stellte Wülfing fest, „eine Verbindung zu einem weiteren Teil haben wir nicht gefunden."

„Die gibt es auch nicht, der Verbindungsgang zum unteren Teil ist zugemauert. Wer also im oberen Teil ist, hat nur die Möglichkeiten über die Dachluke oder aber die Uniklinik und den Haupteingang. Die aber sind mit Sicherheitsschlössern gesichert. Ebenso wie der Zugang zum unteren Teil."

„Tja, wir vermuten, dass da jemand einen Universal-Dietrich hat.“

„Hmmh, das ist nicht schön. Da würde ein Schlosstausch überhaupt nichts nutzen. Aber egal, wo er reinkommt, die allermeisten Verbindungsgänge sind zugemauert.“

„Die aller...meisten?“

„Na ja – von der Poterne Süd gibt es einen Gang unter dem Rosengarten ins Fort Karl und von dort gibt es Zugänge in Häuser am Rosengarten und den Bürgersteig dort. Aber die Verbindung zum Fort Josef ist verschüttet.“

„Ich schlage vor, dass wir zunächst einmal in den unteren Teil vom Fort Josef schauen. Sie haben doch den Schlüssel?“

Balzer nickt und zeigt lächelnd und nicht ohne Stolz einen Schlüsselbund mit mindestens zwanzig Schlüsseln.

Der Eingang in den unteren Teil des Forts ist so offensichtlich, dass man ihn glatt übersieht. Fährt man den Linsenberg hoch zur Uniklinik und fährt in der letzten Kurve einfach geradeaus, stößt man direkt auf etwas, das wie ein Toilettenhäuschen aussieht. Durch die gelöcherte Stahltür sieht man eine nach unten führende Treppe. Schloss und Tür sind gut geölt und geben den Weg nach unten frei. Dort umfängt uns Dunkelheit und wir schalten unsere Taschenlampen ein. Im Vorraum ist alles aus Beton, im Zweiten Weltkrieg war dieser Teil des Forts mit einem betonierten Eingangsbereich versehen und als Luftschutzraum gegen die tödliche Fracht amerikanerischer und britischer Bomber genutzt worden. Drei abgeteilte kleine Kammern im Eingangsbereich sorgten wohl in dieser Zeit für einen Hauch von Privatsphäre bei allzu menschlichen Bedürfnissen.

Es ist bei weitem nicht so feucht und kühl wie im oberen Teil des Forts, ein gut wahrnehmbarer Luftzug sorgt für einen steten Luftaustausch. Balzer geht zielsicher in einen großen Gewölberaum vor und bleibt vor einer Tischplatte mit einer stark vergrößerten Kartenkopie stehen. Auf den ersten Blick gibt sie den aktuellen Straßenzustand wieder, aber dazu kommen jede Menge Linien, die sich wie ein Spinnennetz um das Fort Josef ziehen.

„Die doppelten Linien sind Verbindungsgänge im Fort und zwischen den Forts“ sein Zeigefinger wandert mit dem Licht der Taschenlampen über das Papier.

„Die dicken schwarzen Linien sind Hauptminiergänge, von denen die kleinen Miniergänge abgehen. Die enden einfach irgendwo in der Erde, von oben nicht sichtbar. Es waren Sackgassen, dazu vorgesehen, bei Belagerungen zu horchen, ob die Belagerer unter das Fort treiben wollten. Oder um sie selbst mit Schießpulver in die Luft zu sprengen."

„Und wenn die anderen das merkten?"

So dumm werden die doch nicht gewesen sein, denke ich mir.

„Die wussten das natürlich und trieben mit ihren Mineuren Gegengänge darunter – im Endeffekt brachten sich die Gänge mitunter gegenseitig zum Einsturz. Nicht umsonst hatten die Mineure die beste Bezahlung und die geringste Lebenserwartung in der ganzen Truppe."

„Und wie kommt man jetzt weiter in andere Forts? Hier ist doch eine doppelte Linie Richtung Zahnklinik."

„Dieser Verbindungsgang würde weiter führen, ist aber zugemauert. Einen Zugang gibt es noch im Parkhaus der Zahnklinik, alles nur noch lokal zugänglich, die Verbindungsstücke fehlen."

„Und die Hauptgänge hinüber zur Uniklinik und zum Römerlager und zur Hochgesandstraße?"

„Sind zu, einfach zugeschüttet."

„Probieren geht über Studieren. Let´s go", kommentiert ein offensichtlich ungeduldiger Hauptkommissar Wülfing aus dem Hintergrund, und wir setzen uns wieder in Bewegung. Die Lichtkegel tasten sich an der Wand zur Uniklinik lang. Schießscharten, die in die Erde führen, zugeschüttet beim Bau der unteren Zufahrt zur Uniklinik, dann weiter einen breiten Gang, von dem einzelne Räume abgehen. Der Luftzug wird immer stärker, schließlich ein Erdhaufen, dahinter eine Wand aus Bimssteinen. Ende, nichts Ungewöhnliches zu sehen. Wir gehen zurück und biegen in den ersten Gang ab.

Der Eingang ist niedrig, wir müssen uns bücken, danach wird er etwas höher. Etwas Feuchtes streift meinen Nacken und ich erschrecke. Wurzeln wachsen aus der Gangdecke und halten an ihrem Gespinst feine Wassertropfen fest, die im Lampenlicht verführerisch glitzern. Danach geht es nur gebückt weiter, noch niedrigere Gänge zweigen nach beiden Seiten ab, enden in lockerem, weichem Mainzer Boden. Etwas Lehm, etwas Löss, viel bröseliger Kalkstein, schließlich Sackgasse, Gangende. Für Klaustrophobiker ist das hier nichts, wir drehen uns in der Hocke um und bewegen uns langsam zurück. Hier möchte ich nicht eingesperrt sein – ohne die

Möglichkeit, mich zu bewegen oder hier einem übel gesonnenen Menschen zu begegnen. Aber mit den beiden von der Kripo sollte nichts passieren.

Wir haben immer noch nichts Ungewöhnliches gefunden, lediglich einen deformierten und verrotteten Senkkasten, der irgendwie den Weg aus einem Straßenablauf in den Hauptgang gefunden hat. Der zweite vom großen Raum abzweigende Gang ähnelt sehr dem ersten, endet im Erdreich, doch ein Luftzug geht in einen Abzweig. Balzer folgt der Luftbewegung in den Abzweig, davon in den nächsten und geht plötzlich nur noch langsam vor. Seine linke Hand tastet über Wand und Decke, der Lichtkegel seiner Taschenlampe leuchtet hin und her.

„Merkwürdig. Diesen Gang kenne ich noch nicht. Mal sehen, wo wir heraus kommen. Wer mag ihn gegraben haben? Das erfordert eine ganze Menge Arbeitskraft.“

Eine besondere Spannung erfasst uns und wir folgen gebückt unserem Führer weiter ins Ungewisse. Längst ist die Decke nur noch bloßer Kalkstein und ich hoffe, dass er hält. Der Gang ist so schmal, dass ich nicht in Herberts Haut stecken oder vielmehr seinen Bauch tragen möchte. Immerhin ist ein schmaler Gang von der Decke her stabiler als ein breiter. Der Gang geht noch etwa 50 Meter weiter, der Luftzug bleibt konstant. Dann eine nachträglich gelöcherte Bunkertür mit leichtgängigen Hebeln und schon stehen wir in einem Kellerraum.

Er ist relativ groß, etwa zwanzig Quadratmeter, aber ziemlich niedrig. Wenn ich aufrecht stehe, stoße ich fast an die von rostigen Querträgern getragene, unverputzte Betondecke. An einer Seite eine graue Bunkertür, umrandet von Leuchtfarbe, scheinbar der einzige Ausgang. In der Decke ein rundes Abflussrohr, durch das ein Kabel herein hängt und die Luft stark heraus zieht, offensichtlich die Belüftung des ganzen Gangsystems. Durch die Öffnung kann man Helligkeit sehen, mitunter schwenkt etwas Grünes darüber und verdunkelt den Blick für einen Moment.

An der Decke um das Rohr hängen kleine Säckchen mit getrockneten Blüten. Alles macht einen sehr aufgeräumten Eindruck und auch die Gartenhacke in der Mitte des Raumes ist säuberlich geputzt. Irgendwie sieht sie anders aus als die Modelle, die ich kenne. Ihr Griff ist so geknickt, dass die Hacken nach vorne stehen. Im Knick ist die Achse einer Lastkarre angeschweißt. Wenn man diese Hacke also startet und schiebt, arbeiten die Hacken nach vorn.

„Das also ist des Rätsels Lösung“ denke ich laut, „wie man mit wenig Aufwand neue Gänge im weichen Mainzer Boden graben kann.“

Die zur Trocknung aufgehängten Hanfblüten lassen in Verbindung mit den Chemikalien nur den Schluss zu, dass das hier ein Drogenlabor ist. Voraussetzung dafür ist aber eine funktionierende Belüftung, denn sonst schimmeln die Cannabis-Blüten in ganz kurzer Zeit. Dafür dürfte das hier in die Kellerdecke eingesetzte Rohr aber ohne zusätzlichen Lüfter normalerweise nicht ausreichen. Ich sehe keine Stromversorgung und bin gespannt, wie unser Untergrundwühler und Drogenproduzent dieses Problem gelöst hat. Die umfunktionierte Gartenhacke ist ein weiteres Zeugnis für sein Bastlertalent.

Um keine Spuren zu verwischen, untersuchen wir den Keller nicht weiter und bewegen – natürlich mit Taschentuch – die Hebel der Bunkertür. Sie sind leichtgängig und die Tür schwingt nach innen auf. Davor ist ein muffig riechender Schacht mit einem Abfluss auf dem Boden, über uns ein Gitterrost. Hajo redet dem Gitter einmal gut zu und es gibt schnell nach. An Steigeisen steigen wir den Schacht hoch und stehen zwischen zwei Waschmaschinen, die gerade in den Schleudergang gehen und ihre Brühe erfreulicherweise nicht in unseren Schacht, sondern gurgelnd in ein altes Email-Waschbecken entleeren. Ein paar Stufen weiter stehen wir vor der Wohnungstür von Eugen Spindel.

Dann sind wir endlich wieder auf der Straße, in frischer Luft und hellem Sonnenschein. Es ist schon nach fünf, die Zeit ist verflogen. Balzer verabschiedet sich in Richtung Zitadelle, denn die Arbeiter dort dürften langsam Feierabend machen. Wir gehen zunächst ums Haus und suchen das aus dem Keller nach oben führende Rohr, finden es aber zunächst nicht und entdecken dann, dass es in einem kleinen Gewächshaus endet, das nur ein paar Meter von Spindels Wohnung entfernt steht und in das ein unter der Erde verlegtes Kabel führt. Das also ist des Rätsels Lösung! Wenn die Sonne scheint, strömt die sich hinter dem Glas aufheizende Luft nach oben aus dem Gewächshaus und zieht über das Rohr kühle Luft aus dem Keller nach. Falls nicht, sorgt ein einfacher temperaturgesteuerter Lüfter für genügend Luftumsatz, Strom gibt es ja. Unter diesen Bedingungen dürfte eine qualitativ hochwertige Aufbereitung der Ernte garantiert sein.

*

Hajo telefoniert bereits mit den Kollegen von der Spurensicherung, als ich Herbert meine Überlegungen mitteile und dann klingelt Herberts Handy. Er schaut auf das Display und meldet sich mit einem „Was wollt ihr?“, dann ein „Wirklich?“. Gespannt schauen wir ihn an, als das Gespräch zu Ende ist.

„Es war wieder jemand im Lagerraum der Uniklinik und hat versucht, Feuer zu legen. Der Hausmeister hörte einen großen Krach und ging direkt nachsehen. Das Regal, das er vor die Tür gestellt hatte, war umgestürzt und auf dem Boden brannte eine Benzinlache. Die Tür in den Gang wurde gerade zugezogen. Da hat er gleich das Feuer gelöscht und will nun die ganzen Sachen so schnell wie möglich rausholen und die Tür am liebsten zuschweißen. Der Spindel ist um die Ecke und wir bemerken es nicht! Mist!“

„Kurz: er bewegt sich wie ein Fisch im Wasser“, stelle ich fest, „und die sind mit der Hand schwer zu fassen. Mit einem Netz schon.“

„Nur, dass ein Netz, das groß genug ist für die Mainzer Unterwelt, erst geschaffen werden muss. Wenn ich dran denke, dass letztes Jahr sogar die Kanaldeckel zugeschweißt wurden und Bush trotzdem in die Stadt kam, sollte uns das zu denken geben.“

„Spaßvogel! Ist sonst alles in Ordnung?“, meint Hajo, „wie wäre es damit, dass wir uns fragen, was er in dem Lagerraum wollte. Die Putzmittel sicher nicht, sondern die Bilder zerstören.“

„Das kennen wir doch alles aus dem Dritten Reich, oder?“

„Nicht ganz“, mische ich mich ein, „Bücher wurden verbrannt, unerwünschte Bilder aber teuer ins Ausland verkauft oder zur heimlichen Ergötzung der Nazi-Götzen in Ausstellungen „entarteter Kunst“ gezeigt. Die Bigotterie trieb im Tausendjährigen Reich bizarre Blüten.“

„Trotzdem: Verkaufen will der die Bilder nicht“ meint Herbert, „der schlägt um sich und was ihm nicht passt, wird aus dem Weg geräumt. Vielleicht versucht er es bei der Vernissage in der Stadtbibliothek noch einmal. Mit jedem Anschlag wird er bekannter. Was tun Leute nicht alles, um in die Zeitung zu kommen – bis hin zum Mord.“

Auf die in Packpapier eingeschlagenen Bilder von Lachur sind nur ein paar Spritzer von den auf dem umgestürzten Regal gelagerten Spülmitteln gekommen; ein Schaden ist nicht entstanden. Wegen der Wiederholungsgefahr in der Stadtbibliothek bitten wir die Mainzer Bibliotheksgesellschaft, leichter zu sichernde Ausstellungsräume zu organisieren, natürlich mit dem notwendigen Stromanschluss für die Lesung und die Ausstellung. Die nette

Dame am Telefon will sich bemühen, einen Raum mit entsprechender Atmosphäre zu besorgen.

Die Tür in den Gang ist unverschlossen, aber natürlich ist niemand mehr im Fort Josef. Ein paar Fotos später bin ich auf dem Weg nach Hause, schreibe meinen Bericht über die versuchte Bildverbrennung, nenne aber auf Anweisung von Herbert den neuen Lagerort der Bilder nicht und maile den Bericht in die Redaktion. Es sind nur noch zwei Tage bis zur Vernissage, der Ausstellungseröffnung in der Stadtbibliothek in der Rheinstraße.

Endlich kommt per Email Neues zur Erkennungsmarke aus dem ersten Weltkrieg, die wir im Kinnsfels-Tunnel gefunden hatten. Es soll sich um den Soldaten Josef Streit vom in Mainz stationierten 37. Reserve-Infanterieregiment handeln, einziger Sohn der Magda Streit aus Seesbach. Das Regiment war bei Verdun eingesetzt worden und habe ehrenhaft gefochten. Das bedeutete für die gemeinen Soldaten nichts anderes als das Verbluten unter unsäglichen Schmerzen im Dreck, während die Offiziere Herrenabende im Bordell veranstalteten. Die letzte Eintragung in den Akten war, dass er 1916 desertiert sei, danach gab es keine weiteren Eintragungen. Heute gibt es den Familiennamen Streit in Seesbach nicht mehr. Vielleicht kann die aus der Nähe stammende Jana mehr über das Umfeld sagen.

Ich erreiche sie auf dem Handy, denn sie unternimmt gerade mit ihren Freundinnen einen kleinen Kneipenbummel in Mainz und hat keinen Sinn für tiefschürfende Erwägungen. Tatsächlich ist es schon dunkel, ich habe bei der Arbeit mal wieder die Zeit vergessen. Beim Telefonat höre ich im Hintergrund häufiges Lachen. Wie hat sie mir einmal den Unterschied zwischen Mainz und Wiesbaden so schön beschrieben: Will man als Frau in der Kneipe nicht angesprochen werden, geht man in Wiesbaden aus – ansonsten nach Mainz. Sie ist in Mainz, gerade in der Eisgrub-Bräu, einem der unüberschaubar vielen Gewölbe von Mainz und bestimmt irgendwie und irgendwo an das Gangsystem der Stadt angeschlossen.

*

„Jetzt dreht der völlig durch!“

Kopfschüttelnd reichte Hessinger seinem Kollegen die Berichte der letzten Nacht: Ein vor ein paar Tagen gestohlenes Auto am Fort Cavalier Hauptstein ausgebrannt, ein Brandanschlag auf eine alternative Buchhandlung in der Neustadt, der durch die Wachsamkeit der Nachbarn ohne größeren Schaden blieb, umgestürzte Grabsteine auf dem jüdischen Friedhof und dann waren noch die Windschutzscheiben von drei zur Inspektion am Mombacher Kreisel abgestellten Polizeiwagen mit schwarzem Lack zugesprüht und die Reifen zerstochen worden. Die Berufsfeuerwehr hatte in dieser Nacht mehrfach aus der Hauptwache in Bretzenheim ausrücken müssen. Auch wenn kein Täter ertappt worden war: zeitliche Abfolge, Ziele und die Nähe zur Mainzer Unterwelt ließen die Kripo auf Spindel schließen.

Noch am Vormittag fuhren sie zum Garnisonsmuseum, um mit Wolfgang Balzer Möglichkeiten zu diskutieren, mit denen man den Aktionskreis des Gesuchten einengen könnte. Die Mainzer Bibliotheksgesellschaft hatte bereits ganz kurzfristig eine geeignete neue „Unterkunft" für die Bilder organisiert. In den großen Gewölben der ehemaligen Rheinischen Brauerei in Weisenau herrscht Dunkelheit und eine gleichbleibende Temperatur und Luftfeuchte, optimal für die Lagerung empfindlicher Bilder. Interessanterweise lag dieser Ort gar nicht weit vom Steinbruch der HeidelbergCement entfernt – dort, wo die Leiche im Kornkreis gefunden worden war.

Es war über Nacht abgekühlt und schwarze Wolken hingen drohend am Himmel, ein Gewitter lag in der Luft. Bei der Ausgrabung des römischen Bühnentheaters unmittelbar unterhalb der Zitadelle barg Thomas Dederer mit einer Praktikantin gerade eine Feuerkugel von beträchtlichem Gewicht. Sie war bei der Grabung im Zitadellengraben gefunden worden; eine hohle Eisenkugel mit mindestens 20 Zentimeter Durchmesser und zwei Zentimeter dicker Wandung. Ein Loch diente zum Einfüllen der Pulverladung, die im Laufe der Jahre natürlich unbrauchbar geworden war.

Der Archäologe lagerte sie mit einem besorgten Blick zum Himmel im Container. Eine Ratte lief ohne Eile durch das zum Südbahnhof abfallende Gebüsch, von der reichlichen Taubenfütterung durch ältere Damen in der Nachbarschaft genauso träge geworden wie die Vögel selbst.

Vor dem Tor zum Museumsgewölbe standen zwei kleine, tonnenschwere Betonkegel mit Eisenluke. Diese Einmann-Bunker waren beispielsweise an Bahnstrecken aufgestellt worden, um bei Luftangriffen wenigstens einen Splitterschutz zu gewährleisten. Die Todesangst in einem solchen Kegel bei einem Luftangriff war greifbar. Unwillkürlich schüttelte sich Wülfing, als sie an dem Mobilbunker vorbei in das offene Zufahrtstor zum Museum gingen. Und doch war es natürlich viel besser gewesen als ungeschützt auf offener Straße dem Bombenhagel ausgesetzt zu sein.

„Willkommen in meinem Reich“, begrüßte sie Balzer und breitete zwischen Pickelhauben und Uniformen auf einer gläsernen Vitrine mit Feldpost aus dem Ersten Weltkrieg die Pläne des Mainzer Gangsystems aus.

„Natürlich nur soweit bekannt“, fügte er gleich hinzu und strich den Teil um die Zitadelle herum glatt. „Hier ist quasi ein Knotenpunkt, hier laufen einige Gänge zusammen. Im Vorjahr hat Dr. Rupprecht bei den Ausgrabungen am Bühnentheater einen weiteren Gang angeschnitten, von dem wir von den Stadtwerken aber schon wussten. Der führt vom Südbahnhof, pardon jetzt „Römisches Theater“, über die an die Zitadelle angrenzenden Straßen in den Zitadellengraben. Gewöhnlich kann man ihn am Tag des offenen Denkmals besichtigen. Im Graben der Zitadelle wurde ein größerer Miniergang geöffnet und für den Fledermausschutz hergerichtet – der ist nicht zugänglich.“

„Jedenfalls nicht für Nicht-Fledermäuse.“

„Genau.“

„Und für unseren Mann?“

„Für den macht das keinen Sinn – da müsste er zuviel buddeln und bekäme doch keine Verbindung zum Gesamtnetz. Nein“, Balzer zog mit dem Zeigefinger einen Kreis um die Zitadelle, „ich würde mich in den Verbindungsgängen zwischen den Forts und der Zitadelle oder den Forts untereinander bewegen. Ein paar nach dem Krieg errichtete Abmauerungen durchbrechen, ein paar verschüttete Stellen ausbuddeln und schon kann ich mit einem Dietrich ...“

„... heutzutage Sputnik genannt ...“

„... überall hin.“

„Und wo würden Sie Ihr Zentrum aufschlagen? Hier in der Zitadelle ist doch zuviel Publikumsverkehr“, meinte Hessinger, der seine Augen immer mal wieder über die liebevoll eingerichteten Vitrinen wandern ließ.

„Das ist ja der Trick bei einem solchen Netz – man kann an vielen Stellen rein und an vielen wieder raus. Da genügt ein Gartenhäuschen mit einer Treppe zu einer Kasematte oder ein Keller aus dem Zweiten Weltkrieg, der nicht mehr oder nur noch selten genutzt wird. Vielleicht gar in einem leer stehenden Haus, dessen Besitzer gestorben sind und deren Erben sich nicht einigen können. Und schon hat man ein komfortables Quartier, von den direkten Nachbarn unbemerkt. Egal ob Stiftswingert, Rosengarten, Uniklinik oder anderswo – fast überall in der Oberstadt gibt es Ein- und Ausgänge."

Wülfing und Hessinger sahen sich an. Aber auch in scheinbar aussichtslosen Fällen gab es immer eine Lösung. Die hier sah allerdings nach einer monatelangen Material- und Personalschlacht aus.

„Könnte man den Aktionsradius sukzessive einschränken?"

„Eigentlich kann er sich nur in der Oberstadt bewegen, weil es in der Unterstadt wegen des hohen Grundwasserspiegels keine unterirdischen Gangsysteme aus der Festungzeit gibt. Aber allein in der Oberstadt gibt es sehr viele Verbindungen untereinander. Eine eingeschränkte Bewegungsfreiheit wäre höchstens weiter draußen gegeben, bei den sogenannten „detachirten", also vom inneren Festungsring abgesetzt errichteten, Forts aus dem 19. Jahrhundert. Wie dem Fort Weisenau, das um 1825 fertig gestellt wurde. Da gibt es eigentlich nur einen einzigen Verbindungsgang."

„Eigentlich?"

„Na ja, in der Nazizeit wurden die Gänge teilweise zu Bunkern ausgebaut und mit zusätzlichen Zugängen versehen, natürlich alles geheim. Die Mainzer versahen diese Gebilde dann mit passenden Namen wie Heldenbunker, weil sich da die feigen Nazischergen verkrochen, während die Zivilbevölkerung in den Kellern zittern musste und die Zwangsarbeiter auf freiem Feld den Bomben ausgesetzt waren. Aber auch dieses Fort hat eine Menge Minengänge und die können sonstwo enden. Ein gewisses Zentrum aber ist die Zitadelle schon."

„Dann fangen wir hier an", entschied Wülfing, „wohin, Herr Balzer?"

„Die Poterne Süd ist ein einfach zugänglicher Knotenpunkt mit Verbindungen zum Zitadellengraben, Fort Karl und weiter zum Fort Weisenau. Hier würde ich beginnen."

Nachdem sie die steile Treppe zum Südbahnhof herunter gestiegen waren, schloss Balzer eine unscheinbare Tür in der Bahndurchführung auf, die noch recht neu, aber schon mit einer Vielzahl von Graffitti verunziert war. Direkt hinter der Tür ein Vorraum, Dunkelheit und Feuchte umfingen sie, doch die Luft war in Bewegung. Balzer ging vor. Mit der Taschenlampe leuchtete er immer wieder auf Stolperfallen wie herumliegende Steine und Bodenkanten. Dann eine weitere große Tunnelröhre, schließlich ein Gang mit einer durchbrochenen Abmauerung am Ende. Es zog immer stärker, der erste Ausgang mit Betondecke, also aus dem Zweiten Weltkrieg, ein Schutzbunker für die Flakstellung am Südbahnhof. Zwar zugemauert, aber bei Bedarf zweifellos schnell zu durchbrechen. Ein Abzweig nach links, wieder ein alter Gang mit gemauertem Gewölbe, wieder ein Abzweig Richtung Zitadelle, geradeaus weiter zum Fort Karl und dem Rosengarten. Dann war die Erde durch das Gewölbe gebrochen und hatte den Gang an dieser Stelle auf weniger als einen Meter Höhe und Breite reduziert. Balzer drehte sich fragend um und Wülfing schüttelte den Kopf.

„Danke, das reicht für heute. Hier kann man ja tagelang herum laufen, ohne etwas zu finden. Wir kehren zurück."

Auf dem Weg zum Ausgang gingen sie der Vollständigkeit halber durch die anderen Räume der Poterne Süd, diesem unterirdischen Teil des ehemaligen Neutors, dessen oberirdischer Teil um die Jahrhundertwende der Eisenbahntrasse Richtung Frankfurt weichen musste. In den ersten Röhren lagerten nur eine ganze Menge aufgeschichtete Steine, die die Ausgräber des Bühnentheaters hier zwischengelagert hatten. In der letzten der vier parallel verlaufenden Röhren aber stand ein mit einer Schutzplane abgedecktes Auto. Neugierig hoben sie die Plane ab und standen vor einem Gefährt, das den beiden von der Kripo sehr bekannt vorkam: ein feinstens gepflegter goldfarbener Benz 450 SEL 6.9.

Die Kollegen von der Spurensicherung kamen nur ein paar Minuten später, denn sie waren gerade mit der Aufnahme eines Einbruches in das Waffengeschäft in der Augustinerstraße beschäftigt gewesen. Der Täter war nicht durch die Eingangstür, sondern die Verbindungstür zum Hausflur gekommen und mit einem Sputnik zu Werke gegangen. Verschwunden waren zwei Schreckschusspistolen aus der Schaufensterauslage, allerdings keine „scharfen" Waffen, die ebenso wie die Munition über Nacht im Tresor gelagert hatten. Damit hatte die Kripo ein weiteres Problem. Denn entweder es gab einen zweiten Einbrecher, der mit einem Universalschlüssel in Mainz unterwegs war, oder Spindel bewegte sich ungehindert in der Unterstadt. Zumindest waren so die Beschädigungen der Dienstwagen am Mombacher Kreisel am besten zu erklären.

„Hatten Sie nicht gesagt, dass es keine Festungsgänge in der Unterstadt gibt?", wandte sich Wülfing an Balzer, der endlich zur Renovierung seines Museums zurück wollte.

„Ja, das ist richtig. Aber natürlich gibt es hier eine für eine Großstadt typische Kanalisation."

„Und gibt es eine Verbindung zwischen den beiden Gangsystemen?"

„Nicht unbedingt ... außer ... dem Wasserschlösschen am Römerwall."

„Davon habe ich noch nie gehört."

„Das ist der Kosename für ein kleines Barockhäuschen über einem still gelegten Hochbehälter am Römerwall. Von dort geht es unter der Bahn hindurch in die Altmünsterstraße und von dort kann man leicht in die Kanalisation kommen."

„Und wahrscheinlich gibt es noch eine Verbindung vom Fort Josef und der Hochgesand-Straße in das Schlösschen?"

„Da kann ich nicht widersprechen. Zwar ist die nach dem Krieg teilweise unterbrochen gewesen, aber wir haben ja schon so einige geöffnete Gänge gesehen."

„Genau", knurrte Wülfing, dem die Sache immer weniger gefiel, denn der unkontrollierte Bereich wurde immer größer und umfasste nun also nicht nur die Oberstadt, sondern auch die Unterstadt. Immerhin könnte sich Spindel irgendwie im Wasserschlösschen bewegt haben und vielleicht war dort ja etwas zu finden, was Aufschluss über seine nächsten Pläne gab? Wülfings Magen knurrte vernehmlich. Es war schon früher Nachmittag und so traf es sich gut, dass das Wasserschlösschen fast unmittelbar am Hotel am Römerwall lag.

Während sich Wülfing, Hessinger und Balzer ein ausgiebiges Mittagessen genehmigten, plagten sich die Spurensicherer mit dem Benz aus der Poterne ab. Hatten sie zuerst darum gerangelt, wer das Prachtgefährt ins Polizeipräsidium fahren durfte, fluchten Sie jetzt nur noch, denn das Gefährt war nicht in Gang zu bringen. Alle Räder blockierten durch irgend eine von Spindel eingebaute Sperre. Schließlich bestellten sie einen Abschleppwagen, der sich in der Bahndurchführung mit seinem Kran erwartungsgemäß schwer tat. Es dauerte fast zwei Stunden, bis sie diesen Teil ihrer Aufgabe erledigt hatten und endlich ihren wohlverdienten Mittagsdöner in der Augustinerstraße verspeisen konnten.

*

Es ist richtig hübsch, das Wasserschlösschen. Wände aus Sandstein, ein verspieltes Dach und farbig abgesetzter Putz an der Frontseite. Zu einem Barockschloss fehlt natürlich so einiges, aber für einen Funktionsbau ist das kleine Häuschen ausgesprochen schmuck. Ja, es gab mal eine Zeit, als in Mainz noch an historischen Vorbildern orientiert gebaut wurde, hier immerhin noch 1926. Dagegen werden heute allzu oft Glas, Metall und Beton seelenlos ineinander verkantet wie beispielsweise bei dem Depressionen auslösenden und daher weitgehend leer stehenden Betonklotz auf dem ehemaligen Etex-Gelände. Das dicke Minus geht natürlich zu Lasten der Mainzer Bürger. Die Politiker kommen und gehen, die Schulden wachsen.

Als mich Herbert anrief, um die nächste Passage der Mainzer Unterwelt fotografisch zu dokumentieren, hatte ich sofort ja gesagt und nun schaue ich gespannt zu, wie Balzer die Tür aufschließt und uns voran ins Dunkle geht. Ein Griff an die rechte Seite und eine Glühlampe in einer alten, rostigen Fassung erhellt spärlich eine in die Tiefe führende Treppe. Rau verputzte Wände, ausblühender Kalk, der Geruch von altem Mauerwerk. Etwas quietscht im Hintergrund, ein kaum merkbarer Luftzug, ein Scharren, dann wieder Stille. Herbert legt den Zeigefinger auf die Lippen und wir lauschen, doch wir hören nichts mehr.

Vor uns befindet sich eine eiserne Tür mit Verstrebungen und einem Lüftungsgitter, durch das helles Licht dringt. Hajo geht vor. Hinter der Tür öffnet sich der hell beleuchtete, ehemalige Wasserspeicher. Ein schöner, harmonischer Raum, zu dem die an den Säulen aufgehängten Bilder von Nazi-Größen ebenso wenig passen wie das neue Ikea-Regal am hinteren Ende des Durchgangs, das völlig leer ist.

„Das ist neu!“, stößt Balzer erstaunt aus, „hier war nur eine notdürftige Beleuchtung, nachdem er vor mehr als 20 Jahren still gelegt wurde.“

„Da hat einer ein Wohnzimmer für den Gröfaz angelegt“, konstatiert Herbert nüchtern, „den Größten Führer aller Zeiten. Sagten Sie nicht etwas von einem Hintertürchen? Das Geräusch dürfte von dort gekommen sein.“

„Genau, folgen Sie mir.“

Balzer geht über den mit schmiedeeisernen Geländern versehenen Übergang zwischen den schon lange trockenen Wasserbecken und verschwindet mit den beiden hinter der Tür. Ich brauche noch etwas Zeit zum Fotografieren und baue mein Stativ auf, will den eindrucksvollen Raum einfangen. Die Strahler sind so angebracht, dass ihr Licht das Mehrfeld-Kreuzgewölbe streichelt und dem Raum einen sakralen Charakter gibt. Nach einer Minute Belichtung bei Blende 16 macht meine Olympus zu. Ich wechsle die Position, fotografiere aus einem der Becken nach oben, als ich wieder ein Geräusch höre, das näher kommt.

„Herbert, bist du es?“ Meine Stimme hallt in dem Gewölbe gespenstisch lange nach. „Herbert?“

Keine Antwort und das Geräusch kommt immer noch näher. Vorsicht ist die Mutter der Porzellankiste, sage ich mir und schleiche schnell zum Ausgang, das Hintertürchen fest im Blick. Das Schleifen kommt näher, dann schwingt die Tür langsam auf, ein kahler Kopf taucht auf. Ich richte mein 19mm-Objektiv ganz sorgfältig neu ein, um meine Nervösität zu verbergen, aber es gelingt mir nicht. Ein paar Treppenstufen höher wartet das Tageslicht, doch ich habe Glück. Die Glatze gehört nicht zu einer „Glatze“, sondern zu Hajo, der sich mit den beiden anderen über mich lustig macht.

„Na, sind die Fotos scharf? Ich habe mich schon immer gefragt, wozu du ein Stativ brauchst“, spöttelt der Herr Oberkommissar, und auch die beiden anderen können sich ein Grinsen nicht verkneifen.

„Habt ihr jemanden erwischt?“

„Nein, wieder nicht. Einer muss aber vor uns im Gang gewesen sein, denn der Ausstieg an der Brunnenstube war etwas verkantet.“

„Kann man den nicht entsprechend verriegeln?“

„Theoretisch ja, aber unpraktisch bei Notfällen.“

„Also können wir davon ausgehen, dass sich unser Mann in der Kanalisation zu bewegen weiß.“

Balzer nickt. Gemeinsam gehen wir raus und ich schaue mich unwillkürlich um. Ist da nicht etwas Ungewöhnliches, wohin läuft der Fußgänger so langsam, warum scharrt der Hund da an der Mauer? Ich hole tief Luft, schüttle energisch den Kopf und schaue mich noch einmal um. Nein, es ist alles normal, der Hund hebt nur das Beinchen, der Fußgänger setzt sich auf die Bank und breitet genüsslich die AZ aus, die Bäume wachsen gerade zum Himmel, die Vögel zwitschern und das rote Audi-TT-Cabrio parkt wieder gewohnt falsch vor dem Haus des Buches. Eine Hand greift mich an der Schulter und ich zucke zusammen. Es ist Herbert.

„Langsam, Ronni, warum bist du so nervös?“

„Kein Wunder, wenn so einer unerkannt in der Gegend herum kriecht und man kann ihn nicht fassen.“

„Mach dir mal keinen Kummer, den kriegen wir noch.“

„Ich hoffe, bevor noch mehr passiert. Was war wohl im Regal?"

„Was immer drin war, es muss irgendwo sein. Wahrscheinlich in einem weiteren Unterschlupf .“

„Oder mehreren.“

Herberts Handy klingelt und er geht sofort dran, erst mit einem widerwilligen Gesichtsausdruck, dann kommt ein „Interessant, interessant!“.

Ich schaue ihn fragend an, als er das Handy wieder einsteckt, aber er wehrt mit einem „Später, später“ ab. Als die Spurensicherung kommt und das Wasserschlösschen untersucht, fahre ich nach Hause, während Herbert und Hajo weiter intensiv mit Balzer diskutieren. Zuhause blüht der Lavendel mit dem Sommerflieder um die Wette, Bienen, Hummeln und Schmetterlinge tummeln sich zwischen den blauen Blüten und sogar zwei Taubenschwänzchen tanzen ihre rasanten Flugkurven im Sekundentakt. Langsam komme ich zur Ruhe und spiele eine Partie Rengo auf dem KGS-Internet-Server, als das Telefon klingelt. Es ist Herbert mit einer eiligen Nachricht, die am folgenden Tag in den Mainzer Zeitungen erscheinen soll. Die Lachur-Ausstellung soll nun einfach in den Gewölben der ehemaligen Rheinischen Brauerei stattfinden.

„Darf ich fragen, warum?“

„Darfst du schon, aber eine Antwort kann ich dir darauf jetzt noch nicht geben.“

„Ich kann's mir schon denken.“

„Wenn du es dir denken kannst, dann behalte es für dich. Offiziell ist es natürlich aus Sicherheitsgründen und da ist was dran. Zumindest haben wir da alles unter Kontrolle, es gibt nur einen Zugang. Übrigens kommt Jana zur Ausstellung und hält eine kurze Ansprache.“

„Das soll ich doch wohl nicht ankündigen, solange der Spindel noch auf freiem Fuß ist. Wenn der ...“

„Denke nicht zuviel, mein Freund. Vertrau mir mal und schreibe es, wie ich es dir sage.“

So weit vertraue ich ihm nicht und ich rufe direkt Jana an. Ihre Stimme klingt ruhig, als sie mir bestätigt, dass sie es genau so mit Herbert besprochen hat.

*

Aberglauben ist Unsinn! Weshalb sollte Freitag der 13. ein besonderer Tag sein? Aber ein wenig schlummert die Unsicherheit gegenüber dem Unsichtbaren doch in jedem. So gab es einen für seine lebendigen Vorlesungen bekannten Physik-Professor, der zum Energieerhaltungssatz eine an einem langen Seil mitten im Saal aufgehängte schwere Stahlkugel bis zur Ausgangstür auslenkte. Dann zog er sie vor seine Brust und ließ los. Die Kugel gewann schnell an Fahrt und schwang in einem majestätischen Bogen zur anderen Seite des Hörsaals, machte kurz vor den Scheiben kehrt und schwang nun mit ihrer ganzen Energie zurück zum Professor. Sie kam näher und näher und näher und als sie wieder kurz vor der Brust angelangt war ... trat der mit einem „Man kann ja nie wissen!" zur Seite – unter großem Gelächter des Auditoriums. Denn natürlich kann die Kugel nicht über ihren Ausgangspunkt hinaus schwingen, eigentlich. Und wenn doch ... dann vielleicht doch am ehesten am Freitag, dem dreizehnten!

Die regen Leute von der Mainzer Bibliotheksgesellschaft jedenfalls machten sich keinen Kummer um den Termin und den kurzfristigen Umzug, sondern aus der Not eine Tugend. Mit wachsender Begeisterung dirigierten sie den Gabelstaplerfahrer von Geme Fliesen in den großen Gewölben herum, ließen sich im Fahrkorb mal ein paar Meter die roten Sandsteinwände hinauf fahren, um Strahler zu montieren oder Pannesamt-Vorhänge anzubringen und so die Lachur-Gemälde ins rechte Licht zu rücken. Der Gasmotor des Staplers brummte, die Hartgummireifen quietschten und der Fahrer schwitzte trotz der angenehm kühlen Temperaturen in dem ehemaligen Brauereigewölbe. Am frühen Nachmittag war das Wichtigste geschafft und der Fahrer auch.

Nun begannen die Feinarbeiten. Der Aufbau des Rednerpults, das Einrichten der Beschallung, der Aufbau der Empfangstische, das Abtelefonieren der Gästeliste. Die Zeitungen hatten den neuen Veranstaltungsort wie erhofft noch in die aktuelle Ausgabe eingeschoben. Nicht freudig erregt, sondern konzentriert bereitete man sich im Mainzer Polizeipräsidium auf das Ereignis vor, zu dem einige Lokalprominenz angesagt war. In die Vorbereitungen platzte ein Anruf von Albert Messer, der im Namen seines Mandanten gegen die widerrechtliche Durchsuchung seiner Wohnung und den Diebstahl des Wagens protestierte und Strafanzeige ankündigte. Außerdem sei sein Mandant ausspioniert worden, was ebenfalls strafrechtlich zu verfolgen sei.

„So, so, der Herr Jurastudent ist ja gut informiert. Er muss wohl irgendwie in Kontakt mit Spindel stehen oder aber zur richtigen Zeit in der Nähe der Wohnung und an der Poterne Süd gewesen sein", meinte Hessinger, nachdem Messer aufgelegt hatte, und schaltete die Freisprecheinrichtung wieder aus.

„Kann uns eigentlich nur Recht sein", bemerkte Wülfing ungerührt und vertiefte sich wieder in die Gästeliste der Bibliotheksgesellschaft, die seit dem Morgen deutlich angewachsen war. Darunter waren zwei Namen, von denen er einen nicht erwartet hatte: A. Messer und G. Spindel. Was wollte Eugen Spindels Schwester auf der Veranstaltung?

Die Vernissage war für 19 Uhr angesetzt und sollte bis 21 Uhr dauern, noch drei Stunden bis zum Beginn. Hessinger und Wülfing machten sich auf den Weg nach Weisenau.

*

Küsschen links, Küsschen rechts, kleine Entzückensrufe, wenn man eine Bekannte oder einen Bekannten sieht. Alles frisch: Sekt und Orangensaft (eingeschenkt), Haare (frisiert), Hosen und Röcke (gebügelt), Schuhe (geputzt), Bart (rasiert), Gesicht (geschminkt) und Auto (gewaschen). Es ist die angenehm gewohnte Atmosphäre bei Vernissagen und natürlich trifft man wie immer bekannte Gesichter, denn die Menge der Kulturinteressierten in Mainz ist durchaus überschaubar.

Nicht so gut überschaubar sind die riesigen Gewölbe, in denen die Vernissage und die folgende Ausstellung stattfindet. Prächtige Gewölbe im für Mainz typischen Festungsstil, errichtet von der Rheinischen Brauerei in Weisenau, die von 1865 bis 1912 bestand, wie die Einladungsschrift zur Vernissage verrät. Die dazu abgebildete Zeichnung zeigt große Gebäude, die heute weitgehend verschwunden sind. Komplett übrig geblieben sind aber noch die in den Berg gebauten Keller, drei Etagen mit Tausenden von Quadratmetern kühler Feuchte.

Das Ausstellungsgewölbe in der untersten Kelleretage ist höchstens zwanzig Grad warm und von den Nachbargewölben mit Samtvorhängen getrennt. Einfache Strahler heben die Gemälde aus dem warmen Rot der Sandsteinwände heraus. Von einem Stehpult mit Mikrofon schlängeln sich schwarze Leitungen zu zwei Lautsprechern. Sicher hat die Kripo vorher die Nachbargewölbe durchsucht und beschränkt sich jetzt auf bloße Gesichtskontrolle. Herbert und Hajo sitzen am Eingang. Hajo spielt scheinbar gelangweilt auf seinem Handy herum, mustert aber genau die

Eintreffenden. Durch die kurzfristige Verlegung und den bestens kontrollierten Zugang dürfte sich das Risiko für das Auftauchen unerwünschter Gäste minimieren.

Noch fünfzehn Minuten und es sind schon eine ganze Reihe von Gästen da. Da klingelt das Handy eines Mannes, der gerade den Raum betritt. Er zieht ein Handy heraus, offensichtlich das falsche, dann ein zweites, schaut kurz aufs Display und drückt das Gespräch gleich wieder weg. Hajo zieht die Augenbrauen hoch und tuschelt kurz mit Herbert, der einen finsteren Gesichtsausdruck aufsetzt und nickt. Dann verlassen die beiden ihren Platz und setzen sich in den Hintergrund neben das Rednerpult.

Die meisten Besucher stehen noch an den Bistrotischen, einige haben sich gute Plätze in der Bestuhlung gesichert und schauen interessiert zum Eingang. „Großkopferte" sind noch nicht gekommen, aber ein Paar, das mir sehr wohl bekannt ist: Gabi Spindel und Albert Messer. Ich schaue alarmiert zu Herbert und Hajo, aber die beiden geben mir mit einem Kopfnicken zu verstehen, dass das Kommen der beiden sie nicht überrascht. Die beiden nehmen in der ersten Reihe Platz, Messer zieht eine kleine Digitalkamera aus seiner Tasche, prüft sie und steckt sie wieder zurück. Seine Begleiterin sitzt stocksteif neben ihm und schaut betont geradeaus.

Noch zehn Minuten. Jana kommt und sofort entsteht Spannung bei den beiden in der ersten Reihe. Messer nestelt nervös an der Jackentasche, zieht die Kamera heraus und fingert daran herum. Seine Begleiterin lässt Jana nicht aus den Augen, die mich nur kurz begrüßt, wie immer wenn Zuschauer in der Nähe sind. Dann gesellt sie sich zu ihren ehemaligen Kollegen von der Kripo, zieht ein Blatt Papier aus ihrer Handtasche und beginnt konzentriert, es zu lesen. Ganz beiläufig steht Messer auf und macht Bilder vom Ausstellungsraum, auf denen ebenso beiläufig auch Jana und die anderen Anwesenden zu sehen sein dürften. Dann setzt er sich wieder. Zuletzt huscht noch der Fotograf der MRZ in den Raum, macht ein paar Fotos und ist schon wieder draußen, unterwegs zum nächsten Termin. Dann wird das eiserne Eingangstor geschlossen, das Klingen des schweren Metalls in den Scharnieren erzeugt eine dichte Atmosphäre, in der die Intensität der einzigartigen Bilder nochmals gesteigert werden wird. Ganz abgesehen davon kommt nun keiner mehr in die Gewölbe hinein und das verspricht einen sicheren Abend.

Zunächst leitet der Vorsitzende der Bibliotheksgesellschaft den Abend ein und stellt das Programm vor. Nach der Einleitung durch Jana gibt es zunächst Zeit zur Betrachtung der Bilder und dann Lese- und Diskussionsgruppen.

Dann hallt Janas Stimme eindringlich durch die Gewölbe. Sie spricht von ihrer Zeit im Hospiz, den Gesprächen bei der Begleitung Sterbender. Wie sie sich quälten mit ihren Erinnerungen an die Verbrechen der NS-Zeit, die Opfer, aber auch die Täter. Arme, oft von Krankheit gezeichnete Menschen, die sich verzweifelt an das bisschen, nur noch Minuten zählende, Häufchen Leben klammerten. Die nach dem Krieg ihre Schuld verdrängt und scheinbar unbelastet eine heile Welt um sich aufgebaut hatten. Und die nun doch in den letzten Lebensmonaten, Tagen und Stunden die Erinnerung an ihre Verfehlungen eingeholt hatte; umso stärker, je mehr sie es vorher verdrängt hatten.

„Meine Damen und Herren, leben Sie Ihr Leben und achten Sie Ihre Nächsten. Wenn Sie Hass säen, wird Sie die Furcht auf dem Sterbebett einholen und glauben Sie mir – spätestens dann können Sie ihr nicht mehr ausweichen. Sehen Sie Lachurs Bilder in diesem Zusammenhang. Er ist ein begnadeter Maler, der bereits in seinem Frühwerk von Picasso hoch geschätzt wurde. Als er im Krieg die Gräuel des Warschauer Ghettos direkt miterlebte, wurde er davon geprägt. Die Gerechtigkeit war ihm heilig und so musste er dieses große Verbrechen thematisieren. Lassen Sie die Bilder an sich heran und Sie werden Fesselndes, Rätselhaftes und Beängstigendes, aber auch Güte und Liebe finden, denn Lachur ist ein zutiefst gütiger und christlicher Mensch. Finden Sie alle Seiten des Menschen in einzigartigen Gemälden, die Bösen wie die Guten. Sehen Sie in einen Spiegel, dessen Facetten nichts und niemand auslassen. Vielen Dank für Ihre Aufmerksamkeit!“

Als sie endet, könnte man eine Stecknadel fallen hören. Erst vereinzeltes Klatschen, dann fast das ganze Publikum. Nur Messer schaut finster und seine Begleiterin wirkt in sich gekehrt, als ob sie die Umwelt gar nicht wahr nimmt. Jana setzt sich auf einen Stuhl neben das Pult und trinkt ein Glas Sekt. Um die Bilder sammeln sich kleine diskutierende Grüppchen, deren Kommentare ich mit halbem Ohr aufnehme. Auch Messer mischt sich unter eine Gruppe und beteiligt sich an den Gesprächen, doch die wollen ihn wohl loswerden und wechseln schon nach kurzer Zeit zum nächsten Bild. Messer folgt und wird lauter:

„Sagen Sie doch selbst, normal ist das nicht! Seien Sie neutral!“

Herbert und Hajo heben die Köpfe und nähern sich Messer, um den sich schnell ein kleiner Kreis Schaulustiger bildet. Messer fühlt sich im Mittelpunkt und legt nach.

„Ich bin hier nicht als Jurist, sondern als freier Bürger und ich darf meine Meinung sagen, nicht wahr, Herr Hauptkommissar?"

Herbert weiß offensichtlich nicht recht, wie er reagieren soll und schaut nach dem Veranstalter, der als Hausherr Hausverbot erteilen kann. Der ist auf die lauten Worte aufmerksam geworden und bereits auf dem Weg zum Unruheherd, als plötzlich ein „Du Schlampe, jetzt haben wir dich!" durch das Gewölbe schallt, dann ein wütender Schrei und Schüsse. Ein Blick zum Stehpult: Jana ist verschwunden!

Der Vorhang zum Nachbargewölbe reißt herunter, darin heftige Bewegungen. Offensichtlich wälzen sich darin Menschen herum. Am Ausgang entsteht ein wildes Gedränge, und einige werden von den Nachkommenden so rücksichtslos gedrückt, dass sie stürzen. Herbert und Hajo haben längst ihre Waffen gezogen, sind hinter den nächsten Gewölbebogen in Deckung gesprungen und spähen in die Dunkelheit, aus der die Schüsse kamen. Während sich der Schütze darin verstecken kann, hocken sie, nicht weit von einem Bild entfernt, im Strahlerlicht. Wieder ein paar Schüsse aus dem Dunkel, alle bleiben in Deckung. Ein Umschwenken der Strahler wäre natürlich prima, aber daran ist nicht zu denken, solange der Raum im Schussfeld liegt. Herbert und Hajo sind zur Untätigkeit verdammt.

Die Bewegungen im Vorhang sind zum Erliegen gekommen, ein kurzer Schrei erstickt unter dem schweren Stoff. Wie mag es weiter gehen? Es war doch alles gut geplant, Herbert und Hajo sind doch keine Anfänger. Eine gespenstische Stille breitet sich in dem Gewölbe aus. Ich bin nicht weit vom Eingang, neben mir die Kasse und die Kabeltrommel. Ich kann Herbert und Hajo kauern sehen und gebe ihnen Zeichen, ob ich den Stecker heraus ziehen soll, aber sie schütteln den Kopf und starren weiter in das Nachbargewölbe. Die Zeit zieht sich zäh wie der Feierabendverkehr am Neubrunnenplatz durch die Große Bleiche, nichts passiert.

Dann geht plötzlich alles ganz schnell. Eine Bewegung am Eingangstor, ein kurzer Ruf und vermummte Gestalten stürmen den Raum. Ohrenbetäubende Explosionen, Lichtblitze im Nachbargewölbe. Herbert und Hajo springen auf, richten einen Strahler ins Dunkle, in dem martialisch anmutende Gestalten mit gezückter Waffe und Nachtsichtgerät suchend herumlaufen. Das dürfte das SEK, das Sondereinsatzkommando der Kripo sein, offensichtlich alles vorbereitet. Keine Minute nach den ersten

Schüssen ist die Elitetruppe, die ich am Tag der Offenen Tür im Polizeipräsidium kennen gelernt hatte, im Einsatz. Kommandostimmen ertönen aus dem Halbdunkel.

„Wo ist der Schütze?"

„Hier ist er nicht."

„Sucht weiter!"

Ich will aus meiner Deckung, aber Herbert bedeutet mir, zu bleiben.

„Nichts. Gesichert!", kommt die letzte Meldung und Herbert und Hajo springen zum Vorhang, aus dem nun schon eine ganze Weile kein Lebenszeichen mehr kam.

Ein fragendes „Jana?"

„Alles ok!" kommt sofort die Antwort, die mir einen Stein vom Herzen fallen lässt. Kurze Zeit später ist der Samt zur Seite geschoben und vor uns liegt Jana, die mit einem Judogriff Gabi Spindel sachgerecht lahm gelegt hat. Die schaut uns starr vor Angst an und rührt sich auch nicht, als Jana sie los lässt. Gemeinsam helfen wir ihr hoch und sie schaut mit schreckerfüllten Augen auf die Polizisten der SEK, die sich in dem Gewölbe verteilt haben.

„Suchen Sie jemanden, Frau Spindel?" fragt Hajo, aber die antwortet nicht und geht langsam in das Gewölbe, an den Polizisten vorbei, gerade auf einen Pfeiler zu, stößt ungebremst mit dem Kopf dagegen und bricht zusammen. Was ist denn nun wieder los?

„Ist sie getroffen? Ein Arzt!", ruft der Leiter des Einsatzkommandos zur Tür hin und Jana legt Gabi Spindel sofort fachmännisch auf den Boden, streicht ihr über die Wangen.

„Eugen? Eugen!"

Ich bin verwirrt, dass sie Jana nicht erkennt, aber die hält die Hand der jungen Frau und beruhigt uns. Nein, getroffen ist sie nicht, das hätte sie bemerkt, als sie mit ihr im Samt verstrickt lag. Durch extreme Stress-Situationen könne es einem schwarz vor Augen werden, ohne dass man bewusstlos sei. Aber ein Arzt sei sicher angebracht. Der lässt nicht lange auf sich warten und nimmt Gabi zur Beobachtung mit. Zeitgleich mit ihm kommt bereits die Spurensicherung und so sind wir bald allein im Gewölbe.

Der Schütze aber ist verschwunden. Jana ist sich sicher, dass es Eugen war. Zwar hat sie ihn nur im Halbdunkel gesehen, aber die Stimme war eindeutig. Auch Gabi Spindel hatte ihren Bruder gerufen. Aber der ist nun mal keine Maus und irgendwie muss er einen Zugang gefunden haben. Bergseitig gehen die Keller in nacktes Gestein und da ist kein Zugang zu erkennen. Von der Straße durch den Eingang ist er nicht gekommen und vom anderen Gewölbe ebenfalls nicht. Da saßen Herbert und Hajo die ganze Zeit, und er hätte durch den Ausstellungsbereich gelangen müssen.

Auf der Suche nach dem unbekannten Zugang müssen wir die Arbeit der Spurensicherung abwarten und ich nutze die Zeit, um mit Jana die Situation zu diskutieren. Wie kam es zu der engen Zusammenarbeit mit der Kripo, nachdem sie sich ja vor einigen Jahren anders orientiert hatte?

„Akzeptierst du Abenteuerlust?“, lacht sie.

Ja, das kann ich. Hing der Kontakt zur rechten Szene damit zusammen?

„Du hast es erraten.“

„Und die Gefahr, in die du dich begeben hast? Noch ist der Spindel auf freiem Fuß. Im Englischen heißt das „at large“ - also räumlich unbegrenzt. Hast du keine Angst, dass er dich noch einmal findet?“

„Mir wäre es lieber, wenn er hinter Gittern wäre, keine Frage. Männer überreagieren sehr schnell, wenn es um eine Frau geht.“

„Die Vernissage war also eine Falle. Ganz schön riskant.“

„Nein, alles war genau durchdacht und abgesichert, glaube mir. Mit dem SEK ...“

„... habe ich gesehen ...“

„... und Bereitschaftspolizei an allen Ein- und Ausgängen, in Zivil natürlich. Warum sollte man sich aus Angst vor irgendwelchen rechten Wirrköpfen eine Kunstausstellung entgehen lassen?“

„Allen Ein- und Ausgängen? Also gibt es nicht nur den zur Straße, sondern einen weiteren.“

„Ja, aus Kriegszeiten stammt ein Gang zum Luftschutz von der ehemaligen Brauerei zum Ortskern. Er läuft weitgehend parallel zum Rhein, man kann an manchen Stellen sogar zur Böschung hinaus sehen. Den kennen noch viele und er ist nicht so lang. Die Abzweige in die Keller haben wir kontrolliert. Wenn also der Spindel da rein gegangen wäre, hätten wir ihn gehabt.“

Also gab es nicht nur den, sondern noch einen weiteren und so wäre es fast schief gegangen. Inzwischen sind die Spurensicherer fertig, haben sechs Hülsen aufgelesen, aber keine Einschusslöcher im Gewölbe entdeckt. Aber sie haben einen Abflussrost aus Brauereizeiten entdeckt, darunter eine aus Ziegeln gemauerte, Richtung Rhein laufende Tunnelröhre, groß genug für einen Menschen, wahrscheinlich der Abfluss der Brauerei. Wohin führt er bergseitig? Ein Telefonanruf bei Wolfgang Balzer bringt uns nicht weiter – er kennt diesen Abfluss einfach nicht. Wir müssen also in unbekanntes Terrain eindringen.

Herbert will die Spur aufnehmen, so lange sie noch heiß ist und so sind wir kurz danach mit Taschenlampen und ich zusätzlich mit Kamera ausgerüstet auf dem Weg. Hajo geht voran, die Pistole griffbereit, gefolgt von Herbert, sicher mit schmerzendem Rücken. Der gemauerte Kanal ist leider nicht so groß wie die Vorfluter der Mainzer Großstadt-Kanalisation, aber trocken. Wir müssen nicht wie in der Amalienhöhe im Wasser patschen. Es zieht vernehmlich. Zunächst geht es etwa fünfzig Meter bergauf, dann kommt ein Schacht, der wohl einmal zur Brauerei gehörte. Richtung Zementwerk geht ein mit Beton verkleideter Gang hinein. Endlich können wir wieder aufrecht stehen. Unsere Taschenlampen leuchten nach oben auf einen Rost, darüber sind im Licht schwarze Röhren zu sehen und eine größere schwarze Kugel.

„Was ist das, Herr Lehrer?"

„Sieht aus wie eine Kühltruhe, Herr Oberkommissar. In der schwarzen Kugel ist das Kühlmittel, das im Kreislauf ..."

„Danke, Ronni, wir gehen weiter" unterbricht mich Herbert, der keine Lust auf eine Vorlesung über Kühlkreisläufe hat. Wieder geht Hajo vor. Der Stollen hat einen rechteckigen Querschnitt. Die Wände sind mit Beton verkleidet, rostige Querträger mit gegossenem Beton bilden die Decke. Der Luftzug hat deutlich nachgelassen, aber die Luft schmeckt nicht moderig, sondern trocken. Hajo geht immer langsamer und wir bemühen uns, keine Geräusche zu machen. Wenn sich unsere Orientierung nicht täuscht, müssten wir bald im Zementwerk sein, aber unter Tage verliere ich immer das Gefühl für die Zeit, die Länge und die Orientierung. Der Mensch ist halt nicht zum Höhlentier geschaffen.

Ich mag mir nicht ausmalen, was passiert, wenn wir hier auf Spindel treffen, aber er wird wahrscheinlich schon längst woanders sein. Bald wird es dunkel sein und er kann sich wieder frei und unerkannt auf der Straße bewegen. Oder ist er in den Keller mit der Kühltruhe eingestiegen?

Nicht sehr wahrscheinlich, aber später durchaus nachzuprüfen. Wir folgen weiter dem Gang, der einen kleinen Knick bergseitig macht, immer noch in rückenschonender Stehhöhe. Dann noch etwa fünfzig Meter recht steil bergan und schließlich wieder ein Schacht mit Steigeisen, darüber Licht, das durch einen Gitterrost fällt. Wo sind wir? Das Handy hat immer noch keine Verbindung zum nächsten Umsetzer. Wir müssen irgendwo am Rande des Zementwerks sein, in einem Luftschutzstollen offensichtlich. Das Werk war während des Krieges oft bombardiert worden und es war für die Arbeiter sicher nichts Ungewöhnliches, einen neuen Stollen anzulegen und ihn sinnvollerweise an andere Gangsysteme anzuschließen. Natürlich erfolgte das wie immer geheim.

Beim Ausstieg nach oben müssen wir vorsichtig sein. Falls Spindel in dem Raum darüber ist, kann er uns beim Anheben des Rosts einfach abknallen, sofern er eine scharfe Waffe hat. Es gab bereits viele Fälle, wo sich verspätete Werwölfe mit so viel Waffen und Sprengstoff wie möglich eingedeckt hatten.

Hajo steigt wie eine Katze die Steigleiter hinauf und hält einen kleinen Spiegel an einem Bleistift aus dem Rost, dreht ihn langsam und sorgfältig. Dann legt er seinen Zeigefinger auf die Lippen, prüft seinen Stand auf den Steigeisen, wuchtet den Rost mit einem Ruck aus der Fassung und wirft ihn zur Seite. Eine Sekunde später ist er draußen, verschwindet zur Seite.

„Kommt hoch, alles klar", ruft er. Herbert und ich klettern so schnell wir können und stehen in einem weiß verputzten Kellerraum mit einer Vielzahl von Regalen und Tischen. Neonröhren an der Decke spenden ein helles Licht. Ich lasse ein „Hier also ist des Pudels Kern" hören, da packt mich Hajo grob an der Schulter und legt mir den Zeigefinger auf die Lippen. Er schubst mich zur Seite, weg von der Tür, neben Herbert, der sich mit gezückter Waffe neben der Tür an die Wand presst. Polternde Schritte kommen näher, dann fliegt die Tür auf, zwei schnelle Schüsse in den Raum und dann fliegt sie wieder zu und Schließgeräusche ertönen. Sofort schießt Hajo in Kniehöhe durch die Holztür, der Schuss betäubt die Ohren und von der anderen Seite hört man einen Fluch, dann sich entfernende Schritte. Wir sind eingeschlossen.

Im Fernsehen wird immer wieder gezeigt, wie in einer solchen Situation der Held (also in diesem Falle Hajo) mit einem gezielten Schuss (gar nicht schwer aus dieser Entfernung) aus einer Pistole (in diesem Falle die Dienstwaffe) das Türschloss zertrümmert und die Tür aufspringt. Das ist natürlich Blödsinn und so sind wir froh, dass ein dekorativer Nazi-Ehrendolch einen guten Hebel abgibt und das Türschloss demoliert. Der Dolch ist nun zwar etwas zum Krummdolch mutiert, aber wir sind draußen und der Dolch hat wahrscheinlich das einzige Mal in seinem Dasein zu etwas Nützlichem getaugt.

Im nächsten Raum haben wir endlich wieder Handy-Verbindung und das SEK fragt natürlich, wo wir sind. Eine Treppe führt nach oben, Hajo schleicht hoch. Die nächste Tür ist wieder abgeschlossen und wieder erfüllt der Nazidolch seinen Zweck. Dann sind wir in einem Flur, der in ein riesiges Wohnzimmer mit großen Fenstern und Übergang zum Garten führt. Es ist offensichtlich eine ältere Villa. Zwischen den Büschen des verwilderten Gartens verschwindet gerade Spindel, etwas Schwarzes in der Hand, wohl seine Pistole.

„Halt! Stehenbleiben oder ich schieße!", schreit Hajo, doch Spindel lässt sich davon nicht aufhalten. Wir rennen hinterher, lassen das SEK am Handy warten. Ein paar Schritte weiter hält uns ein Zaun auf, gerade noch rechtzeitig, sonst wären wir eine mindestens 20 Meter hohe Felswand abgestürzt. Vor uns erheben sich die Gebäude des HeidelbergCement-Werks Weisenau, große Industriebauten, denen das Farbdesign von Friedrich Ernst von Garnier viel von ihrer Nüchternheit und Schwere genommen hat. Endlich wissen wir, wo wir sind, aber Spindel ist schon wieder in irgend einem Loch verschwunden. Wir folgen dem Zaun, während Herbert das SEK in das Werk lotst und finden einen steilen, betonierten Treppenabgang, der direkt nach unten führt. Es ist inzwischen fast dunkel, aber wir sehen Spindel auf das größte Gebäude zurennen und in ihm verschwinden.

Wir rennen hinterher und erkennen, warum. In der Dunkelheit der Halle dominieren Abluftkamine mit mehreren Metern Durchmesser und alle möglichen Röhren und Querverbindungen auf mehreren Ebenen bis 10 Meter unter dem Erdniveau. Dazu führen Tunnel und Brücken zum Werksteil am Rhein. Alle Gerätschaften sind ausgebaut, nackt stehen die massigen Fundamente und Auflager der ehemals hier laufenden, riesigen Drehrohröfen und Zyklone in dem riesigen Gebäude. Das kann nicht sein, dass er uns schon wieder entwischt ist!

Das SEK ist inzwischen am Werkstor eingetroffen, diskutiert kurz mit dem Werkschutz und kommt dann aufs Gelände, verteilt sich so, dass es die Werkstraßen im Blick hat. Unsere einzige Chance ist, dieses technisch hochkomplizierte Gebilde Stück für Stück zu durchkämmen. Spindel hat eine Waffe, also dürfen wir kein Licht machen, er aber auch nicht: Die ideale Situation für die Nachtsichtgeräte des SEK. Schon sind zwei Polizisten lautlos im Dunkel des Gebäudes verschwunden. Wir sehen nichts und hören nichts, die Minuten verrinnen. Zwischen den Hallen rührt sich nichts, nur von der B9 dröhnen immer wieder die Bässe vorbeifahrender Autos auf dem Weg zur Disko und das Summen der städtischen Busse herüber. Durch die Öffnungen der ausgewaideten Gebäude hebt sich die Silhouette des Laubenheimer Steinbruchs gegen das Restlicht der untergegangenen Sonne ab. Man spürt die Sekunden verstreichen, die Minuten sich dehnen.

Ein Geräusch, zwei Schüsse, ein Ruf aus dem Gebäude, dann wieder Stille. Der Einsatzleiter nicht weit von uns flüstert etwas in sein Funkgerät und dann geht alles sehr schnell. Ein greller Blitz reißt für eine Tausendstel Sekunde die großen Betonstrukturen aus der Dunkelheit und ein ohrenbetäubender Knall ertönt. Dann schnelle Schritte und ein „Zugriff erfolgt!". Schlagartig löst sich die Spannung und die restlichen Einsatzkräfte dringen ins Gebäude ein.

Die Blendgranate war ein voller Erfolg, denn kurz danach wird Eugen Spindel in Handschellen aus dem Gebäude geführt. Er wirft hasserfüllte Blicke um sich, spuckt die Polizisten an, ist kaum zu bändigen und droht mit den Kameraden und den Ufos. Herbert und Hajo zucken die Schultern. Das nun folgende Prozedere kennen sie schon seit Jahren. Same procedure as every year ...

Ich darf Jana die gute Nachricht mitteilen und zur Feier des Tages treffen wir uns noch einmal im Eisgrub. Ihre Abenteuerlust ist mir unbegreiflich, aber so ist sie halt. Das Ausloten von Grenzen ist „ihr Ding" und sie fasziniert mich immer wieder aufs Neue. Doch mehr als ein kräftiges Drücken beim Abschied gibt es nicht und ich fahre wieder allein nach Hause.

*

Am nächsten Morgen muss ich mal etwas anderes machen und so beginne ich mit einer Arbeit, die ich schon seit einem Jahr vor mir herschiebe. Eine Mäusefamilie hat inzwischen auch die Folie meines zweiten Gartenteichs perforiert und nun sind die Fische fast auf dem Trockenen. Mit Hacke, Schaufel und Spaten beginne ich, den Sand und die Teichfolie zu entfernen. Eine Stunde später bin ich nass geschwitzt und froh, dass mein Telefon klingelt und ich Pause machen kann. Es ist Wolfgang Balzer.

„Haben Sie doch etwas zur Verbindung von der Brauerei zum Zementwerk gefunden, Herr Balzer?“

„Mehr indirekt. Das Werk ist natürlich absolut kriegswichtig gewesen, denn den Beton brauchte man für die vielen Bunkerbauten. Aber kurz vor Kriegsende wurde kurzerhand ein Teil des Geländes requiriert, um mit Zwangsarbeitern eine unterirdische Maschinenfabrik für die MAN aufzubauen. Die wurde allerdings nie fertig und die Stollen wurden beim Betrieb des Steinbruchs nach dem Krieg restlos abgebaut. Da gibt es nichts mehr. Und dann ist das Werk in einem feinst in Leinen gebundenen Buch von 1938 als nationalsozialistischer Musterbetrieb aufgeführt, mit einer Vielzahl perfekter Stereofotos samt zugehörigem Betrachter. Da sieht es aus wie eine Erholungsanstalt mit fröhlichen Arbeitern und gepflegten Dachterrassen und Wohngebäuden.“

„Die NS-typische Bigotterie.“

„Genau. Als die Brauerei in Liquidation ging – so um 1911 – kaufte die damalige Portland-Zement das Gelände, baute darauf Arbeiterwohnungen und anderes - auch eine an den Steinbruch grenzende Direktorenvilla. Vielleicht hat man da im Krieg die bestehenden unterirdischen Systeme miteinander verbunden?“

Das passt – wahrscheinlich waren wir in der ehemaligen Villa des Werksdirektors, offensichtlich seit längerer Zeit unbewohnt. Ein perfektes Versteck für ungebetene Gäste, wenn sie sich unauffällig verhalten. Spindel war sowieso eine Kellerassel und hatte wohl vornehmlich den Keller der unbewohnten Villa genutzt.

„Übrigens habe ich sogar das Wehrzeugnis vom Siebenunddreißiger gefunden, dem Soldaten, dessen Erkennungsmarke Sie gefunden hatten. Der war über ein halbes Jahr dienstunfähig.“

„Eine Verwundung?“

„Nein, davon hätte was da gestanden. Ich kann mir da keinen rechten Reim drauf machen.“

„Vielleicht hat Jana, pardon: Frau Haller eine Idee. Vielen Dank!“

Es ist noch ein wenig früh für einen Anruf und so schaufele ich im Garten weiter, bis ein ganzer Ameisenstaat umziehen muss und ich ihm die Zeit dafür geben will. Es ist Mittag, die richtige Zeit für einen Anruf bei „meiner“ Psychologin, die sich jeder Vereinnahmung so grundsätzlich entzieht. Ihre Stimme klingt fröhlich und ich frage sie, weshalb.

„Dass der Spindel fest sitzt, ist mir natürlich sehr recht."

„Sehr schön, hoffen wir, dass den nicht so ein wohlmeinender Richter wegen eines Formfehlers laufen lässt. Aber ich habe noch eine Frage: kannst du dich an die Erkennungsmarke aus dem Tunnel erinnern?"

„Klar – aber dieser Josef Streit hat ja nichts mit meinem Urgroßvater zu tun."

„Vielleicht trotzdem interessant: Er war ein halbes Jahr dienstunfähig, aber keine Verwundung. Und das in einer Zeit, wo jeder, der nur ein Gewehr tragen konnte, in die Blutmühle Verdun geschickt wurde."

„Keine physische Verletzung? Dann eine psychische also. Es gab im Krieg viele, die durch die dauernde Todesangst Nervenzusammenbrüche bekamen und dann zitternd, orientierungslos und arbeitsunfähig durch die Gegend vagabundierten. Die wurden normalerweise brutal mit Elektroschocks „therapiert" und dann zur Front zurück geschickt. Da war die Überlebenszeit so gering, das man sich in aller Regel die Klappsmühle sparen konnte."

„Er aber ist desertiert und der Kinnsfels-Tunnel ist nicht weit von seinem Heimatort entfernt."

„Das macht Sinn. Da wird die Mutter den Sohn heimlich versorgt haben, denn welche Schande – ein Deserteur! Wie da die selbstzufriedenen Bäuerlein darüber hergefallen wären, vor allem, nachdem ihre eigenen Söhne sinnlos für Kaiser, Volk und Vaterland verblutet sind ...".

In diese Situation kann ich mich gut hinein versetzen. Die psychischen Kriegsfolgen traten im Ersten Weltkrieg dermaßen massiv auf, dass sie mit allen Mitteln totgeschwiegen wurden. So wird der arme Ex-Soldat über Jahre das Leben eines Ausgestoßenen in seiner Heimat geführt haben, bis er irgendwann einmal starb. Ein schöner Dank des Vaterlands an einen Soldaten. Jana als überzeugter Pazifistin brauche ich das nicht zu sagen.

„Hast du die Geschichte deines Urgroßvaters inzwischen verarbeitet?"

„Du meinst, dass Bruno einen Nebenbuhler aus dem Weg geräumt hat? Nun, niemand ist ein Engel und die Umstände lassen mich auf auf Notwehr schließen. Es ist auf jeden Fall gut, Gewissheit zu haben, obwohl es natürlich noch in mir arbeitet."

Wie steht es beim Jungnazi? Herbert und Hajo haben bereits die erste Vernehmung mit Spindel hinter sich. Natürlich sagen sie nicht viel, aber das meiste kann ich erahnen. Lediglich Hajos Handy-Spielerei am Eingang zur Vernissage kann ich nicht ganz vergessen und so frage ich direkt:

„Wen habt ihr da antelefoniert?“

„Das war Zufall, dass es gerade bei dem Herrn klingelte, der da kam.“

„Komisch, dass ich den Eindruck hatte, dass ihr „den Herrn“ kennt und dann ist es sehr verwunderlich, dass ihr ihn nicht ansprecht, wenn ihr ihn schon antelefoniert.“

„Verdammt, Ronni, lass uns mit deinen Vermutungen in Ruhe. Ich habe schon genug Stress.“

Dann lasse ich also die beiden in Ruhe, bekomme nach ein paar Tagen die Erlaubnis, einen Teil des Materials zu verwenden, einen anderen Teil nicht. Nüchtern liest sich das so, dass Eugen Spindel seine Unterwelt-Kenntnisse dazu verwendet hat, den Karl Krabig umzubringen. Das Schließen der einzigen Zuluft-Öffnung des Bergwerkes ließ die Wetter binnen Minuten tödlich umkippen, ein einfacher gelber Sack vor der Öffnung des Rheinstollens reichte für den fast perfekten Mord. Die Fingerabdrücke auf dem gelben Sack und dem Bier bewiesen, dass Spindel am Ort des Geschehens war. Aber ob das für Mord reichen würde?

Die Leiche aus dem Stollen zu schaffen war sicher eine Menge Arbeit, doch durchaus machbar für Eugen, für Willmann eher nicht. Daher wohl auch die zwei Tage, die die Leiche nach dem Tod noch unter Tage gewesen war. Vielleicht stammte aber die Kornkreis-Idee von Willmann? Dann hätte sich Spindel beim Konzert im Knast geschickt eines Mitwissers erledigt. Soweit hatte der Neonazi alles im Griff gehabt. Dann aber hatte ihn die Eifersucht auf Jana unvorsichtig werden lassen und er hatte mit Albert und seiner Schwester einen Denkzettel bei der Vernissage arrangiert - der dann ja so gründlich daneben gegangen war.

Spindel wurde schließlich wegen Anstiftung zum Totschlag, Mord, illegalen Waffenbesitzes, Nötigung und Bedrohung sowie Verbreitung nationalsozialistischen Gedankengutes angeklagt, Albert Messer wegen Volksverhetzung und Hausfriedensbruch. Gabi Spindel konnte wegen der familiären Verbindungen zu den Angeklagten die Aussage verweigern. Sie hatte genug von der hehren Deutschtümelei und zog sich aus dem Milieu zurück. Im Hunsrück, in einem Dorf in der Nähe von Sohren machte sie einen kleinen Friseursalon auf. Ihre erste Kundin war Jana Haller, deren Elternhaus ganz in der Nähe lag und mit der sie sich vorsichtig angefreundet hatte.

Endlich – nach mehr als einem Jahr – begann die Verhandlung gegen Spindel vor dem Mainzer Landgericht. Sie drohte schon kurz nach Beginn zu platzen, weil der Verfassungsschutz mit Hinweis auf den Geheimschutz die Herausgabe der kompletten Personalakten zu Eugen Spindel, Albert Messer und Lüder Willmann verweigerte. Alle drei hatten als V-Leute ein mäßiges, aber regelmäßiges Einkommen vom Steuerzahler bezogen. Krabig übrigens war kein V-Mann gewesen und das lieferte ein mögliches Motiv für seine Ermordung. Da er einige Tage bei Spindel untergeschlüpft war, hatte er möglicherweise das trübe Geheimnis des umtriebigen Neonazis entdeckt und musste sterben. Ein Wort an seine Berliner Kameraden wäre Spindels Gesundheit nicht gut bekommen.

Der Führungsmann der rechten Bande war künstlerisch interessiert und besuchte öfter Lesungen und Vernissagen in Mainz und drumherum. Er hatte gleich mehrere Handys – eins für den offiziellen Dienstgebrauch, dessen Nummer auch der Kripo bestens bekannt war und eins für seine V-Leute. Auf dem Diensthandy nutzte er seinen richtigen Namen, wenn er aber von seinen Schützlingen angerufen wurde, hatte er sich stets mit deren Namen gemeldet und als Erwiderung seinen Namen erwartet. Kam ein Anruf von einer unbekannten Nummer, ging er einfach nicht dran. Das war ein alter Trick der gegenseitigen Identifizierung, den er in einem Buch über den israelischen Geheimdienst Mossad gelesen und adaptiert hatte.

Während des Prozesses kam die Entstehung eines Kornkreises mehr am Rande zur Sprache, wurde aber in der Presse dankbar aufgegriffen. So recht konnten die Sachverständigen keine Aussagen dazu treffen, aber mein Nachbar Erich meinte, dass es etwas mit dem Ährenschub zu tun hätte. Ein Kornkreis am Rande der Landesgartenschau ist sicher einen Bericht wert, vor allem, wenn man ein paar abgebissene Vogelfüße vom Mäuseturm dekorativ darin platziert.

Mein herzlicher Dank

für die umfassende Unterstützung bei der Recherche geht an:

Mannesmann Archiv, Mülheim an der Ruhr

www.mannesmann-archiv.de

Herr Prof. Wessel, Frau Rennert, Herr Henke, Herr Olgar

Unternehmensarchiv HeidelbergCement AG

www.heidelbergcement.com

Herr Cramer

HeidelbergCement AG Werk Weisenau

Herr Kollmus

Egon Bootz (Bergwerk Amalienhöhe)

Wolfgang Balzer (Mainzer Unterwelt)

Gerd Cremer (Kanonenbahn)

Natürlich bedanke ich mich ganz herzlich bei meinen Freunden, die mich bei der Recherche unterstützt, mir über manche kreative Klippe geholfen und mich in so manches dunkle Loch begleitet haben.

Viel zum Erfolg beigetragen haben auch die lieben Kollegen von der schreibenden Presse und von Funk und Fernsehen. Vielen Dank!

Bücher von Jean C. Becker (nach Erscheinungsjahr geordnet)

Tod beim Rotweinfest (2000)

Noch bevor das Rotweinfest richtig begonnen hat, findet ein Jogger am frühen Morgen die Leiche einer Familienrichterin an der Ingelheimer Rheinfähre. Merkwürdige Umstände stellen die Kripo von Anfang an vor Rätsel. Wieso weist die Tote keine äußeren Verletzungen auf? Und was haben die vielen toten Käfer neben der Leiche zu bedeuten?

4. Auflage, 256 Seiten + Umschlag,
mehrere Abbildungen

ISBN 978-3-936929-03-4 Euro 9,90

Haie im Mainzer Becken (2001)

Als sich an einem schönen Sommermorgen die Mainzer Elite auf dem Dach des Staatstheaters versammelt, deckt der spektakuläre Sturz einer Skulptur ein Verbrechen auf. Plötzlich bedrohen die Sünden der Vergangenheit die Geschäfte der Gegenwart. Die Spuren führen zunächst in die Mainzer Unterwelt und dann viel weiter. Denn die Baukorruption ist international …

2. Auflage, 256 Seiten + Umschlag,
mehrere Abbildungen

ISBN 978-3-936929-02-7 Euro 9,90

Leichentanz an Fassenacht (2003)

Als ob das Leben nicht schon kompliziert genug wäre, tischt das Rheinhochwasser ausgerechnet zu Fassenacht Hauptkommissar Herbert Wülfing eine Leiche auf, deren Todesursache so gar nicht in herkömmliche Kategorien passen will. Die Ermittlungen geraten ins Stocken und werfen immer neue Fragen auf, die bis in den Zweiten Weltkrieg und die Zeit der Kelten zurück reichen.

3. Auflage, 256 Seiten + Umschlag,
mehrere Abbildungen

ISBN 978-3-936929-01-0, Euro 9,90

Das Mainzer Mörderpendel (2005)

Nach einem mörderisch heißen Sommer gerät in Mainz und drumherum so manches aus dem Gleichgewicht. Eine Bombe wird im Rhein gefunden, eine Todesanzeige gibt Rätsel auf und der Journalist Ronni Sander versucht als Dompteur pubertierender Jugendlicher. Nur das Foucault'sche Pendel an der Mainzer Uni schwingt unerschütterlich – bis zum tödlichen Finale.

3. Auflage, 224 Seiten + Umschlag,
mehrere Abbildungen

ISBN 978-3-936929-05-8, Euro 9,90

Tod in der Unterwelt (2007)

Im Sommer lebt Mainz auf seinen Plätzen – gestorben wird eher anderswo. Hauptkommissar Herbert Wülfing hat da viel Erfahrung, aber eine Leiche in einem Kornkreis ist auch ihm neu. Ein Ufo-Opfer? Ein Ritualmord? Zusammen mit dem Journalisten Ronni Sander folgt er den Mörderspuren entlang der Kanonenbahn und die Mainzer Unterwelt durch ein dunkles, längst vergessenes Labyrinth.

2. Auflage, 224 Seiten + Umschlag,
mehrere Abbildungen

ISBN 978-3-936929-06-5, Euro 9,90

Sturm am Bismarkturm (2009)

Schon seit Tagen ist die Atmosphäre in Mainz und Rheinhessen regelrecht aufgeladen. Zwischen Teufelsrutsch und Ingelheimer Aue und zwischen Kohle und Wind entzünden sich Energiekonflikte – und ein Mord passt da nur zu gut hinein. So klar die Motivlage scheint, so schwierig gestalten sich die Ermittlungen. Es entwickelt sich eine Kette von Ereignissen, deren Auswirkungen auch für manch unkontrollierte Entladung bei Hauptkommissar Herbert Wülfing von der Mainzer Kripo sorgen.

224 Seiten + Umschlag, mehrere Abbildungen

ISBN 978-3-936929-09-6 Euro 9,90

Das Zockergrab am Rheingrund (2011)

Just als Hauptkommissar Herbert Wülfing in Pension geht, wird auf dem „Kaiman" eine Spielhölle gegründet. Auf dem geheimnisvollen Schiff geschehen von Anfang an merkwürdige Dinge und so manche Wasserleiche treibt den Rhein hinunter. Der alte Spürhund nimmt die Fährte auf und sticht in ein Wespennest. Im Zockermilieu spielen alte Feinde eine neue Rolle.

2. Auflage, 224 Seiten + Umschlag,
mehrere Abbildungen,

ISBN 978-3-936929-10-2 Euro 9,90

Der Bildband zu den Krimis:

Eine Mordsgegend (2001)

Kriminalistische Idyllen in Rheinhessen, Mainz und entlang des Rheins. Dreisprachig: Deutsch, Englisch, Französisch.

100 Seiten, etwa 150 größtenteils farbige, bisher unveröffentlichte Abbildungen, fester Einband, Fadenheftung, Format 23,4 x 24 cm

ISBN 978-3-936929-04-1 Euro 9,90

„Hier zeigt der Autor mit einzigartigen Aufnahmen Orte, die man sonst nie zu Gesicht bekommt." Mainzer Rhein-Zeitung

Filme zu „Tod in der Unterwelt":
die Grube Doktor Geier in Waldalgesheim

Die einzigen bekannten Filme, die die Grube Doktor Geier unter Tage zeigen, eine Mangan- und Dolomitgrube, die eine große Rolle in „Tod in der Unterwelt" spielt. Der 30-Minuten-Film von Rudi und Edith Michel von 1971 zeigt alle wichtigen Arbeitsvorgänge über und unter Tage. Ein zweiter 18-Minuten-Film von etwa 2002, dreißig Jahre nach der Schließung, zeigt die Anlagen unter Tage im Dornröschenschlaf. Beide Filme wurden von Alfons Herbold aufwändig digital restauriert und mit gemafreier Musik vom Kayser Medienverlag Salzkotten nachvertont.

DVD, ca. 48 Minuten mit zusätzlichen Fotos des Erzbunkers.

im Jewelcase	Euro 9.90	ISBN 978-3-936929-07-2
im Bundle mit Bildband	Euro 15.90	ISBN 978-3-936929-08-9

Krimitouren

Jean C. Becker führt mehrmals im Jahr zu den Schauplätzen der Krimis – zu Fuß, per Rad oder Auto. Die aktuellen Termine gibt es in der Tagespresse oder unter

www.krimitour.de

Gern führt er auch Sie ganz privat, beispielsweise zu Betriebsausflügen oder Geburtstagen. Bitte schreiben Sie an jean-becker@web.de, wenn Sie die Konditionen erfragen oder den Newsletter mit den aktuellen Terminen erhalten möchten.

Lesungen

Jean C. Becker liest gern auch bei Ihnen. Dabei bringt er auf Wunsch auch die Filme zum Bergwerk Doktor Geier und anderes besonderes Filmmaterial zu seinen Büchern mit. Auch die Technik wie Beamer können wir stellen. Bitte richten Sie Ihre Anfragen an

jean-becker@web.de
jean-becker.de
oder rufen Sie an:
06725-95026

oder schreiben Sie:
Jean C. Becker
Obergasse 60
55437 Appenheim

Interessante Internet-Adressen zum Buch.

Schauen Sie mal rein - aus rechtlichen Gründen muss ich betonen, dass ich keine Verantwortung für die Inhalte der Seiten übernehme.

Billy Crash hat eine Mundart-Oper zur Wäschbrigg geschrieben!

www.billy-crash.de

Krimitouren zu verschiedenen Handlungsorten

www.krimitour.de

Führungen und Erschließung der Mainzer Unterwelten

www.mainzer-unterwelten.de